O Segundo degredado

O Segundo degredado

o romance do descobrimento do Brasil

F. G. YAZBECK

EDITORA RECORD

RIO DE JANEIRO • SÃO PAULO

2008

CIP-Brasil. Catalogação-na-fonte
Sindicato Nacional dos Editores de Livros, RJ.

Y37s
Yazbeck, Fuad
    O segundo degredado / Fuad Yazbeck. — Rio de
Janeiro: Record, 2008.

    ISBN 978-85-01-08122-3

    1. Romance brasileiro. I. Título.

08-1761
CDD — 869.93
CDU — 821.134.3(81)-3

Copyright © F. G. Yazbeck, 2008

Imagem de capa: Hervey Garret Smith/National Geographic/Getty Images

Direitos exclusivos desta edição reservados pela
EDITORA RECORD LTDA.
Rua Argentina 171 — Rio de Janeiro, RJ — 20921-380 — Tel.: 2585-2000

Impresso no Brasil

ISBN 978-85-01-08122-3

PEDIDOS PELO REEMBOLSO POSTAL
Caixa Postal 23.052
Rio de Janeiro, RJ — 20922-970

Agradecimentos

A Hélio de Almeida Fernandes, Ivan Yazbeck, José Carlos Afi, Shirley Lucindo Torres, Maria de Lourdes Abreu Oliveira, Marcos André Ladeira de Oliveira, Fritz Utzeri, Rosa Maria de Castro, Heloisa Villela, Nadir Castro e Marçal Barcelos, Letícia Leite Rosa, Antônio Nejaim, Vera e Itamar Tostes, Aneliese H. Toledo de Lourenço, primeiros leitores, pelas colaborações e judiciosas observações críticas.

A Maria Tereza A. Jardim Moraes, pelo apoio.

A Lola e ao Alexandre, Elisa e Gabriel, pela paciência mantida durante a elaboração desta obra, e também antes.

Para Clara,
que nasceu junto com este livro.

Assim fomos abrindo aqueles mares

Que geração alguma não abriu.

As novas ilhas vendo e os novos ares,

Que o generoso Henrique descobriu;

De Mauritânia os montes e lugares,

Terra que Anteu num tempo possuiu,

Deixando à mão esquerda; que à direita

Não há certeza doutra, mas suspeita.

LUÍS VAZ DE CAMÕES
Os Lusíadas — Canto V, verso 4.

Sumário

Prólogo 13

CAPÍTULO I   Levantando âncoras   17

CAPÍTULO II   Primeiras turbulências   31

CAPÍTULO III   O destino no cárcere   45

CAPÍTULO IV   O sonho desfigurado   57

CAPÍTULO V   Tempestade e tormento   67

CAPÍTULO VI   Angústia e salvação   79

CAPÍTULO VII   Retorno ao princípio   89

CAPÍTULO VIII   Tropeções do destino   99

CAPÍTULO IX   O embarque   111

CAPÍTULO X   Curiosidade fatal   121

CAPÍTULO XI   Condenado ao degredo   135

CAPÍTULO XII   Certezas confirmadas   143

CAPÍTULO XIII   O abandono compartilhado   157

CAPÍTULO XIV   Primeiros contatos   169

CAPÍTULO XV   Conquistando o paraíso   181

CAPÍTULO XVI   Os bons selvagens   195

CAPÍTULO XVII O paraíso perdido 209

CAPÍTULO XVIII Fuga para a incerteza 221

CAPÍTULO XIX Primeira perda 235

CAPÍTULO XX Outro recomeço 249

CAPÍTULO XXI Resgatado enfim 265

CAPÍTULO XXII De degredado a cronista 279

CAPÍTULO XXIII Entre dois ladrões 293

CAPÍTULO XXIV Revivendo o passado 307

CAPÍTULO XXV Novos rumos 321

CAPÍTULO XXVI Outros mares 333

Epílogo 345

Notas 349

Prólogo

RELATA A HISTÓRIA do descobrimento do Brasil que após a partida da esquadra de Pedro Álvares Cabral das costas da Bahia foram deixados ali dois degredados, além de dois grumetes que desertaram e voluntariamente escolheram viver na *Terra Brasilis*. Tornaram-se eles os primeiros habitantes europeus das novas terras; pelo menos enquanto se der fé exclusiva à História registrada, pois outros navegantes, sabe-se hoje, singraram essas águas do sul antes de Cabral.

Do primeiro degredado tem-se o nome, e documentos históricos relatam mesmo as razões de sua condenação ao degredo. Quanto ao segundo, no entanto, nada se registra sobre ele: nome, origem, idade, razões do degredo, ou qualquer outra informação que leve à sua identificação.

A carta do escrivão da esquadra, Pero Vaz de Caminha, exceto por rápidas referências, não entra em muitos detalhes sobre os dois degredados que teriam sido deixados na nova terra, na esperança de em seu contato com os selvícolas "aprenderem bem a sua fala e os entenderem". Assim, permanece em mistério tudo que permita falar desse segundo degredado, que junto com Afonso Ribeiro, o único citado por Caminha, permaneceu na nova terra, dele nada mais se sabendo após a continuação da viagem de Cabral.

Um ano e oito meses depois de seu abandono nas praias da Bahia, dois homens foram resgatados pela frota de três caravelas comandada por Gonçalo Coelho, que voltou às costas brasileiras para uma exploração mais meticulosa das terras recém-descobertas, tendo como piloto-mor o navegador italiano Américo Vespúcio. Os históricos dessa viagem citam novamente Afonso Ribeiro e também falam da existência de uma segunda pessoa, resumindo o relato, no entanto, à mera constatação da sua existência.

Entretanto um tropeção acidental numa caixa carcomida pela ferrugem, num bosque nas imediações da grande abadia de *Le Thoronet*, situada não muito longe dos caminhos que levavam da Itália ao delta do rio Ródano, nas proximidades de Toulon, no sul da França, revelou no seu interior um maço de manuscritos. Eles contavam as histórias que permearam a vida de um monge, de nome sacro Malachias, mas de nascimento Gabriel, de origem portuguesa, que ali viveu desde 15[??] até sua morte e que teria participado da primeira etapa da viagem de Pedro Álvares Cabral às Índias, que na ida aportou nas costas do Brasil, marcando o descobrimento daquelas terras e invocando o domínio do reino português sobre elas.

O monge Malachias, ou Gabriel, teria sido aquele segundo degredado, e seu relato, completando as lacônicas referências oficiais à sua existência, fala das venturas e desventuras de sua vida, desde a saída de casa, o embarque na esquadra de Cabral, a condenação ao degredo, a convivência com os índios brasileiros, seu resgate e outras aventuras, que culminaram na decisão de encerrar seus dias no recolhimento monástico.

A autenticidade do manuscrito nunca foi reconhecida historicamente, de modo a colocá-lo ao lado de outros que relataram a descoberta do Brasil, pois ainda que não haja dúvidas quanto à sua idade, nunca lhe foi atribuído o caráter de documento histórico, por falta de elementos que amparassem sua confirmação.

Apesar da sua correção com respeito aos fatos históricos ali narrados, havia sempre a possibilidade de terem sido obtidos de documentos fidedignos, tais como as cartas de Pero Vaz de Caminha e do cirurgião-mestre João Faras, ou a narração dita "do piloto anônimo", todas relatando os mesmos eventos, além do opúsculo intitulado *Mundus Novus,* dado como de autoria do próprio Américo Vespúcio, que teve larga circulação na Europa desde o quarto ano do século XVI. Também não pode ser desconsiderada a hipótese das informações terem sido colhidas diretamente dos relatos de outros marinheiros, tripulantes das naus daquela esquadra, que zarpou de Lisboa em nove de março de 1500, com treze navios e retornou no ano seguinte com apenas cinco.

Reafirme-se que as crônicas da viagem de Vespúcio relatam o resgate de dois homens, nominando Afonso Ribeiro, não dando, no entanto, qualquer informação sobre a identidade do outro, o que torna temerário afirmar com segurança ser ele o mesmo narrador destas aventuras, embora acrescente novo elemento de veracidade à narrativa.

De qualquer sorte, mesmo que tomado o texto como mero passatempo, sem qualquer relação com a realidade histórica, exceto quanto a alguns fatos comprovados e ao cenário em que se desenrola, não deixa de ser surpreendente a existência de um texto laico, sob a forma de um romance de base histórica ou imaginária, escrito por um monge cisterciense, numa época em que o gênero romance ainda não emitira os primeiros vagidos de recém-nascido e quando as regras monásticas eram severas a ponto de levar seus transgressores à excomunhão, senão mesmo aos tribunais eclesiásticos. Não é crível que o monge se expusesse aos rigores de um santo inquérito apenas pelo prazer de uma aventura literária, sobre um tema nem um pouco próximo dos propósitos de divulgação dos ensinamentos e preceitos da Santa Madre Igreja, Católica, Apostólica e Romana.

Cumpre, no entanto, chamar atenção que, se sua autenticidade é improvável, também o é sua negação, permitindo situar a narrativa ao menos no rol daquelas que, pretendendo a registração de fatos históricos, centrando-os num de seus protagonistas, amplifica-se em evocações poéticas ou exercícios de imaginação. Afinal, muitas lendas nasceram das histórias reais, assim como muito da História se fez a partir de lendas.

CAPÍTULO I

LEVANTANDO ÂNCORAS

QUE SENTIMENTO LEVA um homem a querer registrar suas emoções, sobretudo as emoções passadas? Sei que é um desejo comum, que muitos deixam de satisfazer por incapacidade ou insuficiência de instrumentos, por indolência, ou por julgar que sua história, ao final, não seja merecedora de qualquer registro, pois que enquanto viveu apenas cumpriu o que lhe foi pedido da vida: viver.

Muito da história dos homens só foi registrado porque alguns não souberam resistir a esse impulso de remeter seu passado para o futuro. O desejo de ser reconhecido e amado, a vaidade, a soberba, ou qualquer outro desses pecados de ausência de humildade, a dificuldade em reconhecer que a própria vida e caráter não são muito diferentes de todas as outras que existiram e que virão, talvez sejam estas as velas que arrastam a nave da mente através da memória na busca do rumo da improvável imortalidade.

Por que narrar fatos passados, quando se está tão próximo da morte — e este é o momento em que ocorre a todos os homens a idéia de perpetuar sua memória, como é agora meu caso — e pouco importa se neste mundo nos julgaram bem ou mal, pois já estamos às portas do inefável e infinitamente justo Tribunal da eternidade? Talvez a pretensão não seja outra senão reviver memórias para purgar antigos remorsos, mesmo sob o risco de desenterrar lembranças sublimadas que agora, diante da maturidade, venham a criar novos.

Tudo por que passei, tudo que vivi e sofri me fez ver que uma vida somente tem qualquer significado quando colocada ao lado de outras, e que é o conjunto de todas que dá forma à vida maior, da qual cada um é apenas uma insignificante parcela: a humanidade.

Os homens têm nomes e características físicas que distinguem cada um dos outros, e esta particularidade dentro da uniformidade do todo faz parecer que cada um tem mais importância que os demais. Tola interpretação: a singularidade das folhas não retira individualidade à árvore, e esta depende de todas sem, no entanto, preocupar-se com cada uma em particular.

Não devo, entretanto, fatigar a cabeça do leitor com divagações que mais estariam por ser filosóficas do que apenas narrativas, como é meu propósito. Quero apenas registrar que o relato que aqui faço de minha vida, tão pobre de méritos, justifica-se porque os fatos e os feitos mais importantes dela — mesmo que não vindo a merecer qualquer importância no julgamento do prezado leitor — passaram-se no bojo de eventos que agora, pela perspectiva do tempo, permitem crer que mudaram a história do meu povo, e até assumo o risco de cometer o precipitado juízo de afirmar, chegaram mesmo a mudar a própria história do mundo.

Não entenda, pois, o prezado amigo que me lê que ao começar estes registros pela minha apresentação o faço por dar à minha vida importância maior do que àquelas que nunca foram registradas, pois tenho a consciência cabal de ser apenas uma das folhas de que falei acima. Mas é sempre um caminho possível, o chegar-se à árvore através de uma folha.

Apresento-me, como é de praxe, declinando meu nome e, para que melhor me distingam, acrescento as informações do meu nascimento e descendência.

Houve por bem meu pai, buscando a proteção do arcanjo, dar-me o nome de Gabriel. Nasci no ano da graça de Nosso Senhor Jesus Cristo de 1487, durante o reinado do inolvidável D. João II, O Príncipe Perfeito, vivi as aventuras que agora conto quando era D. Manoel, O Venturoso, o soberano de Portugal, e escrevo esta história quando reina em Portugal D. João III. Por onde se vê que os maiores poderes do mundo não duram sequer os poucos anos de uma vida e que esta, como verá o leitor paciente que chegue ao fim desta narrativa, pode acumular ganhos de sabedoria pela vivência, mais do que os poderes materiais são capazes de comprar, pois eles não compram o tempo.

Fui o primeiro dos sete filhos de Fernão Menezes, agricultor das terras de Dom Sérvulo de Castro e Mourão bem ao sul de Lisboa, nos contrafortes da serra da Arrábida, entre o cabo Espichel e o estuário pantanoso que traz o rio Sado até o mar. Nossa pequena casa era próxima da pequena aldeia interiorana de Ferramontes e não muito longe da vila de Sesimbra, a cujos mercados ia freqüentemente com meu pai vender alguns legumes, peixes e as aves e cabras que lhe tocavam, depois de atendidas as necessidades de Dom Sérvulo.

Minha mãe, Maria Carolina, morreu quando eu ainda tinha menos de doze anos. Nosso curto convívio, no entanto, ainda possibilitou-a iniciar-me nos saborosos mistérios da leitura e nos rudimentos da escrita; talentos incomuns para os de nossa casta herdados de seu pai adotivo, o pároco da aldeia, que a criara desde a mais tenra idade.

Além da própria Bíblia Sagrada, que fora minha primeira cartilha de leitura, outros livros vieram às minhas mãos da biblioteca do pároco. Dentre eles, o que mais contribuiu para excitar minha imaginação e o desejo de viagens e aventuras foi a história de um viajante veneziano, chamado Marco Polo, que viajou por terras do oriente mais longínquo, países exóticos, cheios de mistérios, habitados por gente estranha, regidos por cortes cujo luxo e riqueza sobrepujavam a mais rica das cortes européias. Poucos livros, mas o bastante para aguçar meu interesse pelas muitas coisas que eles contavam. Esta ânsia de conhecimento, iniciada pela simples curiosidade juvenil e que avançou pela vivência literária de heróicas façanhas, possibilitou estas linhas, mas também foi a causa delas.

Após a prematura morte de minha mãe, no curso de uma gravidez acontecida quando o menor de seus sete filhos ainda não completara o segundo aniversário, fui tomado pelo desamparo dos órfãos, em face de circunstâncias cuja adversidade até então eu não me havia dado conta. Nossas poucas posses obrigavam toda a família, à exceção das duas crianças mais novas, a árduos trabalhos cotidianos, e a perda de um dos seus mais importantes pilares exigiu distribuir por cada um dos outros, de forma não necessariamente eqüitativa, todos os encargos que tocavam a ela.

Minha mãe fiava, tecia, costurava nossas roupas, preparava as refeições, cuidava dos dois menores sem subtrair atenções aos maiores, mantinha ainda as criações, patos e galinhas, que viviam em torno da casa, tudo, no entanto sem se desobrigar de também auxiliar meu pai em diversas tarefas. Para tudo isso contava apenas com a ajuda das únicas duas filhas, nascidas sob o desgosto de meu pai; uma fatalidade que ele aceitava em troca dos cinco filhos homens que Deus lhe dera; o que, no entanto, não era suficiente dada a pouca idade das minhas irmãs.

Os homens, eu e dois dos irmãos já capazes para o trabalho, pois os menores ainda freqüentavam o berço, ajudávamos o pai, no pastoreio de cabras, ovelhas, porcos, cuidávamos de uma horta de bom tamanho que atendia grande parte da nossa mesa e colhíamos azeitonas das quais também extraíamos o azeite, além de cortar e preparar as cascas dos sobreiros que iriam se transformar em cortiça. Por ser o mais velho e mais forte, tocava-me também manter em bom estado a rede de pesca e a vela do pequeno barco que completava nosso sustento.

A distribuição dos labores que eram de responsabilidade de minha mãe, depois de sua morte, se fez entre os filhos capazes, pois meu pai continuou apenas com os que já lhe cabiam; que, de fato, não eram poucos; sem abrir mão da ajuda dos filhos, que passamos, assim, a ter aumentada nossa cota de trabalho. Que eu não peque pelo Quarto Mandamento, mas devo dizer que o caráter de meu pai, apesar de abrigar muitas virtudes, não continha, infelizmente, no rol delas o carinho no trato com os filhos, de quem ele exigia os mesmos esforços que lhe eram exigidos pelo senhor da terra.

De fato, aos homens a quem era dada a responsabilidade de atender a muitas famílias — a sua própria e todas as demais dos nobres senhores que viviam do seu suor — não sobrava espaço na alma para outras virtudes senão aquelas voltadas para o atendimento imediato das necessidades do corpo. O alimento não faltava e a casa mesmo pequena abrigava a todos. As colheitas de azeitonas e os rebanhos de cabras e ovelhas, além da pesca, apesar das sempre crescentes necessidades de Dom Sérvulo, por vezes deixavam alguma sobra que nos permitia comerciar com elas.

Meus sonhos, porém, não se contentavam em aceitar a efêmera segurança daquele destino, levando-me a constantemente pensar em abandonar as comodidades da sobrevivência minimamente garantida, trocando-as pelas incertezas da aventura, que prometiam ganhos maiores que os riscos que comportavam.

Excitado pelas leituras e pelos anseios juvenis da busca de novidades, assumi a disposição de fugir da rudeza da vida de camponês e partir na busca de caminhos outros, que não os da rotina que perpetuaria meus dias, repetindo-os monotonamente até o último. A certeza da fatal imobilidade da vida de camponês alimentava minha disposição de buscar o mundo, mesmo que isso viesse a provocar remorsos pelo abandono de meus seis irmãos, o que, no entanto, seria compensado pela consciência de que a subtração da minha cota de comida poderia ampliar a deles. De qualquer forma, não fiz mais que antecipar a busca dos sonhos que ocupavam quase todos os meus pensamentos, o que por certo iria fazer em algum momento. A morte de minha mãe apenas antecipou minha disposição, ainda que, com certeza, tenha alterado minha sina.

Desde ainda miúdo passei a acompanhar meu pai, não só aos mercados de Ferramontes e Sesimbra a comerciar e a comprar as necessidades de casa, mas também em suas eventuais idas às tabernas locais, onde eu ouvia com muito interesse todas as histórias que ali se contavam, principalmente as histórias de mares, lutas e descobertas de terras povoadas de mistérios e riquezas, sempre cheias de atos notáveis e heróicos, quase sempre também repletas de terror e morte. Os feitos marítimos dos meus patrícios já haviam alcançado todos os cantos do mundo, chegando até mesmo aos confins daquelas aldeias.

Os estudiosos e navegantes de Sagres, guiados pela sabedoria do Infante Dom Henrique, ampliaram nos portugueses a orgulhosa vontade das conquistas e expansão da sua única fronteira não ameaçada, cujos limites eram apenas os medos e mistérios do desconhecido, cujo conhecimento era preciso em nome do vencer estes medos do ignoto. É bem verdade que havia também a necessidade da abertura de novas rotas comerciais marítimas, pois os caminhos terrestres haviam se tornado mais custosos desde o domínio de Constantinopla pelos mouros que, por conseqüência, acabaram por dominar todas as rotas terrestres para o Oriente. As necessidades de abastecimento do reino e ampliação do comércio com outras nações obrigavam Portugal a buscar no mar o único caminho que lhe restava na busca dos meios de sobrevivência e expansão.

As descobertas de um novo mundo ao Ocidente, feitas por um genovês a serviço dos reis de Castela, e as notícias recém-chegadas da abertura dos novos caminhos marítimos para as Índias pelos audazes navegadores Bartolomeu Dias, que vencera o temível cabo das Tormentas, e Vasco da Gama, que alcançara os confins da Índia, reacenderam nos meus patrícios o entusiasmo pela descoberta e o desbravamento de novas terras que, mais do que as glórias, trariam a prosperidade e a riqueza para o reino, ainda que delas somente sobejos chegassem aos inominados que com seu trabalho e privações, e inúmeras vezes com as próprias vidas, de fato possibilitavam esses feitos. Foram esses desconhecidos da história, homens sem biografia, os que, em verdade, fizeram as conquistas que até hoje afirmam Portugal como um reino que tem o respeito das demais nações do mundo pelo poderio de suas esquadras e a arte de seus navegantes.

Meu fascínio pelo mar não nascera apenas das conversas ouvidas, pois as primeiras luzes que chegaram aos meus olhos vieram dele, penetrando pela pequena janela do quarto cinzento e acanhado onde nasci. A casa ficava pouco distante dos luminosos verdes, azuis e brancos das ondas, e seu rumor forte chegou aos meus ouvidos antes mesmo que a doce voz daquela que me trouxe ao mundo.

Logo que pude caminhar com minhas próprias pernas já ia com meu pai no seu pequeno barco, nas tarefas da pesca que completavam o sustento da minha família, nos intervalos dos duros trabalhos de lavoura e pastoreio que ajudavam no sustento da família de Dom Sérvulo. Esta parca experiência no mar, na idade em que saí de casa, me fez pensar ser um exímio e experimentado marinheiro.

Ainda que meu pai por vezes navegasse por horas para o leste, na direção da foz do rio Sado, ou para oeste, na rota do cabo Espichel, quase nunca se afastava muito da costa naquele litoral adornado por alternâncias de rochas e praias pedregosas. Ele jamais ousou sequer aproximar-se do temido cabo, cerca de duas léguas e meia a oeste, cujas alcantiladas falésias exigiam respeito de quem as olhava do mar e impunha o terror dos abismos a quem dos seus altos ousasse observar as ondas que o esculpiam embaixo. A partir dele a costa escarpada envergava para o norte, subindo espraiada pela costa da Caparica até adentrar as águas do rio Tejo, já em Lisboa.

Apesar de também nascido ali, meu pai temia o mar, cujo horizonte não tinha fim e que, dizia, afundava cada vez mais, até as profundezas do inferno, quanto mais se afastava da terra firme, esta sim o lugar que Deus dera aos cristãos para viver.

Herdei-lhe a compleição robusta e a coragem e disposição para as lutas da vida, mas não seus medos de um desconhecido que, ao contrário, me fascinava e me desafiava. Se a terra era redonda, como eu já ouvira ter sido provado pelo almirante genovês, e se por qualquer lado se podia atingir o oposto, então além daqueles horizontes havia mundos desconhecidos, cheios de mistérios e fantasias, e isto fazia transbordar minha imaginação e curiosidade.

Algum tempo após a morte de minha mãe, as idéias de buscar o mundo fora dos pequenos limites da minha casa e seus arredores, em busca das fantasias muito próprias da minha idade então, começaram a ganhar força e forma, dirigidas sempre ao mar e seus mistérios. Assumiam pouca relevância diante do meu entusiasmo os riscos que os sonhos audaciosos sempre trazem consigo, pois dos sonhos juvenis é muito próprio o desconhecimento ou o proposital afastamento dos males e desgraças que acompanham a vida, que cremos só caírem sobre a cabeça dos outros. Desta segurança falsa e ingênua talvez decorra nosso sentimento de piedade ante as desgraças alheias, sempre distantes de nós, até que as encontremos.

Assim, num certo dia, após uma noite quase totalmente insone, em que as fantasias e incertezas do futuro e os fantasmas e garantias do presente travaram um bravo duelo, dei a vitória às primeiras e resolutamente levantei-me, decidido a levar a cabo a ação que daria a minha vida o rumo que me trouxe ao porto atual, de onde agora alcanço meu paciente leitor.

Ao sair de casa para ganhar o mundo me dirigi a Ferramontes, esperando encontrar ali algum transporte até Lisboa, para onde meus sonhos me dirigiam, principalmente pela oportunidade de não apenas conhecer de perto os grandes barcos que eu via ao largo, dirigindo-se com minhas fantasias para as ilhas do mar Oceano ou para as terras da África, ou para os confins das Índias, mas, se assim Deus o deixasse, também viver neles, para conquistar a fortuna e desbravar aqueles outros mundos d'além mar.

Safei-me numa madrugada que deu continuidade a uma noite fria e chuvosa de outono, tomando os lamacentos e quase sempre íngremes caminhos que levavam de minha casa a Ferramontes. Cheguei à aldeia com as primeiras luzes do dia, levando, além da própria roupa do corpo e as botas de viagem, agasalhado por um grande e velho casaco e um gorro de lã, a outra camisa e um par de meias que completavam minhas posses, às quais juntei cinqüenta mil réis que subtraí das escassas economias de meu pai, sob a promessa íntima de restituí-los em dobro, tão logo pudesse, para não incorrer no capital pecado do furto.

A pequena aldeia não passava de um simples aglomerado de casas toscas, em torno de uma praça com uma fonte que abastecia o tanque que atendia as necessidades de água do povoado, além da pequena igreja, que assumia ares de catedral diante do acanhamento das casas, típico das moradias das áreas campestres portuguesas. Ao chegar não encontrei senão alguns camponeses, que já se preparavam a sair no rumo da labuta árdua nos campos áridos e pedregosos daqueles altos, que só devolviam ao homem uma pequena parte do seu esforçado trabalho braçal.

Fiquei perambulando pela praça esperando algum tempo para que na única e acanhada taberna do local pudesse tomar um caneco de vinho e comer um pedaço de pão para dissipar o frio, a umidade e a emoção que mantiveram meu corpo tremendo e agitado até aquele momento, refletindo a insegurança quanto à decisão tomada que ainda teimava em queimar meus pensamentos.

O taberneiro abriu as portas da casa e reconheceu-me de outras vezes em que ali estivera, estranhando minha presença num dia em que não havia mercado no local, mesmo porque nunca me vira sem estar acompanhado de meu pai.

— Que fazes aqui a estas horas, ó rapazelho? Está teu pai também por aí?

A gagueira nervosa e a inconsistência das minhas respostas, mais as tremuras do frio molhado que me arrepiava até os ossos, demonstraram ao taberneiro que eu estava em atividades não muito próprias de um fedelho, pois até mesmo para traquinadas a hora mostrava ser muito cedo.

— Estás com um ar de cachorro que quebrou o jarro — continuou ele. — Por acaso foges de algo? Aonde pretendes ir?

Ao ver quase descobertas minhas intenções, invoquei todas as forças da minha vontade e assumindo o ar mais seguro que minha pouca maturidade permitia, afirmei:

— Estou indo para Lisboa onde espero embarcar como marinheiro — falei estufando o peito e continuando, após breve pausa: — Não quero agora mais que um naco de pão e uma caneca de vinho quente.

A expressão do taberneiro, misto de deboche e reprovação, diante da grande audácia de um pequeno tipo cujas penugens apenas ensombreavam o espaço entre a boca e o nariz, me fez pensar haver chegado ao fim minha curta aventura, pois ele não hesitaria em denunciar-me a meu pai tão logo este chegasse ao meu alcance. Porém a reprovação, ao contrário, cedeu lugar a um ar de cumplicidade.

— Se queres ir a Lisboa, amanhã deverá partir daqui uma tropa com destino à corte, que poderás acompanhar — disse ele. — Mas até lá seu pai já terá vindo no teu encalço — completou, maldisfarçando o ar de deboche.

Pensei que realmente o taberneiro tinha razão. Se queria mesmo levar a cabo meu intento deveria fazê-lo ainda pela manhã, se possível na próxima hora, pois meu pai já deveria ter dado por minha falta, principalmente pela falta dos cinqüenta mil réis que tornara sua pequena bolsa ainda mais leve. Talvez já estivesse mesmo chegando.

Como, no entanto, ir sozinho para Lisboa? Afinal, eu desconhecia os caminhos de uma jornada que pensava deveria durar alguns dias de caminhada, ainda subindo até o alto da serra da Arrábida, depois descendo até atingir as extensas terras mais baixas que finalmente chegariam até as margens do rio Tejo. Infelizmente eu não conhecia mais que os caminhos que levavam de minha casa até Ferramontes, Sesimbra e os arredores.

A coragem e a audácia raramente deixam de ser acompanhadas pela sorte, mesmo porque sem ela as duas são de pouca valia. Meus valores de caráter acabaram também recebendo a ajuda da fortuna com a oferta do taberneiro, que vendo minha disposição resolveu abrigar-me no seu depósito de vinhos até o dia seguinte, com o compromisso adicional de também não denunciar minha presença ao meu pai.

Completei meu primeiro dia de aventuras num acanhado e escuro depósito aos fundos da taberna, no meio de alguns barris com o forte cheiro ácido do vinho ordinário, tendo por companhia um grande pedaço de pão, um jarro de água e alguns ratos.

Ao meio da manhã do outro dia começou a organizar-se na praça da aldeia, em meio a uma confusa algazarra de homens e animais, uma tropa de trinta mulas carregadas de vinho, azeite, azeitonas e frutas, com destino a Lisboa, e não me foi difícil engajar nela em troca de trabalho, com direito a comida. A viagem pelos caminhos agrestes durou apenas dois dias e após cruzarmos outras tantas aldeias chegamos, ao fim de uma tarde límpida e radiosa, ainda que fria, no pequeno cais do Barreiro, às margens do estuário de um grande rio, que logo fiquei sabendo ser o Tejo, o que significava Lisboa.

A resplandecência crepuscular das águas do rio parecia saudar a inauguração dos meus novos dias. Senti-me abraçado por um sentimento de euforia e segurança por haver cumprido a primeira parte dos meus anseios, acreditando que agora me bastaria procurar o porto e escolher o barco que de bom grado me aceitaria como tripulante. Nem que como um raio passou-me pela cabeça que minhas agruras, aventuras e desventuras sequer haviam começado.

A tropa ainda deveria pousar no local até o dia seguinte, à espera das barcaças que levariam suas mercadorias através do rio até o porto de Lisboa. Minha impaciência, porém, não poderia esperar sequer por mais uma hora e logo tratei de buscar alguma outra embarcação que daquele pequeno cais estivesse logo de partida.

Prontamente encontrei um bote de quatro remos de pescadores que se dirigiam para lá e que se dispuseram a levar-me. Em menos de uma hora fizeram a travessia do rio, ajudados pela correnteza, e logo eu estava pisando as ruas de Lisboa. Não o fizeram, no entanto, sem aliviar em mil réis minha pequena fazenda, já visitada pelo taberneiro de Ferramontes.

As parcas luzes da tarde há muito haviam se apagado quando ainda estávamos no meio da travessia e a noite já ia avançada quando os pescadores, guiados apenas pelas poucas luzes que denunciavam a cidade, me deixaram numa pequena praia que dava acesso a uma escarpa não muito íngreme, indicando o rumo que me levaria à cidade e ao porto.

Como o cansaço e o sono já começavam a me abater, apesar de toda a ingênua felicidade que me transbordava da alma diante da facilidade com que havia até ali cumprido meus planos, estabeleci como objetivo mais imediato procurar um lugar para me abrigar e dormir, para no dia seguinte iniciar a busca de uma embarcação que me engajasse.

Pensei em abrigar-me por ali mesmo, em vez de procurar um albergue, o que pouparia alguns dos meus já minguantes réis. A escuridão que já cobria toda a paisagem, no entanto, não permitia vislumbrar qualquer lugar propício a uma noite ao relento e resolvi caminhar na direção das luzes que anunciavam a cidade.

CAPÍTULO II

PRIMEIRAS TURBULÊNCIAS

SEGUI NO RUMO INDICADO pelas luzes, passando por acanhadas e esparsas habitações que aos poucos se adensavam, até entrar num início de rua não muito larga, mas bastante longa, já dentro do espaço protegido pelas muralhas da cidade. Por ela segui até avistar contra o céu a silhueta de mastros dentro da estreita e escura moldura de casarões de uma viela perpendicular. Vi que estava onde queria e entrei por ela, quando fui atropelado por dois brutamontes e um garoto, que saídos não sei de onde, em desabalada carreira, como se fugissem do próprio diabo, me jogaram ao chão.

Ainda sem atinar no que acontecera, tentava me levantar, quando outros três homens surgiram do mesmo lugar. Enquanto dois deles continuaram a correr na direção dos primeiros, o terceiro se lançou sobre mim esbravejando.

— Ladrãozinho maldito, peguei-te e teus comparsas também serão pegos.

A dupla surpresa da queda e da expressão raivosa do homem esvaziou minha cabeça de qualquer raciocínio. Ao mesmo tempo que tentava recompor os pensamentos fui atordoado por um violento soco que me manteve no chão. Enquanto isto os outros dois homens voltavam esbaforidos da perseguição infrutífera, pois os ladrões que eles pensavam ser meus comparsas tinham se evaporado.

Ainda zonzo pelas duas agressões fui arrastado para dentro da casa de onde saíram meus agressores e jogado num canto passei a receber nova saraivada de socos e perguntas.

— Quem eram os outros dois ladrões que estavam contigo? — esbravejou um.

— Que é do dinheiro que roubaram? — emendou outro. — Está contigo?

Um deles meteu as mãos em minhas roupas e, ao dar com a bolsa onde eu guardava o resto dos meus réis, exclamou:

— Pronto, está aqui o que roubaram.

Já um tanto refeito dos choques, tentei balbuciar explicações: que não sabia o que estava ocorrendo; que não estava com ninguém; que aquelas pessoas haviam se chocado comigo e me jogado ao chão; que não os conhecia; que o dinheiro encontrado em meus bolsos era meu. Mas os homens não pareciam me dar ouvidos, apenas me encheram de mais tapas e socos e alguns pontapés e um deles buscou uma corda com a qual atou-me as mãos aos pés, mantendo-me inerte como um frango pronto a ser abatido.

Atordoado por toda aquela pancadaria, comecei a compreender que os dois homens e o garoto que me atropelaram haviam roubado ali e que eu havia sido confundido com o menor dos ladrões, e pego numa circunstância em que era difícil provar minha inocência. Voltei a tentar novas explicações, mas a prova material de uma inusitada quantia de dinheiro em mãos de alguém que não parecia merecê-la superava qualquer argumento falado.

Um dos homens, que depois soube ser o dono daquele lugar, um albergue, dando-me mais alguns pontapés, abaixou-se e reclamou do restante do dinheiro, pois, segundo ele, lhe foram roubados mais de oitocentos mil réis, o produto de vários dias do seu trabalho.

Voltei a clamar pela minha inocência, insistindo que o dinheiro era meu e que nada tinha a ver com qualquer roubo, o que só exaltou ainda mais o homem, que desta vez acertou-me a cabeça com tal violência que desmaiei.

Quando voltei a mim todo o corpo me doía e a cabeça girava sem parar, dando-me uma grande sensação de enjôo. A euforia de apenas alguns instantes atrás se transformara, de repente, em desamparo e desespero. Meus dias de aventuras e glórias sonhados e multiplicados nas noites ao desabrigo sob os céus pelos caminhos de Ferramontes a Lisboa, cada vez mais próximos da realidade, mal iniciados iriam terminar de forma tão inesperada quanto um raio num dia ensolarado.

Meus olhos arregalados na cara que era uma só expressão de espanto pareceram abrandar um pouco um dos homens, que não o albergueiro, que chegando-se próximo de mim, murmurou como que apenas para si:

— Talvez o fedelho tenha razão. O rapazote, parece-me, era mais velho que este infeliz, e não vestia capote nem gorro.

— Será? — questionou o albergueiro. — E o que fazia este vagabundo na rua a uma hora destas?

Minha tentativa de resposta a uma pergunta que não me era dirigida foi interrompida por um novo tapa do albergueiro, que não se conformava com a perda sofrida e, de qualquer forma, parecia querer diminuir seu prejuízo com minhas minguadas moedas.

— Ora, Fernão — exclamou o primeiro, um baixinho, gorducho e de grandes bigodes, que soube depois chamava-se Gabriel, como eu —, se não for ele um dos ladrões, não vejo por que devemos castigá-lo.

O terceiro homem, alto e corpulento, aparentando ser mais jovem que os outros dois, que até então havia colaborado apenas com alguns tabefes em minha cabeça, manifestou também dúvidas sobre minha culpa, confirmando que o mais novo dos ladrões nada vestia além de uma camisa surrada e tampouco usava gorro. O albergueiro, no entanto, ainda inconformado, relutava em aceitar a derrota de não alcançar os meliantes e mais ainda por não poder diminuir seus prejuízos dando-me como realmente inocente.

Ao ver o clima abrandar em meu favor, apressei a declinar meu nome, minha origem e meus planos. Ao ouvir que eu tinha um nome semelhante ao dele e que pretendia ser marinheiro, o gorducho demonstrou simpatia por mim e reabriu minhas esperanças.

— Bem, garoto, se queres ser marinheiro, partem daqui muitos navios que estão sempre a recrutar grumetes. Agora mesmo há caravelas partindo para Ceuta, uma delas sob o comando de um capitão amigo meu, e muitas outras sendo armadas para outros portos mais longínquos. Mas te advirto: deves saber o que queres, pois é mais dura do que pensas a vida no mar.

— Não duvido disso, senhor — respondi, retomando alguma confiança —, pois fui também criado no mar.

O albergueiro, no entanto, não se conformando com a derrota e buscando a todo custo reduzir sua perda, voltou a vociferar.

— Não, não. Vimos daqui saírem dois homens e um garoto, logo fomos ao encalço deles e demos de cara com este aí caído, provavelmente tendo tropeçado na carreira. Por que não haveria de ser ele? Vamos entregá-lo à guarda d'el-rei para que o prendam e o levem à Casa da Suplicação. Que lá o julguem, mantenham-no preso, façam com ele o que quiserem. Enquanto isto que fique aí amarrado até amanhã.

— Mas, Fernão — atalhou Gabriel —, se este garoto for inocente, irão castigá-lo sem que ele tenha culpa.

— Que se dane, ora! Quero apenas meu dinheiro de volta, e o que este moleque tem é muito menos do que me roubaram.

— Temos que nos lembrar — insistiu Gabriel — que é uma injustiça mais grave condenar um inocente do que não punir um culpado.

— Não me venhas com firulas, Gabriel — interveio o grandão, aproveitando para dar-me mais uns sopapos. — Que o Fernão tome o dinheiro, que é apenas parte do que lhe roubaram, e devolvamos este moleque à rua.

— Não quero apenas meu dinheiro. Quero também ver este desgraçado a mofar na cadeia.

A pouca confiança que eu pensava haver reconquistado desvaneceu-se novamente e fui tomado de uma angústia que quase me levou ao limites do choro. Senti-me outra vez como uma criança, tão desamparado como no dia seguinte à morte de minha mãe, quando me dei conta da realidade de sua ausência eterna.

Tentei voltar a argumentar, mas a raiva e o desespero deram um forte nó na minha garganta e as palavras não mais saíam de minha boca, apenas um murmúrio choroso e soluços ofegantes expressavam minha angústia por estar assim, de repente, sendo vítima prematura de um destino que não esperava tão cruel. Não conseguia aceitar a idéia de meus sonhos findarem tão prematuramente e de forma tão desairosa, pois sequer tivera a oportunidade de enfrentar a adversidade numa luta mais equilibrada, em que meus valores tivessem a oportunidade de demonstrar sua verdadeira magnitude, que eu pensava então ser da grandeza de todos os heróis que os livros me mostraram.

O gorducho Gabriel não voltou a levantar outro argumento a

meu favor, preferindo não desagradar seu amigo albergueiro, que agora começava a arrastar-me para um alçapão aos fundos do salão, jogando-me por uma escada abaixo para uma espécie de porão, melhor dizendo, um subterrâneo, pois mais não era que um corredor estreito e sem outra abertura, onde se amontoavam alguns tonéis, pequenos caixotes e pedaços de móveis. Ao fechar o alçapão o albergueiro enegreceu não só minha visão, mas todas as minhas esperanças.

Por quase toda a noite amarguei minha triste sina, maldizendo minha pouca inteligência, por achar que o mundo era assim tão simples e submisso à esperança dos sonhos, e comecei a sentir um grande arrependimento por haver tão prematuramente abandonado minha família, pois os tapas de meu pai eram quase que como carinhos, diante de todos os sopapos e pontapés que recebi naquela noite.

Ao final, nem mesmo o frio, a tristeza e a angústia foram suficientes para vencer o cansaço da viagem e da minha curta aventura e, apesar das dores que me moíam o corpo, adormeci encolhido sobre um caixote para me afastar da umidade do chão, mas tendo por isto que tocar meu peito com o queixo, forçado pelo teto baixo.

Meu sono ou foi muito curto ou muito pesado, pois pareceu que tão logo cerrei os olhos fui acordado pelo barulho do ferrolho da porta do alçapão e pela luz do dia ressaltando a silhueta do albergueiro descendo as escadas. Agarrou-me pela gola do casaco e arrastou-me escada acima, pouco se importando com meus lamentos pelas pancadas que a cada degrau recebiam meus joelhos, uma das poucas partes do meu corpo que ainda não doía.

Novamente no salão do albergue e com os olhos ainda tentando adaptar-se ao choque da luz, pude ver a figura de um guarda que logo me agarrou e desamarrou apenas meus pés. Sem dizer qualquer palavra, levou-me para a rua com contínuos empurrões, fazendo-me andar na direção contrária aos malfadados mastros que haviam me atraído na noite anterior.

Seguimos por várias ruas, sempre acompanhados pelo albergueiro e pela curiosidade dos passantes. Logo chegamos à frente de um grande edifício ornado de colunatas, grandes janelas ogivais e uma escadaria larga que levava a uma grande porta, onde outros dois homens montavam guarda, encimada pelo título do edifício, "Real Casa da Suplicação".

No interior, após cruzarmos o saguão onde homens vestidos de preto conversavam em grupos de três ou quatro, seguimos por um grande e largo corredor que dava acesso a várias salas, por onde circulavam outras pessoas, guardas e alguns pobres-diabos, aprisionados como eu, aguardando sobre a cabeça a poderosa clava da justiça. Diante de uma das portas fui jogado ao chão e o guarda logo sentou-se num banco ao meu lado, enquanto o albergueiro entrava por ela, retornando depois de algum tempo, demonstrando grande impaciência. Alguns minutos depois chegaram o gorducho Gabriel e o outro dos meus espancadores que se dirigiram ao albergueiro e passaram a cochichar baixinho e nervosamente.

Esperamos por um longo tempo, pelo menos para mim, que tinha a sensação da estagnação das horas, alongando minha ansiedade pelo desfecho daquele incidente infeliz. Minha cabeça esvaziou-se de qualquer tentativa de organizar os fatos e procurar entendê-los. Meus pensamentos passaram a saltitar desorganizados, entrando neles os prováveis resultados da minha funesta iniciação na vida real: os horrores da prisão, a tortura dos açoites, até mesmo a morte, pois esta era a pena para os crimes de furto ou roubo. Ai, Deus meu! Poderei ser condenado à morte por um roubo que não fiz?

Por vezes, devaneios ocupavam o lugar das possíveis senten-ças, mas surgiam como pesadelos banhados por ondas enormes e monstros marinhos ainda maiores, pois era isto o que devia me esperar. O ar de deboche do taberneiro de Ferramontes apareceu-me como que de dentro das ondas com uma estridente e arrogante gargalhada de quem profetizou uma desgraça confirmada; será que o meu gorducho xará Gabriel ainda se mostrará simpático a mim?

As lembranças saudosas dos bruscos balanços do pequeno bar-co de meu pai, nas tardes esplendorosas sobre as águas coloridas pelo poente, vieram tomar o lugar daqueles pensamentos mais tor-mentosos que insistiam em não ceder lugar a um único amparo, mas logo se desfizeram na névoa tenebrosa da realidade que eu pensava me aguardar. Um longo bocejo do guarda ao meu lado lembrou-me que o cansaço, a noite maldormida e os sofrimentos da véspera faziam do sono um desejo mais intenso que a fome e a sede que já me atormentavam, sobretudo porque me afastaria da-quele mundo de horrores, mostrado real e dolorosamente por to-dos os meus sentidos.

Finalmente fui tirado dos meus pensamentos dispersos, quando a porta em frente à qual nos achávamos se abriu e fomos chamados a entrar, sendo levado aos empurrões pelo guarda e seguido pelo albergueiro e seus amigos. Entramos numa sala grande e escura, ilu-minada por uma única janela semicerrada e dezenas de velas em grandes candelabros que procuravam dar ao ambiente, num tosco arremedo, os ares de severidade e sacralidade de uma catedral.

A atmosfera ambiental era opressiva e abafada, agravada pela presença dos funcionários, tabeliães e escrivães que ali materializa-vam os temíveis poderes d'el-rei, e pela poeira que disputava espa-ço com o ar respirável, oriunda dos vários grossos e grandes livros espalhados por mesas e prateleiras e que os escrivães se atarefavam em escriturar. Ao fundo, numa mesa maior, ocupando uma cadeira de alto espaldar e toda adornada, como se fora um trono, um meirinho que faria as vezes de juiz.

Era um velho de figura esquálida, com a cabeça coberta por um barrete negro, vestido num grosso casaco também negro, de cujos ombros, cingindo o peito, pendia um pesado colar que sustentava um brasão dourado com as armas reais que lhe davam o poder de fazer executar a justiça em nome d'el-rei.

A ilustre e excelsa figura olhou-nos demoradamente, como que já adivinhando as razões que me traziam à sua tão importante presença. Após completada sua análise mental, assim como se já soubesse a resposta, dirigiu-se com uma voz esganiçada ao funcionário que nos introduzira na sala.

— O que tem a clamar o queixoso?

— O albergueiro Fernão do Monte, do beco dos Cachorros, traz este garoto à presença de vossa mercê, afirmando ter ele furtado em seu estabelecimento, junto com outros dois ladrões que fugiram, a quantia de mais de setecentos e oitenta mil réis. O garoto foi detido logo na fuga e em seu poder foram encontrados trinta e oito mil réis.

Ouvido o libelo o meirinho dirigiu-se ao albergueiro, maldisfarçando o tédio, e indagou:

— É esta, de fato, toda a história? Há testemunhas que possam confirmá-la?

— Sim, excelência, aqui estão duas pessoas que me acompanhavam na hora do roubo e que podem testemunhar que pegamos este moleque na rua, fugindo do meu estabelecimento junto com outros dois comparsas.

— Os senhores confirmam a história? — O meirinho dirigiu-se aos acompanhantes do albergueiro.

— Confirmo — exclamou o grandão. — Este é o garoto que pegamos na perseguição e ele estava com parte do dinheiro.

O gordo Gabriel, para quem o meirinho agora olhava interrogativamente, titubeou e pigarreou duas vezes antes de responder.

— Sim... Pode ter sido este garoto... Mas as sombras da noite podem enganar os olhos e o garoto ladrão pareceu-me estar vestido sem casaco e sem gorro. Mas... não posso tampouco afirmar não ter sido ele.

Enquanto falava, o outro Gabriel baixou a cabeça, afastando de mim seu olhar que até então acompanhava tudo com expressão que denotava a expectativa do meu sucesso, diante das provas apenas circunstanciais da minha presença no local e hora errados. Aquele testemunho, o único que poderia ter sido em meu favor, rompeu o último laço que me atava às esperanças de uma boa solução para a minha desdita.

Pela primeira vez, mas não última, em minha vida, percebi o quanto os homens estão dispostos a submeter-se às mentiras e injustiças por fugazes interesses ocasionais, como amizades sempre duvidosas, mesmo que em desfavor da Justiça que todos afirmam querer, subjugando-se aos limites da covardia, sobretudo submetendo-se ao medo.

O meirinho, apenas para dar forma final àquele processo tão sumário, mas já certo da minha culpa, voltou-se para mim e perguntou meu nome e o que eu tinha a dizer.

Declinei meu nome, olhando para o outro Gabriel e buscando nele, pela comunhão dos nossos antropônimos, um novo testemunho da minha inocência, e voltei a narrar minha curta saga desde a saída de casa, enfatizando o argumento de que o rapaz do roubo não usava capote nem gorro, como eu.

— O produto do roubo foi devolvido ao queixoso? — continuou o meirinho, dirigindo-se ao funcionário, ignorando completamente minha fala.

— Não, excelência, tudo o que foi apreendido com o prisioneiro está aqui nesta bolsa — respondeu o funcionário, depositando sobre a mesa meu pequeno tesouro.

O meirinho pegou a bolsa, como que pesando seu conteúdo, olhou-a demoradamente, voltou a dirigir seu frio olhar para mim e após longa pausa, decretou:

— De acordo com o que mandam as Ordenações Afonsinas emanadas da douta sabedoria do senhor Dom Afonso V, que Deus o tenha em sua glória; mantidas por nosso não menos douto e venturoso rei Dom Manuel, tendo visto que o furto foi de quantia superior ao que é estipulado pelas ditas Ordenações, proclamo, em nome d'el rei, que o acusado do furto seja açoitado em praça pública, com baraço e pregão, e, após que cumpra prisão de nunca menos que dez anos em galés.

O albergueiro já festejava sua vitória, recebendo os abraços do grandão e um envergonhado aperto de mão do gordo Gabriel, quando o meirinho continuou, agora em voz mais alta, encobrindo as efusões do júbilo.

— O queixoso deverá recolher a metade do valor recuperado aos cofres reais, para cobrir os tributos devidos a el-rei e os custos deste julgamento. Façam-se as competentes anotações e encaminhem o condenado à prisão para que se cumpra a sentença. O caso está encerrado!

Todo meu mundo de sonhos, de venturosas façanhas e ganhos de honras e riquezas, desmoronou como um monte de areia levado pelo estertor das ondas do mar. Minha história de vida encerrava-se logo nas primeiras linhas da primeira página. Não havia mais esperanças nem futuro. A opressão do desespero se adensava no ambiente, agora ainda mais opressivo diante da mal contida alegria do albergueiro e a indiferença dos funcionários, apenas ocupados dos seus escritos, como se a boa ou má sorte dos que passavam por aquela sala lhes fosse tão costumeira como a refeição diária.

Tudo me fazia minúsculo e impotente como um filhote de cordeiro diante de um bando de lobos. Os ares de poder daquela gente que falava em voz baixa, demonstrando ares de intimidade com o ambiente que pretendia refletir a segurança dos poderosos, tudo me esmagava com o peso do mundo sobre o meu peito. Eu não era mais que um reles piolho no pêlo de um dos cavalos de uma cavalariça repleta de puros-sangues. As pompas da Justiça, que nada mais pretendem senão mostrar aos desvalidos que lhe caem às mãos sua poderosa capacidade de ação e castigo, bem cumpriam seu papel de demonstrar o quanto eram insignificantes os fracos e submissos diante dos homens que detêm o poder de comandar a vida de outros.

Eu apenas olhava assustado para tudo e para todos, buscando qualquer manifestação de apoio que pudesse surgir de alguém, ou mesmo de alguma coisa. Pude sentir uma expressão de pesar pela frustrada expectativa apenas na figurinha do gorducho Gabriel, que se retirava acompanhando o albergueiro, agora menos alegre diante da perda da metade do pouco que ele julgava ser a recuperação de parte do que lhe fora roubado.

Enquanto era conduzido à prisão, onde aguardaria o cumprimento da primeira parte da sentença, o açoite, comecei a refletir com mais otimismo sobre meus fados, mesmo porque se não o fizesse e me deixasse tomar pelo desespero só me restaria apressar a morte, da forma mais rápida e indolor, antecipando o modo lento e doloroso com que ela acabaria por me alcançar.

Fui assim levado a pensar que ao final o destino não me fora tão cruel quanto se mostrava, afora as chibatadas, pois o cumprimento da pena em galés quase sempre significava o embarque forçado em naves que partissem de Portugal, mantendo-me embarcado por tempo igual ou superior ao da condenação, pois aquele tipo de embarcação, movida por remos de condenados, já entrara em desuso. Afinal eu poderia ser embarcado, e outro não era meu desejo.

Lembrei-me das palavras de Gabriel, que havia se referido a uma frota que partiria para Ceuta na semana seguinte e minha confiança se reacendeu na ingênua esperança de ficar na prisão não mais que alguns dias. Quase cheguei a agradecer ao meu julgador pela sentença que se colocava muito abaixo das minhas sombrias expectativas de torturas, longa prisão, ou a pena de morte.

CAPÍTULO III

O DESTINO NO CÁRCERE

Fui logo conduzido da Casa da Suplicação à prisão, uma parte lateral anexa ao grande edifício das cortes de Justiça, no mesmo conjunto e que se separava do prédio principal por um grande muro de pedra, com uma única e grossa porta de ferro dando para um pátio interno. Aquele era o único acesso para a outra parte do edifício, de ares lúgubres, destoante do primeiro pelo silêncio e a pouca movimentação que reinava entre suas paredes, sinalizando no seu aspecto enegrecido e sinistro que sua porta muitas vezes era somente de entrada.

No interior do edifício, apesar da escassa luminosidade que ali penetrava, podia ver-se que nada mais fora usado na construção senão grandes pedras negras e grossos ferros, sem quaisquer adornos além do musgo que vicejava pelas frestas das pedras. Era marcante, como marcante é o contraste entre o poder dos nobres e a submissão dos plebeus, a diferença entre as partes adornadas do prédio da Casa da Suplicação, a que abrigava o poder dos julgadores, e aquele que era apenas o depósito dos julgados.

Ali era a prisão onde eu deveria permanecer até o dia em que, conduzido à praça pública como ladrão, seria açoitado diante da vista de todos, sendo devolvido à prisão até ser embarcado. Tudo conforme a douta sentença, pronunciada em nome d'el-rei, pelo justo e sábio meirinho-juiz, embora eu fosse inocente.

Tão logo ultrapassado o portão fui entregue a outros guardas, que desamarraram minhas mãos e me conduziram aos empurrões por um estreito e escuro corredor, ladeado por portas baixas e gradeadas que mal permitiam vislumbrar o interior de celas ainda mais escuras, de onde emanava um fétido e penetrante odor misto de suores e excrementos. Fui jogado numa delas, já ocupada por outros cinco prisioneiros, indo cair sobre um jovem, pouco mais velho que eu, de uma forma que hoje me faz sentir ter sido empurrado pelas próprias mãos de um inexorável e soberano destino, lançado que fui para um primeiro, involuntário e desajeitado abraço naquele que seria meu companheiro fiel nas minhas muitas futuras aventuras.

A fisionomia jovial emoldurada por uma vasta cabeleira contrastava com o corpo musculoso do homem que, logo vim a saber, chamava-se Afonso Ribeiro e estava ali pelo assassinato de um taberneiro, que ele afirmava ter matado para não morrer. Fora condenado à morte na forca, mas sua sentença, graças aos bons ofícios de seu ex-patrão, um influente nobre de nome D. João Telo, fora comutada para o degredo perpétuo em terras cuja lonjura não lhe fora informada e ele sequer imaginava.

Afonso esquivou-se do meu inesperado e indesejado abraço empurrando-me de encontro à parede, onde permaneci espantado e alerta esperando a qualquer momento receber sobre mim os outros prisioneiros, todos demonstrando um ar enraivecido pela presença de mais um intruso que viria roubar-lhes um pouco do pequeno espaço e do ar fedido que já haviam aprendido a repartir. Nada fizeram, contudo, além de me observar com olhares de curiosidade que logo se tornaram vazios de qualquer interesse. Afinal, o que eu iria roubar-lhes era apenas uma parte dos seus sofrimentos.

Passado algum tempo, Afonso dirigiu-se a mim, como porta-voz da curiosidade de todos. Perguntou meu nome e a causa de minha prisão, buscando iniciar meu entrosamento naquele grupo de infortunados, reunidos pelas tribulações de um mundo que mandava sempre juntar miseráveis com miseráveis, servos com servos, nobres com nobres, cada grupo buscando dominar os que lhes estivessem abaixo, para usá-los como suporte para alcançar os de cima.

— Quer dizer que pretendias ser marinheiro por bem e deve-rás sê-lo à força — atalhou-me Afonso, com ironia. — Pois, olha que eu também recebi uma pena que deverá levar-me a ser embar-cado, mas já estou a mofar aqui há mais de dez semanas e talvez ainda fique por outras tantas.

— Espero que não — afirmei, sublinhando as palavras com tons de segura esperança —, pois ouvi notícias de navios que devem partir para Ceuta e talvez possamos, tu e eu, ser embarcados neles.

— Melhor fosse que tua pena se resumisse à chibata e que fi-casses preso por todo o tempo da tua pena — murmurou um outro —, pois terias mais possibilidades de sobrevivência no cárcere que numa terra de infiéis que não hesitam em matar portugueses ou qualquer outro cristão.

— Como? — indaguei, perplexo. — Ceuta não é terra por-tuguesa?

— Ô fedelho — continuou o outro em gargalhadas —, acaso não sabes que Ceuta fica nas terras d'África e que é apenas um entreposto de comércio há anos conquistado pela espada do In-fante Dom Henrique? Os portugueses somente permanecem lá pela força das armas e os ganhos que permitem à cidade. O ódio daqueles infiéis dominados nunca desapareceu — continuou ele, agora com entonação mais séria —, e eles sempre que podem aumentam as chances de reconquista de sua terra pela diminuição da população dos conquistadores.

A informação me fez calar a boca, para não externar a ignorância que denotaria ainda mais minha ingenuidade e a fragilidade dos meus planos. Deixei que a conversa avançasse naturalmente pelas palavras dos outros companheiros de infortúnio. Mas ninguém mais se mostrou interessado em desenvolver qualquer falatório que afastasse a introspecção e o desânimo que marcam os prisioneiros resignados diante da má sorte, cada um já por demais envolvido com seus próprios pensamentos desesperançados.

A chegada de um guarda gordo e sonolento rompeu o silêncio, quando este se aproximou das grades, com um balde numa das mãos e uma concha na outra e bateu ruidosamente a concha nos ferros fazendo todos se movimentarem agilmente, cada um buscando sua caneca onde pudesse receber o caldo ralo e escuro e de cheiro azedo contido no balde. Olhei para os lados, esperando encontrar uma caneca para mim, pois a fome já me era tanta que sorveria com agrado até mesmo aquela sopa aguada. Não encontrando nenhuma, pois a cada um tocava a sua, olhei para o guarda interrogativamente e este apenas me respondeu com ar de desinteresse que ampliava sua fisionomia ensonada:

— Amanhã receberás uma.

Percebendo meu apetite e meu ar de patética perplexidade, Afonso sorveu um pouco daquela escassa ração e estendeu sua caneca para mim com ainda um resto, esperando abrandar minha fome. Tanta ela era que bebi de um só gole aquela sobra, sem mesmo agradecer ou pensar, naquele momento, que estava sendo alvo de uma insólita gentileza de um até então desconhecido companheiro de prisão.

O caldo ainda morno, longe de abrandar minha fome, só fez aumentá-la, ao mesmo tempo em que fez explodir por todo meu corpo uma sensação de incrível cansaço. Não havia mais nada a fazer senão aguardar, ansiando por que os dias passassem com a mesma velocidade com que correram todos os fatos que me trouxeram até aqui. Procurei achegar-me ao único canto ainda livre da cela, onde me encolhi abraçado a mim mesmo e adormeci.

Meu sono foi atormentado durante toda a noite, sobressaltado pelo frio, pela umidade e por sonhos e pensamentos que evocavam meu passado e o projetava para um futuro repleto de incógnitas e receios. Um dos prisioneiros, um negro alto e corpulento, desobedecendo às leis naturais que mandam dormir à noite e manter-se acordado de dia, cantarolava em sua língua pagã uma cantiga lamentosa, que até poderia ninar os outros, que dormiam e roncavam sem se importar com ela, mas me assustava pelos sofrimentos que parecia exprimir. Um outro se levantava freqüentemente e vinha urinar no buraco que servia como cloaca, bem ao lado de onde eu me achava e só por isso fora o único canto disponível no acanhado calabouço que eu encontrara.

Quando, finalmente, as primeiras e opacas luzes do dia receberam permissão para entrar pela pequena abertura gradeada no alto da cela, um guarda aproximou-se, repetindo o ritual da noite anterior: bateu com uma concha nas grades, acordando a todos, que como animais já amestrados acorreram a aproximar-se com suas canecas. Desta vez, além de água, cada um recebeu um pedaço de um pão grosso e escuro. Após entregar meu pedaço, o guarda enfiou a mão dentro do balde com água, retirou dali uma caneca e estendeu-a para mim. Neste momento senti-me elevado à mesma categoria dos demais prisioneiros, sem poder precisar se aquilo me trouxe a felicidade da integração àquela comunidade de infelizes ou a tristeza de ver confirmada minha triste nova condição.

A cada manhã eu despertava com a ânsia da expectativa de ser aquele o dia em que se cumpriria a primeira parte da sentença: ser levado a praça pública, onde um pregoeiro deveria ler o edito das causas e conseqüências do meu crime, sendo a seguir amarrado a um tronco onde receberia as chibatadas em número que houvesse por bem decidir o carrasco. Após o castigo em praça pública deveria ser devolvido à prisão e aguardar o cumprimento da segunda parte, que poderia ser tão logo fossem curadas as feridas causadas pelo açoite, ou até não acontecer, e neste caso eu apodreceria na prisão.

À medida, entretanto, que os dias se sucediam sem que eu fosse chamado pelo carcereiro, a agonia da espera da primeira parte da minha pena ia diminuindo, deixando-me esperançoso de que ela tivesse sido esquecida ou revogada. Ao mesmo tempo, seu lugar ia sendo tomando pela inquietação de não ser lembrado também para o embarque, o que não era incomum diante do grande número de prisioneiros que jaziam esquecidos naquela prisão. Enquanto isso, a rotina do pedaço de pão e a caneca de água pela manhã e a sopa morna à noite se sucedia, fazendo de cada dia apenas a monótona reprodução do anterior, reduzindo minhas esperanças, confirmando os prenúncios de Afonso.

Estávamos todos ali ignorados por uma justiça que se encerrava com a pronúncia da condenação, estendendo suas tenazes muito além do alcance do crime, como a condenar ao eterno degredo da alma qualquer pequena ou grande culpa. A maior condenação consistia em retirar do condenado sua condição de humanidade, afastando dele as esperanças do retorno à vida no convívio natural com os humanos, apartados que eram todos naquela condição de cães danados.

Os dias na prisão se sucediam e pareciam eternos, e nessa eternidade o tempo se diluía e quase desaparecia, marcado apenas pela alternância de claros e escuros, dos quais perdi a conta pela enfadonha repetição, o que me levou à certeza de que quando nada se altera e nada se move o tempo deixa de existir e sua linha, perdendo a sinuosidade dos acontecimentos, volta a estender-se como a reta vinda do infinito antes da vida, que volta a dirigir-se a ele na eternidade da morte.

Após muitos e longos dias, a impaciência por ver logo cumprida a segunda parte da minha sentença começou a assumir primazia no rol das minhas angústias, pois a primeira parecia, de fato, ter sido abandonada. Os guardas, quando perguntados, limitavam-se a rir e a escarnecer e quando um ou outro mostrava-se disposto a responder, apenas exclamava nada saber, pois só recebiam ordem de manter-nos trancados, alimentar-nos e soltar, quando fosse o momento. Nunca, porém, enfatizavam, deixando de castigar os indisciplinados e perguntadores.

Os castigos por indisciplina não eram muito comuns, pois a certeza e a violência da punição desincentivavam qualquer iniciativa. Para não chamar a atenção dos guardas e atrair outros castigos que se somassem àquele que já era terrível por si só, as ocasionais rixas entre os prisioneiros se resolviam com lutas travadas num quase silêncio, quebrado apenas por rosnares e gemidos. Muitas vezes essas contendas chegavam à morte, em razão da violência exacerbada por ódios impedidos de se exprimirem também com os gritos, ameaças e impropérios que antecipam e acompanham os atos de malquerenças entre inimigos. As mortes nunca eram assumidas ou denunciadas, pouco importando aos guardas saber das causas ou do autor, a menos que fosse para castigá-lo pelo trabalho adicional que lhes era imposto de remover cadáveres.

Vez ou outra, vindos dos fundos do corredor, ouviam-se gritos apavorantes de dor e súplica de prisioneiros castigados por um ato de indisciplina ou rebeldia, ou torturados em razão da pena, ou para obter uma confissão, ou até mesmo para o simples extravasamento do ódio dos carcereiros. Meus medos se ampliavam quando dentro da noite ouvia aqueles clamores sofridos e lastimosos de dores que extravasavam o corpo, vindos da própria alma do infeliz, e nestes momentos cada um se encarcerava ainda mais dentro do silêncio protetor.

Minha pouca comunicação com os outros se limitava a ocasionais trocas de palavras com Afonso, que, pelo gesto de dividir comigo sua pequena e minha primeira refeição na cela, conquistara minha simpatia exclusiva. Os demais, além do negro, um escravo fugitivo de um dono que não se sabia quem, eram o velho que advertira sobre os perigos de Ceuta, que já nem se lembrava por que estava preso e outros dois pouco distintos um do outro, igualados que já haviam sido pelos sofrimentos e privações dos tempos de prisão. Estavam ali há anos, ambos condenados por crimes deveras graves, aguardando o indulto da morte.

Apesar de raras, as conversas que mantive com Afonso me possibilitaram conhecê-lo bem, ao mesmo tempo em que permitiram fazer-me conhecido. Minha capacidade de leitura e escrita, aceita como verdadeira mesmo diante da impossibilidade de demonstrá-la, despertou nele uma intensa admiração, da mesma forma que o relato de sua saga me comoveu por vê-lo também como um joguete das circunstâncias, tal como eu. À medida que se ampliava o conhecimento mútuo aumentava também a mútua confiança.

Afonso nascera nas terras de um grande fidalgo, o já citado Dom João Telo, lá pelos lados de Coimbra, bem ao norte de Lisboa. Há menos de um ano, no curso de uma das grandes bebedeiras que ele e alguns amigos aprontavam nas tardes de domingo, um taberneiro resolveu cobrar-lhes a conta antes de encerrada a farra.

Da discussão acalorada que àquilo se seguiu, um de seus companheiros acabou por quebrar uma caneca de vinho na cabeça do taberneiro, que logo correu para trás do balcão, de onde voltou com uma grande faca. O taberneiro, porém, sem atinar para quem o agredira, avançou sobre Afonso que, mais jovem e mais ágil, segurou o braço do homem e torceu-o. De tal forma, no entanto, que o facão quase decepou o nariz do pobre comerciante.

As coisas poderiam ter acabado por ali, com Afonso respondendo apenas pela mutilação do rosto do taberneiro, aliás, já bastante marcado pelas cicatrizes de uma bexiga. A mulher do taberneiro, até então apenas assistente, assustada com a cena e a sangueira que brotava do nariz do marido, avançou sobre Afonso com um grosso pedaço de pau, levando-o proteger a cabeça com os dois braços, o que permitiu ao taberneiro, apesar de todo o sangue que lhe escorria no rosto, pegar novamente o facão e aplicar um forte golpe que atingiu o braço de Afonso.

Vendo-se atacado pelos dois lados e com o braço bastante ferido, Afonso tentou fugir, mas na direção errada, pois apenas conseguiu alcançar um canto do cômodo de onde não tinha como escapar da fúria do casal. Sendo mais fácil dominar a mulher, Afonso, apesar do braço ferido, tomou-lhe o grosso cacete com o outro e após dar-lhe um boa pancada, voltou-se para o homem, que já levantava o facão pronto a baixá-lo direto ao meio do crânio de Afonso. O golpe desajeitado, destinado a aparar a descida fatal do facão, acabou por acertar em cheio a cabeça do furioso taberneiro, que caiu ao chão como um saco esvaziado.

Após alguns dias, Afonso já preso por homens de Dom João Telo, o taberneiro veio a falecer. Levado aos tribunais, meu infeliz companheiro foi condenado à forca. Mas Dom João, tendo ouvido a versão de Afonso, convenceu à corte comutar a pena para degredo em qualquer das muitas terras que Portugal já dominava em África, ou em alguma ilha longínqua e perdida na imensa extensão das costas daquele continente.

Toda essa história foi contada pelo meu companheiro não de uma só vez, mas como que por capítulos, enriquecida por detalhes que iam desde a qualidade do vinho que foi consumido até os rancores dos carcereiros no primeiro dia de sua prisão.

Minha história, entretanto, ouvida a última parte da de Afonso, eu a contei em apenas uma manhã. A ansiedade pelo desfecho daquele pesadelo não me permitia a mesma calma e detalhamento do meu interlocutor, e às vezes me pergunto como consegui naquela ocasião resumir em poucas horas acontecimentos que pareciam ter preenchido o tempo de uma vida.

Estimulados pelas histórias de Afonso e pela minha própria, cada um dos outros prisioneiros resolveu também contar a sua, preenchendo com isto a maçante e rotineira repetição dos dias. Esgotadas as narrativas biográficas de cada um, outras conversas e outras histórias começaram a surgir, levando-me a pensar, não sem alguma dose de soberba, que fora minha presença a causa do rompimento do mutismo que imperava na cela.

Algumas eram claramente fantasiosas, espelhando apenas a imaginação de quem falava. Outras, no entanto, mostravam-se repletas de fatos que bem poderiam ser reais, ou denotavam grande capacidade de criação do narrador.

O negro, numa linguagem confusa, mista do tosco português que aprendera na prisão com sua língua bárbara, dizia ter sido um grande chefe de tribo, dizimada por caçadores de escravos bem armados, que o venderam ao capitão do navio. Estava ali por haver se rebelado durante a viagem para Portugal, ocasionando indiretamente a morte de um marinheiro, e era mantido preso não pela morte que causara, mas porque ainda não haviam resolvido a pendenga de quem era seu proprietário: o capitão ou o nobre que financiara a expedição.

Os outros três não contaram histórias que se diferenciassem da maior parte dos homens mantidos nas prisões d'el-rei: um por esconder parte dos frutos de seu trabalho, devido ao senhor da terra, para melhor alimentar seus doze filhos; outro, por ter sido acusado de haver furtado do vizinho um porco que ele jurava que fugira de sua casa; outro ainda, por comerciar tecidos sem autorização nas praças de Lisboa. Todos se julgavam inocentes, somente estando ali por buscar o que julgavam ser seus direitos, dados como contrários aos direitos definidos pelos poderosos.

De qualquer forma, dessas conversas ampliei bastante minha escassa e ingênua ciência acerca de um mundo bastante diferente daquele que eu até então conhecera. Adquiri até mesmo os conhecimentos das funções e relações dos homens e das mulheres, e confesso que a tudo ouvi com absoluta descrença no princípio, acabando por convencer-me diante da unânime confirmação manifestada pelas gargalhadas de todos ante minha inocente ignorância.

Meu convencimento firmou-se sobretudo pela luz despertada em minha cabeça acerca das transformações que eu vinha sentindo ocorrerem em meu corpo; nas estranhas sensações que me percorriam de cima a baixo sempre que via uma jovem figura feminina menos coberta; nos pêlos que começavam a exuberar em partes do meu corpo e pelo constante intumescimento do membro que eu julgava destinado apenas a urinar. Não só neste, mas em muitos outros aspectos da vida tive ali, naqueles dias, uma escola de vivência que substituiu com sobejos quaisquer lições ministradas por sábios doutores.

CAPÍTULO IV

O SONHO DESFIGURADO

UM DIA, FINALMENTE — pois todos os prazeres e sofrimentos humanos, por esta própria característica, também são finitos —, um guarda abriu a grade da cela, nunca mais aberta desde minha entrada, agarrou-me pelo braço e sem dizer palavra conduziu-me para fora. Imaginei que por fim estava sendo levado para receber em praça pública os açoites ordenados na minha sentença, dos quais eu imaginava já estar eximido, agravando meu desespero por ver desmoronar os novos sonhos construídos sem eles.

Fui arrastado na direção do fim do corredor, vislumbrando aterrorizado, por uma porta entreaberta, um salão que atinei devia ser de onde partiam os gritos dos torturados. Senti calafrios e uma forte dor de barriga que enfraqueceram minhas pernas, quase obrigando o guarda a me sustentar. Ultrapassada, no entanto, a porta do que eu pensava ser o salão de torturas, apesar de estar sendo levado em direção contrária à saída do edifício, perdi um pouco dos meus temores, mantendo somente o de não saber os novos rumos do meu destino.

Continuando por um outro corredor, fui conduzido por uma escada até outra ala que levava a um grande salão, mobiliado apenas por uma grande mesa e algumas cadeiras. Ali se achavam um oficial da guarda e dois outros homens vestidos com as roupas negras que denotavam ser homens da justiça, além de um escrivão, que no volumoso livro à sua frente deveria anotar as ordens e decisões que seriam dali emanadas. O guarda que me escoltava empurrou-me para a frente da mesa, onde já se encontrava um grupo de outros seis prisioneiros, alguns jovens como eu, ainda que seus aspectos miseráveis os fizessem parecer mais velhos.

Senti que também devia estar me parecendo com eles, todos igualados na humilhação e na indignidade dos subjugados pelo poder, ali expressado no brilho da semi-armadura polida do oficial e pelas vestes finas e mãos adornadas por anéis do escrivão e dos outros dois homens da justiça. Logo, de uma porta aos fundos da sala, vieram juntar-se ao quarteto outros dois homens, que pelas roupas pareciam ser gente do mar.

O guarda, ao empurrar-me na direção do grupo, fez com que eu me desequilibrasse e quase caísse sobre a mesa, obrigando-me a fazer movimentos cômicos tentando recuperar o equilíbrio sem tocar no móvel ou cair sobre meus companheiros de infortúnio, enquanto buscava assumir uma postura à altura da dignidade dos homens a minha frente.

Meus movimentos desengonçados provocaram risos no oficial e nos outros homens e sorrisos dissimulados nos presos e nos demais guardas que lá se encontravam, o que me colocou um pouco mais à vontade, pois a comicidade desarma ressentimentos, não só pela alegria que possa causar, mas por provocar nos outros a segurança da superioridade sobre quem protagonizou a graça.

Enquanto me aprumava e tentava recompor minha triste figura, ajeitando os cabelos desgrenhados e as pobres vestimentas, rotas e sujas pelas condições da prisão, os dois homens que pareciam gente do mar confabulavam em voz baixa, olhos fixos sobre mim, levando-me a pôr uma atenção disfarçada nas palavras que, no entanto, eu não conseguia bem ouvir. O foco dos meus sentidos desviou-se então dos ouvidos para o nariz, quando senti o salão impregnado por um cheiro nauseabundo e enjoativo que me causou enorme mal-estar, principalmente quando descobri horrorizado que emanava daquele grupo de miseráveis, bem como do meu próprio corpo.

Só então pude perceber o quanto os tempos de prisão me haviam transformado. O que havia produzido meu horrendo aspecto físico havia também, e principalmente, alterado minha cabeça, já agora não mais recheada de sonhos e fantasias juvenis, mas pronta para enxergar o mundo pela sua face infame, mais real e verdadeira. Passei ali a conhecer a fragilidade dos homens despossuídos, sem qualquer poder sequer sobre si mesmos, sujeitados a uma sina nem sempre traçada sob os desígnios dos céus, ou do inferno, e sim mais freqüentemente pelos interesses dos poderosos, que a desenham guiados unicamente pela bússola cujos pontos cardeais são a cobiça, a arrogância, o ódio e o medo.

Um dos homens vestido com calções, blusa e gorro típicos dos marinheiros era de fato o contramestre de uma das caravelas de uma frota de três, que se destinava a Guiné, na costa africana, onde deveriam levar as luzes do Evangelho, aproveitando a ocasião para também comerciar tecidos e utensílios de ferro, como panelas, facas e machadinhas, devendo na volta trazer ouro, especiarias e escravos negros.

O oficial da guarda apresentou-o com o nome de Diogo Pascoal e disse que ele estava ali para escolher, dentre os prisioneiros de menor pena e melhor saúde, os que tivessem alguma habilidade aproveitável num navio ou que, dentre os mais jovens, pudessem engajar-se como grumete, e que todos deveriam render louvores à magnanimidade da justiça d'el-rei, que, por sua misericórdia e pela graça de Deus, havia nos escolhido para sermos recrutados para o mar. Da mesma forma, deveríamos submeter-nos à vontade do contramestre, a quem, doravante, sujeitaríamos nossa fidelidade, caso fôssemos escolhidos. Os que não fossem aceitos seriam mandados de volta às suas celas.

Com as palavras do chefe da guarda, Diogo dirigiu-se à frente e passou a examinar silenciosa e demoradamente cada um de nós prisioneiros, olhando-nos de cima a baixo, de frente e por trás, como se escolhesse animais numa feira, apalpando-nos a musculatura e abrindo a boca de um ou outro para examinar-lhe os dentes. Em seguida afastou-se, mais impelido pelo mau cheiro do que pelo termo de suas observações, voltando para trás da mesa, ainda silencioso, permanecendo assim por um longo tempo, enquanto sua mão alisava a barba curta e espessa. Por fim, apontou para um dos presos, de pele escura como a de um mouro, de grande estatura e com mãos quase do tamanho de seus pés enormes.

— Você. Qual o teu nome?

— Antônio Azeviche, senhor — respondeu ele, com uma voz grave condizente com seu tamanho —, mas chamam-me também de O Malho, senhor, por causa de minha profissão, ferreiro.

— Ah! Um ferreiro é sempre útil na frota — alegrou-se Diogo, por acertar sua primeira escolha. — E por que estás aqui?

— Tive uma desavença com um freguês, senhor — exclamou O Malho —, e quebrei-lhe as mãos por não querer pagar o valor dos meus serviços.

— Bem — disse o contramestre —, doravante serei eu a quebrarte as mãos e os pés se fores violento com outros que não sejam os piratas. Afasta-te para aquele canto — continuou ele enquanto já apontava para outro prisioneiro, desta vez um jovem magro, pouco mais velho que eu, de rosto até bonito, apesar de marcado pela bexiga.

— Tu, dize teu nome e por que estás aqui.

— Fe-fe-felipe de Ca-castela, senhor, e não tenho apelido — murmurou o jovem desajeitadamente, gaguejando não por nervosismo, mas porque falava realmente com dificuldade, mentindo sobre a possibilidade de um gago não ter um apelido. — E estou aqui por haver desvirginado uma donzela, que, ao final, o pai, meu patrão, trancou num convento, recusando-me a reparação pelo casamento por eu ser apenas o tratador de suas mulas.

A gagueira do rapaz e a pomposidade do seu nome fizeram o contramestre explodir numa sonora gargalhada, que contagiou também o chefe da guarda e todos os demais, não prisioneiros, presentes na sala.

— Quer dizer que temos aqui um garanhão, com nome de gentil-homem e que, ao que parece, sabe lidar com mulas e éguas.

O jovem gago não esboçou qualquer resposta, limitando-se a baixar a cabeça e os olhos para as mãos cruzadas à frente do instrumento causador de sua desdita, como a ocultá-lo.

— Que mais sabes fazer, além de lidar com montarias? — continuou Diogo, sem disfarçar a ironia da frase, mas retomando a seriedade.

— Po-poucas coisas, senhor, mas li-lido muito bem com qualquer animal, senhor. Não só mulas e cavalos, mas também com bois, cabras, ovelhas e porcos, e até touros, senhor.

A disposição de escapulir daquela prisão, o mais rápido possível, faria qualquer um exagerar o alcance de suas virtudes e vocações, e o gago o teria feito mesmo que não fosse capaz de distinguir um touro de uma vaca. O contramestre mandou-o então colocar-se ao lado do Malho e em seguida olhou-me firmemente.

— Você. Qual o teu nome e por que estás preso?

— Meu nome é Gabriel, senhor. Já tenho alguma experiência de mar e estou aqui por engano.

— Bem — retorquiu o contramestre com desdém —, que estejas aqui por engano não duvido, pois todos aqui são inocentes... aos seus próprios olhos. Que experiências tens de marinharia?

A pergunta me atordoou, não só porque senti repentinamente que seria ridículo falar de experiência do mar no pequeno bote de meu pai, como também pela minha inteira ignorância sobre o significado da palavra "marinharia".

— Meu pai era pescador na costa de Sesimbra, senhor, e eu sempre o acompanhei, até mesmo no alto-mar — menti, pedindo aos céus que o contramestre se desse por satisfeito com a resposta, antes de acabar desmascarando minha ignorância. — Também sei ler e escrever — emendei logo em seguida, na esperança de com estes talentos encobrir minha falta de grandes conhecimentos sobre as coisas do mar.

— Esses talentos, se verdadeiros, não te serão úteis a bordo — continuou Diogo Pascoal —, mas me parece que poderás ser um bom grumete. Junte-se àquele grupo.

Ao mesmo tempo em que me dei por feliz por haver bem chegado ao fim do interrogatório e estar sendo escolhido, senti-me frustrado por não ver levados em conta meus conhecimentos de leitura e escrita, aptidões extremamente raras e inesperadas dentre os de minha categoria, parecendo mesmo que nem sequer fui acreditado na minha afirmação.

Felizmente, também não precisei avançar no detalhamento das minhas pretensas experiências marítimas, limitadas a um pequeno barco, nunca levado a mais que duas ou três mil braças da costa. A prudência, virtude que até então eu pouco cortejava, aconselhou-me a não fazer qualquer outra manifestação e me dirigi em silêncio para o grupo dos escolhidos, aguardando o desfecho daquela seleção de forçados.

Após escolher mais dois prisioneiros, refugando os restantes, o contramestre informou aos membros da mesa estar satisfeito, fazendo menção de retirar-se. O oficial ordenou então aos guardas que conduzissem de volta às suas respectivas celas os dois prisioneiros que não seriam embarcados. Estes logo entraram em desespero e passaram a clamar por piedade, implorando por serem também embarcados, afirmando sua disposição de enfrentar até os riscos de morte para cumprir quaisquer trabalhos que lhes fossem dados fora daquela prisão. As lamúrias dos rejeitados que já iam sendo retirados do salão foram ignoradas por Diogo, que colocou-se à frente do grupo dos cinco eleitos, os punhos postos na cintura.

— Virão todos comigo, agora — exclamou com dura voz de comando. — Vamos para a *Santo Agostinho*, a caravela onde cada um receberá suas incumbências. Advirto-os que a fuga, até o retorno da viagem, será considerada crime de deserção, sujeito, portanto, ao agravamento de vossa pena, ou seja a forca quando forem apanhados.

Após uma breve pausa para medir o impacto de suas palavras, continuou:

— Tenham certeza que as durezas do mar ainda são menores que as da prisão, mas a obediência e o respeito que exigirei de cada um não serão menores do que é exigido aqui. Todos serão mais bem alimentados e talvez possam até mesmo ganhar algum dinheiro — continuou, buscando desincentivar-nos de quaisquer intenções de fuga e fazer-nos crer que havíamos sido premiados. — Agora me acompanhem todos.

O contramestre abriu a porta aos fundos do salão, por onde

63

havia chegado, e fez entrar quatro marinheiros, que nos escoltariam até a *Santo Agostinho*, onde deveríamos permanecer até o dia de zarpar, o que seria, segundo disse um dos marinheiros que nos acompanhavam, tão logo se completassem os suprimentos dos barcos e fosse encerrado o recrutamento da tripulação.

Pela primeira vez depois de muitas semanas eu via novamente a luz do sol em sua resplandecência, ainda que invernal. Andamos todos, maltrapilhos e malcheirosos, pelas ruas de Lisboa, escoltados pelos quatro marinheiros, numa caravana de desafortunados. Mas para mim a desfortuna era apenas na aparência, pois o júbilo começava a ocupar na minha alma o lugar até então tomado pela desesperança.

Os que nos viam passar não conseguiam compreender a alegria que meu rosto estampava, num sorriso incompatível com aquela aparência de miséria e nos olhos arregalados de deslumbramento pela visão dos palácios e das grandes casas de Lisboa, agora iluminada também pelas luzes da liberdade, ainda que relativa.

Finalmente eu seria marinheiro. Por fim, iria entrar num daqueles barcos que meus olhos só viam de longe e onde eu me imaginava na proa, recebendo os ventos que de trás os impulsionavam céleres, cortando ondas e atropelando grandes peixes, encarando os abismos do horizonte sem fim que meu pai tanto temia. Iria viver neles por longo tempo e fazer companheiros. Aprenderia as artes da navegação e poderia me tornar um requisitado piloto.

As ondas dóceis dos meus pensamentos, cortadas pela quilha da nau imaginária, se agigantaram na minha imaginação até atingir o topo dos mastros, fazendo-os agora envergados por ventos tempestuosos. Os grandes peixes se tornavam monstros horrendos, de agressivas e eriçadas escamas e enormes goelas prontas a devorar toda a embarcação. O destino de um náufrago poderia ser também o meu destino. "É mais dura do que pensas a vida no mar", lembrei-me das palavras do meu gordo xará no albergue onde se iniciou minha saga, e a euforia dos sonhos bons se mesclou com os sonhos maus advindos das histórias fantásticas ouvidas nas tabernas de Ferramontes e Sesimbra. Pensei, então, com calafrios, que talvez eu nem sobrevivesse à minha primeira viagem, e que antes de ser um piloto eu seria apenas um cadáver de náufrago alimentando os peixes.

Meus devaneios, ondulados por subidas ao céu e descidas ao inferno, foram interrompidos com a chegada ao largo da Ribeira das Naus, onde se aglomeravam carpinteiros, ferreiros e outros artífices e trabalhadores, homens de cor e mouros escravizados, envolvidos no corte ou transporte das grandes toras de pinho, sobro e carvalho destinadas à construção ou reparo das muitas embarcações que ali se amontoavam nos estaleiros ou no mar.

A intensa movimentação de homens e carroças à beira-mar não era menor nas outras áreas, onde vendedores de comidas, panos e utensílios dados como vindos do Oriente mesclavam-se com escribas espalhados pela praça atendendo a mulheres, mães e esposas, esperançosas de mandar e receber notícias de seus homens, viajantes em alguma parte do mundo.

A um grito de comando de um dos marinheiros que nos escoltavam, minha atenção, dividida em toda aquela movimentação febril, desviou-se de tudo e centrou-se apenas na visão da caravela *Santo Agostinho* atracada ao cais.

Seus mastros e madeirame sujos e escuros faziam uma horrenda combinação do negrume de alcatrão com o esverdeado do azinhavre que recobria as peças de bronze e bem acentuavam o amarelado esmaecido das velas ainda enroladas nas vergas, mas incapazes de esconder seus remendos. O forte cheiro de breu e óleo de peixe entrando pelas narinas completou a decepção diante daquela visão, oposta às expectativas de uma grande e imponente nau, lustrosa e reluzente, de metais polidos e velas imaculadamente brancas e estufadas, como um peito pronto à luta pela conquista da liberdade dos mares.

As últimas fumaças de meus sonhos se desfizeram com a visão, agora bem de perto, do movimento intenso de marinheiros suados e esfalfados na dura faina de desempilhar e empilhar caixotes e tonéis, e com o empurrão que recebi de um dos marinheiros, fazendo-me alcançar o convés do barco com apenas alguns passos sobre a longa prancha que o ligava à terra.

Corriam os primeiros dias do primeiro mês do ano da graça de Nosso Senhor Jesus Cristo de 1500, o último ano do século que haveria de marcar a ampliação das conquistas de Portugal, dividindo com o reino de Castela, pelo Tratado de Tordesilhas, os caminhos dos mares e as terras do mundo, e as primeiras linhas dos mal traçados capítulos da minha vida, cujo prefácio agora terminava.

CAPÍTULO V

TEMPESTADE E TORMENTO

A *SANTO AGOSTINHO*, junto com as outras duas caravelas, a *Algarve* e a *Madre de Deus*, igualmente velhas e desconjuntadas, partiu de Lisboa num domingo ensolarado e quase quente, incomum para aqueles dias de começo de inverno. A *Santo Agostinho* era comandada pelo capitão Alberto Leitão, um velho e experimentado homem do mar, que havia servido como segundo piloto na frota de Bartolomeu Dias, quando este descobriu e contornou o cabo das Tormentas, em 1488.

Cada uma tinha pelo menos quarenta homens embarcados, misturados a outras tantas quantidades de animais: patos, galinhas, porcos e cabras, agora comandados na *Santo Agostinho* pelo meu gago companheiro, Felipe de Castela. Meu outro colega de engajamento forçado, O Malho, recebeu a incumbência de exercer os trabalhos próprios de um ferreiro na pequena forja instalada junto a abita, no acanhado alojamento dos grumetes sob o castelo de proa. Aos oito grumetes a bordo, eu dentre eles, todos jovens com idades oscilando entre os doze e quinze anos, cabiam todas as tarefas incabíveis aos marinheiros experimentados ou aos homens de ofício, desde servir ao comandante, oficiais e não raro mesmo aos marinheiros, até a limpeza das latrinas.

Demos à vela nas primeiras luzes daquela manhã de domingo, logo após a missa celebrada a bordo por um dos cinco jesuítas que conosco seguiam com a missão de catequizar os pagãos africanos que, a julgar pela fúria manifestada pelo celebrante em sua homilia, tanto ansiavam pela salvação cristã.

Os ventos fracos que desciam pelo Tejo e a própria corrente do rio não pareciam querer empurrar-nos para o mar com o mesmo fervor do padre, pelo menos na velocidade que esperávamos. Logo o capitão Alberto Leitão, recebendo ordens da naucapitânia, a *Algarve*, e conforme já faziam esta e a *Madre de Deus*, ordenou que os dois batéis fossem arriados, com doze homens cada um, e se pusessem a auxiliar a corrente do rio, puxando a caravela até o cabo da Barra para que alcançássemos os ventos favoráveis do oceano, sempre prontos a virar e se tornar indesejosos de impulsionar para o sul aquele amontoado de madeiras, ferros e panos remendados que eu então pensava ser um bom barco, apesar do seu aspecto carcomido, pois ainda não os conhecera novos e maiores.

Ultrapassados os últimos arrabaldes de Lisboa, deixando para trás as hortas e as raras casas que ainda se mesclavam com os baixios da barra, alcançamos os ventos do oceano. Logo após já avistávamos os primeiros dos muitos e longos areais que fazem as praias da costa da Caparica, com sua retaguarda coberta por grandes dunas, que assim se estendiam até o meu conhecido e temido cabo Espichel, ponto em que eu esperava, com ansiosa e temerosa curiosidade, avistar as terras de onde partira. Ali fechar-se-ia, pela geografia, o primeiro dos círculos que a história da minha vida mal começava a traçar.

Os ventos, no entanto, ainda não eram muito favoráveis e ora sopravam ora amainavam, mantendo-nos num curso soluçante que impedia a caravela de avançar mais que algumas poucas milhas a cada hora. Somente ao fim da tarde, ao término da dura faina que comanda o cotidiano dos barcos ao mar, ultrapassado o cabo Espichel, pude avistar ao longe, na costa da qual estávamos afastados já bem mais que quatro ou cinco léguas, a silhueta familiar dos rochedos e os montes que desde a primeira infância eu conhecera de perto e que a distância não foi capaz de alterar, pois mais que com a memória dos olhos eu a tudo enxergava com um sentimento de prematura saudade.

Não foi muito diferente o segundo dia da minha primeira viagem, exceto pelo agravamento das tonturas e do enjôo que me acometiam desde a véspera, em razão do monótono balanço da nave, que jogando meu estômago para cima e para baixo, para um lado ou para o outro, acompanhando os movimentos do barco, me levaram a pensar seriamente e quase com saudades sobre as vantagens de uma vida terrestre, enjoativa apenas na sua monotonia, sem aventuras ou conquistas, mas com a certeza da firmeza das tripas. Nada mais ocorreu além dos meus males e os ventos continuaram a soprar em espasmos, como se Éolo estivesse com seus bofes cansados, tendo que descansar a cada soprada.

Ao meio do terceiro dia, porém, na altura do litoral de Sines, já a caminho de abandonar águas portuguesas rumando para leste, na direção do estreito que leva ao mar Mediterrâneo, o deus dos ventos, como que recuperado de suas fraquezas, resolveu assoprar mais fortemente. Seu vigor aumentava até passar a girar desordenadamente em todas as direções, com tal fúria que a superfície do mar encrespou-se em caos. As ondas se elevavam furiosamente em montanhas de água, encadeadas em aterrorizante cordilheira que ora nos encurralava nos seus vales, fazendo pensar que seríamos triturados por todas as ondas que cairiam sobre nós, com suas cristas esculpidas pelo vento em forma de mil garras, ora nos levava aos seus cumes, com a assustadora visão dos abismos que se abriam sob o barco, mostrando as possíveis profundezas do inferno.

Após tentar manter abertas por algum tempo apenas algumas velas, o capitão, vendo que a força do vento poderia arrancá-las das vergas, mandou que se ferrassem todas, menos o traquete, para que a nau não perdesse completamente seu rumo. Assumiu a partir daí ele próprio a cana do leme da embarcação, temendo que uma manobra malfeita levasse o barco ao fundo. Bastava para isso que a caravela não mantivesse sua proa de encontro às ondas mais fortes.

A ventania atingia a nave de tal modo que, apesar da exímia condução do capitão, a caravela inclinava-se perigosamente, ora para um bordo, ora para o outro, ao mesmo tempo que era impulsionada em bruscos saltos para a frente, como que espetada no traseiro pela lanças em brasa de mil demônios.

Somente o peso da carga armazenada nos porões impedia que cada inclinação da nave não se completasse, fazendo a ponta dos mastros tocar a superfície das ondas. Mas, esta mesma carga, mal arrumada e não suficientemente amarrada, acabou por desordenar-se de tal forma que os fardos, caixotes e tonéis passaram a ser jogados de um lado ao outro, ofendendo as madeiras já semi-apodrecidas do costado e as vigas que formavam a caverna do barco, abrindo rombos por onde as águas passaram a entrar com fúria maior do que as que vinham de cima.

Os carpinteiros entraram logo em trabalho, na vã tentativa de reparar os estragos produzidos no casco, mas seus esforços não atendiam em rapidez sequer à mínima parte da velocidade com que os estragos aumentavam. Alguns marinheiros e grumetes foram mandados ao porão, para bombear e esgotar as águas, que quanto mais entravam mais arrombavam as grandes fendas, tornando o trabalho de esgotamento cada vez mais árduo e inócuo.

Enquanto uns procuravam rearrumar os caixotes e tonéis, que agora já flutuavam em plena desordem naquele mar interno que tentava arremedar os rancores do externo, os carpinteiros se desdobravam para reparar os estragos no costado, sem qualquer sucesso: as fortes oscilações do barco mal permitiam alguém manter-se de pé.

Os trabalhos de recuperação do barco, que a cada momento mostravam-se mais infrutíferos, e os esforços desordenados de conter as águas que não paravam de inundar o fundo foram logo transformados em ações de caos e pânico, levando muitos a abandonar sua faina para clamar em orações por misericórdia e salvação, enquanto tratavam de safar-se dali em desesperado atropelamento.

Os homens no porão, ecoando a balbúrdia de ordens e contraordens que no convés superior eram abafadas pelo fragor das ondas e os altos gemidos do vento, acabaram por desistir de curar o barco das grandes feridas que iriam levá-lo à morte. Os que ainda tentavam inutilmente estancar as águas e segurar a carga iam sendo esmagados, morrendo junto com aqueles que haviam sido afogados pelos borbotões furiosos que saltavam de cada rombo.

O pobre Felipe de Castela, preocupado em salvar os engradados que serviam de gaiolas para seus patos e galinhas, num solavanco maior do casco, desapareceu com seus animais num turbilhão de águas e madeiras. Enquanto isto, eu tentava me safar para o convés superior, buscando com esforço alcançar os degraus da escada, onde muitos outros homens se amontoavam em desespero e se debatiam na busca da salvação.

Ao atingir o convés, após galgar as costas de dois marinheiros que lutavam por um mesmo espaço na escada, senti dúvidas se ali eu estava melhor que no porão, pois fui logo jogado contra a amurada por uma forte onda que pela sua força sobre o mastaréu fez romper os estais e os brandais que sustentavam o traquete, deixando-o pronto a ser arrebatado pela próxima arremetida do mar, o que de fato aconteceu, deixando o barco sem governo com a perda da única vela ainda não ferrada. Na queda o mastro levou junto dois ou três marinheiros que ali se agarraram implorando aos santos e a Nossa Senhora pelo seu salvamento.

As ordens do capitão Alberto Leitão, do mestre e do contramestre Diogo não conseguiam abafar o zunir dos ventos e o estrondo das águas sobre o barco, e quando ouvidas já não eram de qualquer serventia, pois a *Santo Agostinho* estava irremediavelmente perdida, arrombada em todos os lados do costado. Perdido outro mastro, a mezena, que partindo-se ao meio arrastou com ele pelo menos quatro marinheiros, o barco começava a adernar fortemente para bombordo, impedindo os homens de permanecer de pé, fazendo-os escorregar para a goela escancarada das ondas famintas por tragá-los.

Sem conseguir me manter de pé, agarrei com as mãos do corpo e da alma a ponta de um cabo que acabara de chicotear meu rosto e pendurado nele, entre o mar e a amurada que agora se mostrava acima da minha cabeça, em razão da inclinação do barco, passei a gritar com a plena força dos meus bofes todas as ave-marias que as águas que me entravam pela boca permitiam.

Um forte solavanco me arrancou do precário e ocasional amparo em que me sustentava e quando dei por mim estava submerso, esperneando e agitando os braços em busca da superfície, em luta contra os apetites do mar que insistia em levar-me para sua profunda e insaciável pança. No instante em que consegui alcançar o ar que já me faltava perigosamente, senti uma forte pancada nas costas e ao virar instintivamente a cabeça vi um grande e largo pedaço de madeira, que apesar de quase quebrar minhas costelas acabou por ser a minha salvação.

Tratei de logo agarrar as bordas da tábua e após uma luta demorada e desigual com a fúria das águas, consegui subir e deitar-me sobre ela, abrindo meus braços em cruz e agarrando firmemente cada uma de suas bordas. Mantive-me firme ali o bastante para poder continuar minhas orações e súplicas por salvação.

Braços e cabeças surgiam e desapareciam a minha volta, tonéis e caixotes, ou pedaços deles, voavam sobre mim, lançados por ondas a serviço de um mar inconformado com minha recusa em atender sua fome. Minha tábua de salvação era bastante longa e o peso do meu corpo, tenazmente agarrado numa das extremidades, fazia com que ela se inclinasse perigosamente, tal como a prancha que se usa para lançar ao mar os corpos mortos.

Os bruscos impulsos das grandes ondas faziam jogar a prancha de tal forma que poderia ser fatal qualquer tentativa de avançar as mãos em direção ao seu centro em busca de melhor equilíbrio, pois a cada elevação ou queda eu pensava que da próxima vez não conseguiria me sustentar, e escorregaria fatalmente para as profundezas. Ali, como que crucificado de ventre e pedindo a Deus por cravos que firmassem minhas mãos em segurança, pude ver a *Santo Agostinho* completamente perdida, deitada nas águas e exibindo sua quilha como o ventre rasgado de um animal mortalmente ferido. Recebendo constantes e impiedosos golpes do mar, a caravela apenas aguardava aquele que seria o de misericórdia e a levaria finalmente ao descanso das areias das profundezas, onde então se tornaria a não consagrada capela mortuária de muitos de seus infelizes marinheiros.

Cabeças com bocas escancaradas em busca do ar da salvação continuavam a surgir e a desaparecer a minha volta. Numa das vezes pensei ter reconhecido em uma delas as feições horrorizadas do padre oficiante da missa realizada a bordo, que quando ainda no navio mais buscara chamar para si as graças do Senhor do que atender aos que clamavam pela sua bênção e absolvição ante a morte iminente.

Um par de braços surgiu repentinamente das águas e tentou com inútil esforço abraçar a tábua que era agora minha nau e, quase me levando consigo, voltou a desaparecer, enquanto eu ouvia gritos de desespero que mal conseguiam chegar aos meus ouvidos, em razão dos rugidos do mar, o que agravava minha sensação de fim iminente. Um forte estalar de madeiras chamou minha atenção na direção do casco adernado, ainda em tempo de ver que a pancada de uma grande onda havia explodido os restos da carcaça da *Santo Agostinho,* partindo-a em muitos pedaços que se espalharam em todas as direções.

Alguns outros homens ainda conseguiam manter-se na superfície, sustentados, como eu, por algum pedaço de madeira ou por um dos tonéis ou caixotes que escaparam de ir ao fundo junto com os restos da caravela. Pude ver, nos intervalos em que as ondas me levavam ao alto, dois ou três deles, e com espanto e alegria pude reconhecer num dos rostos, apesar de seus esgares de agonia, as feições bexiguentas do gago Felipe que, Deus sabe como, conseguiu escapulir da montanha de água que o encobriu no porão.

Gritei várias vezes seu nome, com a força que meu peito encharcado ainda permitia, mas a cada vez o som da minha voz parecia atrair uma onda ainda maior que o fazia sumir de minha vista. Enquanto minha atenção se concentrava em gritar pelo gago, pedindo aos céus pela possibilidade de aproximar-me dele, para que juntos nos amparássemos e dividíssemos aquela grande má sorte, vi surgir na outra extremidade da prancha que me sustentava, nada mais nada menos que a cabeçorra do capitão Alberto

Leitão, cuspindo todas as águas e sais que havia engolido, agarrando-se à tábua com uma das mãos, e com o outro braço formando sustentação para alçar todo seu corpo sobre ela.

Após algum tempo sua luta teve sucesso e todo seu corpo se pôs sobre a prancha, equilibrando nossa precária bóia. Esta agora já não mais ameaçava despejar-me com as inclinações que levaram minhas mãos a se manterem crispadas e com os dedos quase penetrando nas bordas da madeira, para não escorregar dela em direção ao fundo sem fim. O capitão colocou seu corpo tal como o meu, na outra ponta da tábua, e manteve-se imóvel e ofegante por longo tempo, sem emitir qualquer som. Seus olhos fixaram-se em mim de uma forma que naquele momento não pude atinar se eram de agrado pelo encontro com alguém também salvado do infortúnio, ou rancorosa decepção de ter que dividir aquele minguado espaço vital que os céus lhe mandaram.

Até o final da tarde não voltei a ver o gago Felipe, ainda que vez ou outra, quando no alto de alguma onda, pudesse vislumbrar a distância outros náufragos agarrados a tábuas, caixotes ou tonéis, sem que, no entanto, pudesse distinguir-lhes a fisionomia. Os ventos fortes e desordenados ainda mantinham a superfície do mar encrespada o bastante para tornar minha situação e a do capitão cada vez mais insegura, principalmente pela proximidade da noite que traria consigo outros medos para o espírito, além das reais dificuldades que ameaçavam o corpo. Meus pensamentos não se ocupavam de outra coisa que não fossem orações para que minhas mãos, já retalhadas pelo crispar nas farpas da madeira, não perdessem a única força que ainda me mantinha atado à vida.

O capitão, com sua cabeça encharcada ao alcance do meu braço — tivesse eu a coragem de tocá-lo —, até aquele momento não havia expressado um só ai, mantendo seus olhos fixados em mim, de tal forma que somente seu ofegar dava a certeza de que não se tratava do olhar estático de um morto.

Com a chegada da noite o vento amainou um pouco e permitiu que as nuvens de chuva se adensassem e caíssem com força não menor que o vento que as espalhara, espetando meu corpo com cada um dos seus grossos pingos, que impossibilitados de molhar quem já estava suficientemente encharcado pelas águas do mar, contentavam-se em passar por dardos que machucavam sem penetrar. Passamos assim todas aquelas horas de trevas que, no entanto, à medida que avançavam levavam o mar a abrandar seus rancores, ainda que a chuva continuasse forte e constante.

Quando as primeiras luzes da manhã conseguiram varar as grossas camadas das nuvens que ainda transbordavam suas águas sobre o mar, o movimento das ondas mostrou-se menos impetuoso, permitindo que a vista alcançasse horizontes além das poucas braças que na véspera as montanhas de água concediam. Vi, então, com tristeza a situação de penúria em que nos encontrávamos, eu e o capitão, rodeados de destroços que se espalhavam até os limites do nosso curto horizonte, que subiam e desciam nas ondas, num macabro bailado sem marcação. Nenhuma cabeça de vivo ou corpo boiante de morto que denunciasse a presença de outra coisa que não restos despedaçados de madeira.

Em certo momento, porém, até onde meus olhos puderam atingir, cheguei a vislumbrar através da espessa cortina cinzenta da chuva o que me pareceu um batel com alguns homens a bordo. Tentei acenar para eles, mas o subir e descer das vagas logo mudava a posição da prancha, levando a perdê-los de vista e obrigando-me a procurá-los novamente, enquanto me questionava sobre a concordância entre o que os meus olhos mostraram e o que as minhas esperanças gostariam de ver.

Voltei a enxergar novamente o batel, agora menos distante e me dando a certeza de que não se tratava de miragem. Gritei para o capitão minha descoberta, com brados tão altos quanto a fadiga permitia, esperando também que a minha voz alcançasse os outros náufragos. Diante de minhas exclamações de júbilo, o capitão reanimou-se de seu torpor e levantou o corpo tentando pôr-se de joelhos sobre a prancha, o que o levou quase a ser devolvido ao mar num balanço mais forte das ondas.

Mais ágil que o capitão, por minha juventude, tentei a mesma manobra, mas os ainda fortes movimentos das ondas logo me obrigaram a voltar a agarrar as bordas da tábua, porém não sem tempo de ver que o batel já se encontrava mais próximo que da última vez em que o vira, o que alimentou esperança de que havíamos sido vistos por nossos companheiros de desdita e que eles buscavam aproximar-se de nós.

De fato, após muita luta, pois não dispunham de outros remos que não fossem pedaços de tábua achados dos destroços, nossos companheiros puderam aproximar-se e recolher-nos. Com alegria maior do que a de ter sido salvo, pude ver que eram de meu companheiro O Malho os braços que me alçaram para o interior do bote, onde se encontravam doze pessoas, sendo uma delas meu amigo Felipe de Castela.

CAPÍTULO VI

ANGÚSTIA E SALVAÇÃO

A ALEGRIA DO ENCONTRO, comemorada com abraços e louvores a Deus e à Virgem, fez parecer que ali haviam se findado todas as nossas agruras, principalmente pelo salvamento do capitão, que por certo nos saberia conduzir a uma terra firme, mesmo que a bordo daquela pequena embarcação onde agora se espremiam quatorze pessoas, sem água ou mantimentos e sem qualquer recurso de navegação que não alguns pedaços de pau improvisados como remo.

Cessadas as manifestações de júbilo, logo as atenções se firmaram no homem que surgira como um reforço de esperança na salvação dos demais. Cada um dos que estavam no bote passou então a despejar nele as angústias que persistiam, pois todos havíamos apenas escapado da primeira ameaça da morte por afogamento, restando ainda todas as ansiedades de um futuro coberto de incertezas pelo abandono sem rumo.

— Onde estamos, capitão? — perguntou o primeiro, um dos timoneiros da caravela, de nome Pedro.

— As outras caravelas ainda poderão nos encontrar? — emendou um segundo marinheiro, que todos conheciam como Bigote, por sua origem espanhola e pelos fartos bigodes que, chegando a encobrir sua boca, destacavam-se na sua figura baixa e atarracada, o que lhe dava um ar simpaticamente engraçado, atributo que mais ainda se evidenciava por suas conversas sempre alegres e brincalhonas.

— Como vamos sobreviver, sem víveres, nem mesmo água? — acrescentou outro que pelas vestes negras, mesmo que rotas e encharcadas, pude identificar como um dos padres, de nome João.

— Estamos perdidos, pois Deus está nos fazendo passar por provações maiores que nossas forças.

Após ajeitar-se na popa do bote, o capitão tomou a cana do leme e assumiu com postura de autoridade o comando que lhe cabia por hierarquia e ciência. E com os olhos no padre murmurou:

— Se Deus quisesse nossas vidas já as teria tirado, como tirou a de todos os outros infelizes companheiros que agora jazem no fundo do mar. Tenha fé, homem de Deus, pois a você, como sacerdote, cabe nos dá-la e não enfraquecê-la.

As palavras duras do comandante fizeram o padre baixar a cabeça e cruzar os dedos sobre o peito, mais por acovardamento diante da dura resposta do que em penitência por sua heresia.

— Estávamos pelas alturas da costa do Alentejo, já bem abaixo do cabo de Sines — continuou o capitão —, mas os ventos foram muito fortes e podem ter-nos levado para qualquer ponto do altomar. Quando tivermos céu limpo poderemos nos orientar para leste ou nordeste, onde por certo encontraremos terra.

— Quanto à água — dirigiu-se a todos, mas olhando com firmeza para o padre —, tratem de armazenar a das chuvas que encharcou os panos de suas roupas que elas nos darão sustento da sede, mesmo que um pouco misturada à do mar. Vamos agora colher os destroços que ainda se espalham por aí, a ver se encontramos coisas úteis que nos ajudem a sobreviver.

— E a *Algarve*, e a *Madre de Dios?* — insistiu Bigote, misturando as palavras com as de seu idioma natal. — Será que também se perderam?

— Queira Deus que não — respondeu o capitão com um suspiro —, pois delas poderá depender nossa salvação. O vento dispersou a frota, mas não fosse pela carga desarrumada que ofendeu as madeiras do costado, a *Santo Agostinho* ainda estaria flutuando.

— Mas se eles não sabem que naufragamos não virão à nossa procura — ousei exclamar, logo sentindo que cometera um pecado do tamanho da desesperança do padre, esquecendo que, abrandada a tempestade, as outras naves com certeza dariam por nossa falta.

O capitão não deu qualquer resposta à minha estúpida questão, deixando-a morrer nos ventos, esperando que o rápido esquecimento daquela desesperança mantivesse os ânimos menos rebaixados do que já estavam, pois a falta de vontade, se enfraquecida pelas palavras minhas e do padre, poderia levar-nos todos a um estado de apatia mortal naquelas circunstâncias de agruras.

O silêncio em seguida à minha tola e pessimista observação tocou a todos, cada um evitando formular questões que pudessem contaminar as poucas esperanças que sempre persistem, mesmo nos moribundos, e por longo tempo assim permanecemos, até que o capitão, com a mesma entonação forte com que dava suas ordens no castelo de popa da caravela, mandou que remássemos na busca de destroços que pudessem ser de alguma valia, principalmente tonéis que ainda pudessem conter água doce ou alimentos.

Entregamo-nos todos à tarefa, não só com os braços, mas muito mais com os olhos, buscando enxergar restos que denotassem alguma utilidade. Os que não dispunham de qualquer pedaço de pau que servisse como remo usavam seus próprios braços, mal conseguindo, no entanto, tocar a superfície pela altura do costado do batel. O capitão se pôs de pé, para ampliar seu campo de visão, e sua postura poderia até ser vista como garbosa e animadora, não fossem os fortes balanços do barco, que o obrigavam a mais cuidar de seu equilíbrio do que da procura dos tesouros que enriqueceriam nossas esperanças de sobrevivência.

Após algumas horas não havíamos recolhido mais que outros pedaços de madeira, que apenas ampliaram nosso estoque de remos. Tampouco encontramos qualquer outro companheiro, vivo ou morto, ou sinal de que houvesse mais sobreviventes, o que provocou em todos uma sensação de culpa por estar vivo dentre tantos que se perderam, ainda que agradecidos a Deus e aos santos, mesmo que apenas pela vaga promessa de sobrevivência.

Um tonel, com tampa numa das bocas, chegou próximo do bote e logo, com exclamações de regozijo, foi trazido para bordo, junto com a decepção de ver que estava vazio, pois flutuava emborcado com a outra boca aberta para o fundo. Foi recolhido, no entanto, e usado para armazenar a água da chuva que persistia, ainda que mais fraca. Espremamos ali também toda a água que encharcava nossas roupas, iniciando a coleta do que naquele momento era o ouro líquido que enriqueceria nosso futuro com a benesse da vida.

Todo o resto do dia transcorreu sem outras novidades. Dentre os poucos restos da *Santo Agostinho* que ainda pudemos encontrar, pois tudo já se achava espalhado por léguas ao redor, nada se mostrou de qualquer utilidade, exceto o pedaço de uma verga, que o capitão fez questão de recolher, esperando com ele improvisar um mastro que tivesse nossas roupas por vela e nos ajudasse a navegar. Um dos marinheiros foi incumbido de costurar, com as linhas desfiadas dos trapos que ainda nos cobriam, todos os panos disponíveis, exceto nossos calções, excetuando-se o padre desta obrigação para que não ficasse inteiramente nu, pois nada mais havia sob os restos de sua negra batina.

A vela, mesmo mal improvisada, permitiu aproveitar alguma força do vento, que pela sua fria temperatura parecia ser uma viração, soprando do mar para o continente, e permanecia forte o bastante para nos poupar do trabalho de remar, concedendo o direito de manter nossas forças dirigidas unicamente ao esforço de permanecer vivo.

A noite nos encontrou na mesma situação de desamparo, enquanto o padre João tentava redimir-se de seu erro e afastar seus medos instando todos à oração. Continuava a insistir, no entanto, nos mesmos temores, ao conclamar lamuriosamente que nos arrependêssemos dos pecados para limpar nossas almas no caso do encontro com Deus. A lembrança da possibilidade da morte, que mesmo tão próxima procurávamos afastar, antes de restabelecer a importância do padre, pelo seu poder de absolvição de nossos pecados, acabou por imprimir em mim um sentimento de antipatia, pelo mau agouro que suas palavras representavam. Creio que os demais sentiam o mesmo, pois poucos se dispuseram a acompanhar o sacerdote nas suas orações, cada um tentando encolher-se como lhe fosse possível, em busca de proteção contra o frio da noite agravado pela chuva.

O capitão estabeleceu turnos de vigia, na expectativa do avistamento das luzes das outras caravelas, definindo o turno de cada um pelo cansaço que lhe acometesse, diante da ausência de qualquer meio de marcação do tempo. A mim cumpriu o turno que recebeu as primeiras luzes da manhã, com a cessação das chuvas e a abertura de uma grande luminosidade dourada no horizonte. A aurora indicava o leste, nossa direção, pois ali encontraríamos a terra da salvação.

Apesar do frio da manhã e da fome que já começava a atormentar, as esperanças se reacenderam na mesma medida da intensidade da luz do sol e passamos a somar a força dos remos à pouca velocidade que a improvisada vela imprimia ao barco. Para reduzir um pouco nosso estado de fraqueza, o capitão permitiu que cada um mitigasse a sede, apenas sorvendo com a concha das mãos um pouco da água armazenada no tonel, que daquela forma racionada poderia nos sustentar por alguns poucos dias.

Assim nos mantivemos durante toda a manhã, aquecidos pelo esforço das remadas e pelo sol, apesar das muitas nuvens que ainda toldavam o céu e nos amedrontavam pela possibilidade de novamente o cobrirem de todo, obscurecendo nossa bússola celeste. Nenhuma palavra era pronunciada, além das poucas orientações do capitão, quanto à posição da vela e o ritmo das remadas. Todas as fisionomias, no entanto, permitiam ler o pensamento de cada um, que procurava afastar do espírito quaisquer idéias ofensivas à esperança do breve avistamento da terra, ou das velas salvadoras de outra embarcação.

À medida que avançava o dia, com o sol agora às nossas costas e sem qualquer sinal de terra, a fadiga do corpo foi se somando ao cansaço dos espíritos mais fracos. O padre João, abandonando repentinamente seu remo, pôs-se a chorar compulsivamente, cobrindo o rosto com as mãos, entremeando o choro com uma ladainha lamuriosa em que rogava por salvação a todos os santos do calendário.

Paramos todos de remar, não tão surpresos diante do baque moral daquele homem, mais afeito às facilidades da sacristia do que aos rigores do mar, mas na espera da reação do capitão, que esperávamos ser de admoestação, incentivo ou consolo. Este, no entanto, sem dizer qualquer palavra, levantou-se da popa e dirigindo-se com cautela pelo meio do bote até onde se encontrava o sacerdote, em completo silêncio, concentrando todos os argumentos de esperança e consolação em sua mão enorme, aplicou no pobre padre um tamanho tabefe que quase o jogou para fora do barco, demonstrando a todos que não mais aceitaria qualquer manifestação que pudesse arrefecer os ânimos já combalidos de náufragos que necessitam da vontade de viver mais do que precisam de água ou alimento, pois o corpo não se mantém vivo quando a alma espera sem luta a morte.

Com a mesma calma com que se levantara, o capitão reassumiu o leme e passou a explanar com sua voz firme que aquela situação não comportava desânimos que pudessem comprometer a disposição de todos e que só a coragem e a disciplina, sob seu comando enérgico, poderiam nos salvar da tragédia.

Demonstrando entender claramente a mensagem do capitão, retomamos com vigor a tarefa de remar, quando, ainda mal refeitos do incidente vimos o timoneiro Pedro levantar-se e passar a olhar fixa e demoradamente o horizonte a nordeste, levando a pensar que o desespero do padre apresentara contágio, apesar da severa resposta do capitão.

— Aves. Aves marinhas — gritou ele de repente, com entusiasmo. — Lá longe. Vejam. São sinais de terra próxima.

Olhamos todos na direção apontada por Pedro e realmente pudemos avistar, mesmo que longinquamente, em contraste com o branco acinzentado das nuvens, alguns traços escuros que se moviam na mesma direção em que navegávamos. Eram, sem dúvida, aves marinhas retornando aos seus ninhos nas terras firmes do litoral que também buscávamos ansiosamente.

Exclamações de júbilo e de graças aos céus saltaram de todas as bocas, abertas em risos de alegria pela esperança alcançada.

— Vamos, vamos — entusiasmou-se o capitão, acompanhando a alegria geral —, força nas remadas. Não podemos perder a luz do sol. À noite não teremos a certeza de céu claro com estrelas que nos possam guiar.

O júbilo do acerto do rumo e a esperança do breve fim dos sofrimentos acenderam em mim um forte desejo de aplacar minha consciência pelo pessimismo antes manifestado, atribuindo-o apenas ao padre, "viste, reverendo, nossas 'orações' nos remos foram mais fortes que suas lamuriosas preces contra a sorte". Mas, como os ganhos de coragem adquiridos naqueles dias de provação eram ainda insuficientes para levar-me a desafiar um representante de Deus, contentei-me em gritar alegremente como os outros, abraçando Felipe ao meu lado e comemorando a certeza das nossas expectativas.

A chegada da noite, entretanto, não trouxe nada além da escuridão que dificultava o avanço no rumo seguro. Não tivemos a tão esperada visão de terra e o céu, quase totalmente encoberto, não permitia uma orientação segura. Apenas vez ou outra, em rápidos intervalos, abria-se entre as nuvens um espaço que permitia vislumbrar algumas estrelas ou constelações, o que dava ao capitão as condições de corrigir o rumo.

Sua preocupação, mais do que obter grandes avanços, concentrava-se em manter a proa da embarcação voltada sempre para a mesma direção, para leste, impedindo que retrocedêssemos e nos perdêssemos novamente na escuridão. Metade dos homens era mantida nos remos, enquanto a outra descansava, pois os ventos da noite não eram fortes o bastante para somar um bom impulso ao amontoado de panos mal costurados que fazia para nós o papel de vela.

Pela manhã, saindo das brumas frias que ainda se acumulavam no horizonte, avistamos novamente algumas aves marinhas, gaivotas e albatrozes, agora em número maior e mais próximas, vindo ao nosso encontro como a anunciar que a terra de onde vinham nos aguardava tão saudosa de nós quanto nós outros estávamos dela. As esperanças, que se tornavam certezas, nos levaram a redobrar os esforços nas remadas e logo após um par de horas já avistávamos a sinuosidade das terras que quebravam a linha monótona do horizonte marítimo.

À medida que nos aproximávamos, os contornos da terra firme no horizonte se desanuviaram, mostrando a silhueta de algumas ilhas numa formação que lembrava um navio sem mastro, o que levou o capitão a afirmar que estávamos nos aproximando do Promontório Sacro, nos limites extremos do sul de Portugal. Ao fim da tarde já pisávamos as brancas e benditas areias de uma pequena praia em frente a um depressão do terreno entre as longas e altas falésias características daquela costa. O capitão observou que deveríamos estar no cabo S. Vicente, já no Algarve, bem distante do ponto que ele julgava havíamos naufragado.

Os ventos tempestuosos, que levaram a *Santo Agostinho* e todos os nossos companheiros ao fundo, nos haviam empurrado por muitas léguas ao sul do cabo de Sines, a última posição anotada pelo capitão, e quando demos ao bote o rumo do Oriente, para alcançar as costas portuguesas, ignorando nossa latitude, corremos, sem saber, o risco de nos perdermos para sempre, pois se os ventos nos tivessem empurrado mais algumas léguas ao sul teríamos que procurar a terra não a leste, mas ao norte. Os desígnios dos céus, pela intercessão de todos os seus anjos e santos, e o enfraquecimento do vento nos dois últimos dias salvaram nossas almas da perdição.

Ao pisarmos a terra concordamos, agora com o agrado de todos, em aceitar as propostas do padre de ajoelharmos e darmos graças pelo nosso salvamento, bem como em elevar nossas orações pelas almas dos tripulantes da *Santo Agostinho*, que, à exceção daqueles quatorze homens seminus e próximos do esgotamento final, estavam sepultados nas profundezas do mar Oceano. A planície infindável e instável de águas permitia aos homens usá-la como caminho de busca de conhecimento e satisfação de cobiças, mas cobrava deles, em almas, um preço elevado, do tamanho da ânsia de conquistar tudo o que a vida mostra como um desafio inconquistável: uma luta eterna contra a vingança de Deus, iniciada no portal de saída do paraíso perdido.

Após uma pequena exploração dos arredores, vendo que não havia nada próximo que denotasse presença de gentes que pudessem nos acolher, o capitão resolveu que passaríamos ali a noite, recuperando as forças que nos permitiriam avançar em busca de auxílio. Um pequeno ribeiro, não muito longe da praia, mitigou nossa sede, mas nada que pudesse atender o tamanho da nossa fome foi encontrado, exceto alguns poucos ovos, roubados, em contradição com a gratidão que deveríamos expressar, dos ninhos das aves marinhas que haviam anunciado a proximidade da terra salvadora.

A chuva voltou a cair durante a noite, obrigando ao desmonte da imitação de vela do batel, devolvendo a cada um os restos dos seus trapos, para que mesmo tendo mitigado a sede e a fome não viéssemos a morrer de frio. Passamos a noite num desconforto não muito menor do que o experimentado no mar, exceto pela certeza de que as areias da praia e as rochas das escarpas não se levantariam contra nós.

CAPÍTULO VII

RETORNO AO PRINCÍPIO

O PADRE FOI O PRIMEIRO a despertar e chamando insistentemente pelo capitão acordou a todos, apontando para o alto de umas rochas que levavam da praia para o interior. Ali, um menino pastor ao lado de algumas cabras olhava espantado aquele bando de homens seminus e desgrenhados, estranhos numa paisagem que para ele não deveria comportar nada mais que conchas, areias e caranguejos. O capitão logo se levantou e correu na direção do pastorzinho.

— Ó pequeno, venha cá — gritou ele.

O menino, antes mesmo que o último som deixasse a boca do capitão, deu meia-volta e pôs-se a correr, agitando suas cabras.

— Não corra. Por Deus, volte aqui — continuou o capitão, já subindo pelas rochas e despertando com seus gritos os mais sonolentos. — Não te vamos fazer qualquer mal. Só queremos ajuda.

Parecendo não entender a língua que lhe era falada, o menino continuou em desabalada carreira e as exortações do capitão só foram respondidas pelo balir das cabras que se espalharam para todos os lados, agora ainda mais amedrontadas pelos gritos dos outros que também passamos a acompanhar o capitão na perseguição do menino.

A partir das rochas, onde a terra ainda arenosa se elevava suavemente até umas não muito íngremes colinas, foi mais fácil perseguir e alcançar o pequeno pastor, que refreara sua fuga preocupado com o destino do rebanho que ficara para trás.

— Calma, menino — voltou a falar o capitão, aproximando-se, ofegante pela corrida —, não queremos fazer-te qualquer mal. Somos náufragos e estamos querendo ajuda. Dize apenas onde podemos encontrá-la.

O menino ainda nos olhou espantado por um bom tempo antes de se dar conta de que falávamos uma língua que ele entendia e que, portanto, não éramos diabos saídos do mar, pois ainda que o diabo fale todas as línguas, por certo não se apresentaria de forma tão miserável a quem quisesse pôr a perder.

— Há alguma casa ou aldeia por perto? — continuou o capitão. — Leva-nos até lá, ou aponta-nos o caminho. Melhor, leva-nos até tua casa.

— Raposeiras é por ali — disse o menino, ainda amedrontado, indicando uma direção.

Estabelecida para o garoto a confiança em que não lhe iríamos fazer mal, ele passou a falar menos inseguro.

— Minha casa fica atrás daqueles montes — apontou atrás de si — e meu pai não está longe, com o resto de nossas cabras.

— Leva-nos a teu pai — exclamou o capitão, voltando a assumir sua forte voz de comando. — Viemos perdidos do mar, estamos famintos e nada queremos senão retomar o caminho de nossas casas. Não vamos fazer mal a ninguém, só queremos ajuda.

O menino, sem mais conversas e apressado pelo desejo de buscar a proteção do pai, logo se pôs a andar, quase correr, tangendo à frente suas cabras e levando atrás de si uma fila de quatorze figuras estranhas, maltrapilhas e descoloridas, como que saídas do quadro de um mau pintor.

Logo avistamos o local onde o pai do pequeno pastor se encontrava, sentado à sombra de uma oliveira, ocupado com uma sacola e tendo em torno de si outras cabras e bodes. Ao nos ver o homem não se mostrou menos assustado que seu filho, ainda mais por vê-lo secundado por tão estranhas figuras.

Numa instintiva atitude defensiva ergueu seu cajado como uma clava e retirando da cintura uma grande faca postou-se diante do grupo em posição defensiva, assustando as cabras com seu brusco movimento e fazendo-nos parar, enquanto seu filho logo corria a se pôr atrás dele em busca de proteção. O capitão abriu seus braços, para nos conter e demonstrar ao pastor que não tínhamos qualquer intenção agressiva.

— Bom homem, somos de paz — exclamou ele, com a voz mais suave que seus hábitos de comando concediam. — Nossa caravela, a *Santo Agostinho*, naufragou e viemos dar perdidos nestas costas. Só queremos algum auxílio, pois, como vês, estamos todos quase mortos de fome, frio e cansaço.

— Eu sou um sacerdote da Santa Igreja Católica — secundou o padre, adiantando-se e exibindo o crucifixo que ainda trazia preso ao pescoço, pois dificilmente poderia convencer alguém de sua condição religiosa, ostentando apenas os farrapos negros que mal cobriam sua nudez. — Leva-nos ao pároco da tua aldeia que ele acreditará em nós e nos ajudará.

O pastor, desconfiado, ainda nos observou por um longo tempo, considerando o risco de acreditar no que lhe era dito ou estar sendo vítima de uma armadilha de piratas, mesmo que naufragados. Mas acalmou-se ao ter o filho escudado na sua figura avantajada e armada, postada diante de homens de aspecto miserável e destituídos de quaisquer armas ou instrumentos de ataque. O pastor se convenceu, menos pelas súplicas do capitão e da afirmativa do padre do que por nossa aparência, que deixava poucas dúvidas quanto à necessidade de ajuda.

— Ora, homens, se assim é — disse ele, ainda cauteloso —, não vos posso ser de muita ajuda, mas posso indicar o caminho para a ermida de São Vicente do Cabo. É perto e lá os bons frades vos darão abrigo e ajuda e vos encaminharão até Raposeiras, a légua e meia de distância, ou ao porto da vila de Lagos, um pouco mais longe, mais de três léguas.

Após uma pausa e observando os olhares gulosos que um dos grumetes dedicava aos pequenos e tenros cabritinhos, o pastor se deu conta de que talvez quiséssemos matar nossa fome ali mesmo e buscando reduzir seus possíveis prejuízos diante de um grupo que somente com as próprias mãos poderia dominá-lo, tomou sua bolsa de sob a oliveira e retirou dela o que seria a refeição sua e do filho: um pão de bom tamanho, um grande pedaço de queijo de cabra e um monte de azeitonas.

Antes mesmo de ser formalmente oferecida, aquelas iguarias já estavam sendo disputadas por vários pares de mão. Enquanto tentávamos dividir da forma mais cristã possível o que deveria alimentar apenas dois, o pastor tomou um caneco e ordenhando uma das cabras passou a oferecer a cada um o leite quente e nutritivo que completou o nível mínimo das nossas reservas de forças.

Após atender a pequena parte do nosso apetite, insaciado há quatro dias, o pastor passou a dar ao capitão uma minuciosa descrição do caminho que deveríamos percorrer até o mosteiro. De fato, após pouco mais de uma hora de caminhada por uma estreita senda, não muito longe de onde deixáramos os pastores, chegamos a um campo aberto e quase totalmente desprovido de árvores, não fossem esparsas oliveiras e sobreiros.

Ali, numa uma colina mais alta que suas poucas vizinhas, avistamos os muros cinzentos de pedra que cercavam as torres mouriscas do que parecia ter sido um templo muçulmano. Era um pequeno mosteiro de frades beneditinos, de fato reconstruído dos restos do que fora uma fortaleza moura, em cujo centro encontrava-se o corpo principal da igreja, que se prolongava em um edifício branco, do qual, de fora, só se avistava o telhado de coloração avermelhada e bastante escurecida pelo musgo.

Nossa aproximação pelo descampado das fraldas da colina foi notada por um monge, que do alto de uma das torres devia fazer o papel de sentinela. Ainda estávamos a mais de duzentos passos do grande portão arqueado, a única abertura no muro visível para nós, quando um sino passou a badalar nervosamente, denunciando nossa presença.

Estranhos nem sempre eram bem-vindos naquele centro de piedoso recolhimento e orações, sujeito no passado às investidas pouco amistosas de remanescentes dos exércitos muçulmanos, apenas há pouco tempo expulsos daquelas paragens pelos bravos e santos cavaleiros da Ordem de Santiago, deixando atrás de si um legado de medos e desconfianças que o tempo, o mais eficaz solvente universal, ainda não dissolvera.

Postamo-nos todos diante do portão, esperando pacientemente que ele fosse logo aberto, visto que nossa presença já fora notada. Somente após alguns minutos, no entanto, ouvimos o barulho da abertura da pequena janela de vigia, onde um rosto cujas barbas só permitiam ver um grande nariz vermelho ladeado por dois olhos assustados nos observou por longo tempo, esperando que tomássemos a iniciativa de informar o motivo da nossa estranha apresentação.

— Sou o capitão Alberto Leitão — iniciou o comandante — e estes homens são os restos da tripulação da minha naufragada caravela, a *Santo Agostinho*, que Deus permitiu chegassem vivos a

93

estas costas, que julgo ser a região de Sagres, pois não? Um pastor nos acolheu, mas, impossibilitado de ajudar um grande grupo, indicou-nos o caminho deste mosteiro. Queremos apenas a caridade do vosso socorro.

O rosto hirsuto ainda permaneceu nos observando a cada um, e sem qualquer mostra de entender ou condoer-se dos fatos narrados pelo capitão, fechou bruscamente a portinhola da vigia, sem expressar qualquer intenção de nos receber. Passado um longo tempo, muito mais que suficiente para que o monge porteiro desaferrolhasse o portão, a ausência de qualquer sinal de que seríamos recebidos levou o capitão a golpear o portão.

— Abram. Abram, em nome de Deus. Precisamos de auxílio, não somos mendigos, mas náufragos.

A ausência de resposta levou muitos dos homens a também gritar e golpear as grossas madeiras, enquanto o capitão explodia em sua tonitruante voz toda a cólera contra o destino que se acumulara em sua alma durante aqueles dias de provação. O inconformismo com a desgraça que se abatera sobre o experimentado homem do mar, levando-o a perder o navio, quase toda a tripulação e a carga, encontrou seu alvo nos monges que pareciam recusar-se a nos ajudar.

— Por que diabos uma casa de homens de Deus não acolhe homens necessitados? Que raios de caridade praticais? Por acaso não sois cristãos? Também nós somos filhos do mesmo Deus que pretendeis adorar — continuou ele, clamando por respostas e entremeando com as mais elaboradas pragas sua perplexidade pela ausência de um esperado sinal de caridoso acolhimento, justamente no lugar onde ele mais poderia ser esperado.

Antes, no entanto, que esgotasse seu repertório de pragas e blasfêmias, mas sem que para isto contribuíssem os pedidos de calma do padre João, nosso bravo comandante calou-se ao ouvir

94

os rangidos dos gonzos do portão, que se abriu apenas o bastante para que no vão se desenhasse a figura mirrada de um velho monge que mal ocupava os fartos panos grossos de seu hábito pardo.

— *Dominus tecum, frates. Mala tempora currunt per nobis, sucurrere concede nobis* — adiantou-se o padre João, exibindo novamente seu crucifixo em movimentos de bênção.

— *Et cum spiritu tuo* — replicou o monge, dando mostras de entender o latim estropiado do padre.

Mais do que uma saudação corriqueira e um pedido, ele se expressara num código entre iniciados, pois o latim, língua de letrados e eclesiásticos, não era de fato um idioma de mendigos ou rudes e brutos piratas. Um rápido diálogo entre o padre e o monge, que era o superior do mosteiro, espanou as últimas dúvidas quanto a não sermos um bando mal-intencionado e nossa entrada foi finalmente permitida.

Após sermos alimentados com uma fartura que chegou a fazer mal aos intestinos desacostumados do trabalho intenso, diante da quebra de vários dias de jejum, os bons monges também nos agasalharam e nos acomodaram num cômodo destinado aos conversos e religiosos laicos, onde nos recolhemos e dormimos o sono das bem-aventuradas e inocentes criancinhas que após perseguidas por duendes e dragões alcançam o regaço da mãe.

No dia seguinte, com a noite ainda enfrentando as primeiras investidas da manhã, fomos despertados pelos sinos que chamavam os monges para os ofícios matinais. Um deles, em nome do superior, convidou-nos a participar de suas orações, o que acedemos com todo prazer, não só para agradecer a Deus as bênçãos da nossa salvação, como também para manifestar aos monges gratidão pela acolhida.

Durante a primeira refeição do dia, após as orações, o capitão, o padre João e o superior do mosteiro confabularam e chegaram a um acordo quanto à nossa permanência ali por mais aquele dia, recuperando o resto de nossas forças combalidas. No dia seguinte, no entanto, deveríamos seguir para a vila de Raposeiras ou o porto da vila de Lagos, onde por certo encontraríamos algum navio que nos levaria de volta a Lisboa. Nossa comitiva, entretanto, seria subtraída da presença do padre, que resolveu permanecer no mosteiro por um tempo ainda necessário para refazer em repouso e orações seu ânimo bastante abalado pelos acontecimentos tormentosos dos últimos dias.

Na manhã seguinte partimos pelos caminhos que levavam até a costa e dali, por cerca de três léguas, margeamos as coloridas e recortadas falésias e praias que levavam à baía de Lagos e sua graciosa vila, distante quase cem léguas de Lisboa por caminhos terrestres.

Naquele local situava-se a fortaleza-castelo do Infante Dom Henrique, que a partir de 1420 instalara-se ali, rodeado de cosmógrafos, astrônomos e matemáticos, tornando a vila importante centro de estudos de navegação e, posteriormente, de construção de barcos de todo porte, tendo dali partido as primeiras caravelas do Infante, em busca das conquistas que ampliaram as fronteiras do poder português. Hoje, no entanto, todas as glórias da cidade são empanadas pelo seu agitado e degradante comércio de escravos africanos, que por seu volume de negócios chega a rivalizar com o de especiarias que, por sua vez, somente é menor que o do mercado de Lisboa.

Na vila de Lagos, onde seus muitos estaleiros sempre carentes de trabalhadores permitiam trabalhos tão árduos, porém menos perigosos que os dos mares, permaneceram dois grumetes e um marinheiro, enquanto outros se dispersaram, em busca de naus onde voltassem a embarcar. O capitão logo encontrou uma pequena caravela que se destinava a Lisboa e que se dispôs a nos conduzir, a mim, Bigote e meus companheiros, o gago Felipe de

Castela e O Malho, como trabalhadores, e a ele e o timoneiro Pedro, como passageiros.

A viagem foi tranqüila e não durou mais que alguns poucos dias, ao fim dos quais logo avistamos no horizonte os baixos recortes da barra do Tejo anunciando que todos estavam de volta à casa. A casa aqui não quer, por certo, significar o lar, pois Felipe, O Malho, Bigote e eu mesmo, todos embarcados por força de sentença, deveríamos ser devolvidos aos encarregados da transformação de nossa prisão em trabalhos do mar, que nos fariam engajar em outra viagem, como se as atribulações por que passamos não fossem ainda suficientes para expurgar nossa pena. A terrível expectativa de voltar à prisão e a incógnita diante do meu futuro foram as tábuas que formaram o passadiço por onde desembarquei no porto de Lisboa.

Após o desembarque, no entanto, vi com alegria que não retornaria à mesma prisão onde eu vivera tormentos da alma só comparáveis aos medos que me acometeram no naufrágio, pois o capitão mandou nos conduzir à Casa da Contratação, local de organização das viagens marítimas à África e de arregimentação de marinheiros, onde haviam sido feitos nossos registros como apenados que tiveram sua condenação à prisão transformada em trabalhos forçados na *Santo Agostinho*.

Não se tratava mais de uma prisão, tal como eu conhecera, mas de uma espécie de albergue, onde os que ali estavam eram mantidos sob guarda até serem embarcados. A escassez de braços para os trabalhos nas muitas frotas de comércio que partiam de Lisboa não permitia que homens embarcados sob sentença, mesmo depois de cumprido seu tempo, retornassem à sua vida anterior em terra, levando consigo toda a experiência adquirida no mar. Eram quase sempre forçados, por artifícios de comutação de indulto ou prorrogação de suas penas, a desembarcar de uma viagem já destinados a se engajar em outra.

Fomos colocados numa grande cela, juntamente com muitos outros condenados na mesma situação, onde aguardaríamos novo destino. O local era espaçoso e suas grandes janelas, apesar de também gradeadas, eram de tamanho capaz de permitir maior entrada de luz, embora também dos ares frios do inverno. Era provida de um fogão para onde quase todos se aconchegavam em busca de algum calor, e de catres onde se podia dormir afastado da frieza úmida do chão. O ambiente era mais descontraído, pois a esperança de um embarque, para os que ainda cumpriam a pena original, poderia concretizar-se a qualquer momento. Isto mantinha os homens menos tristes e ensimesmados, envolvidos muitos em conversas ou entretidos em jogos.

Nossa entrada trouxe um pouco mais de ânimo ao recinto e quase todos, quando souberam que escapáramos de um naufrágio, logo se acercaram curiosos por ouvir toda a história da desdita da *Santo Agostinho*, na qual alguns diziam ter companheiros ou conhecidos. Meus atributos de leitor de livros, tão desprezados pelo contramestre Diogo, quando da minha escolha na prisão, fizeram com que eu me tornasse no relator principal da tragédia, que procurei ampliar com muitos atos de heroísmo inexistente, para infundir nos ouvintes maior respeito por mim e meus companheiros.

A cada fato narrado alguém contrapunha outra história também trágica, e muitas vezes fantástica, de aventuras marítimas ocorridas consigo mesmo ou de que ouvira dizer. Desta forma, as conversas e repetidas narrações de todos os detalhes do naufrágio e as informações sobre os possíveis destinos dos que se salvaram conosco e tomaram outros rumos ocuparam quase toda a primeira noite e o dia seguinte da minha segunda estada numa prisão.

CAPÍTULO VIII

TROPEÇÕES DO DESTINO

DENTRE TODAS AS CONVERSAS, chamaram minha atenção os rumores de outra expedição às Índias. Uma grande frota, diziam, estava sendo organizada pelo rei Dom Manuel, secundando a viagem realizada com sucesso pelo almirante Vasco da Gama, que partira de Lisboa em 1497 e que retornara havia poucos meses, após haver atingido as terras das especiarias.

O êxito de Vasco da Gama, seu irmão Paulo e Nicolau Coelho, após uma gloriosa aventura que durara cerca de dois anos e muitas vidas, não só abrira as rotas do mar, mas também os caminhos do comércio que em poucas décadas envolveria a maior parte das nações do mundo, ligando o leste ao oeste, o norte ao sul, permitindo a outras nações da Europa, além de Portugal e Espanha, o início de um processo de colonização que, neste momento em que escrevo, faz crer que não encontrará seu termo enquanto não envolver todas as terras conhecidas e por conhecer do globo terrestre.

As relações comerciais iniciadas por Vasco com o samorim de Calicute, ainda que não pelas vias mais amistosas, entusiasmaram a corte portuguesa e levaram el-rei a organizar uma nova viagem.

Desta vez, porém, a frota seria bem maior e mais bem equipada de ouro, mercadorias, soldados e armas, pois os canhões e arcabuzes são, e ainda sempre serão, as penas com que se escreve o preâmbulo dos contratos entre nações.

Dom Manuel, o Venturoso, mobilizou a cidade de Lisboa e o restante do reino nos seus intentos de grandeza. Todos os recursos do tesouro real e de mercadores florentinos e fidalgos portugueses, além de vultosos empréstimos tomados de banqueiros, foram aplicados nos gastos necessários à formação do grandioso empreendimento.

As possibilidades de ampliação do comércio português, bem marcadas pelo sucesso da abertura de rotas com a viagem de Vasco da Gama, permitiam a el-rei sonhar com a conquista de todas as terras de África e o domínio de todas as águas do Mediterrâneo, o que daria a seu filho, o infante Miguel, herdeiro também dos reinos de Castela e Aragão, de Leão e Sicília, o maior poder que um monarca já teve sobre a Terra. O próximo grande passo deveria então ser a consolidação da conquista da rota das Índias, através dessa nova expedição, cujo comando seria entregue a um nobre cavaleiro da Ordem de Cristo, de nome Pedro Álvares Cabral de Gouvêa.

Dos rumores ouvidos na prisão, quase todos confirmados pelos guardas que nos alimentavam também de notícias, fiquei sabendo que treze embarcações, dez naus e três caravelas estavam a ser armadas. Os estaleiros trabalhavam febrilmente no preparo dos barcos e o comércio se agitava com as grandes encomendas de armas, peças de artilharia, cobre, mercúrio, tecidos, cordas, espelhos, pentes, lunetas, joalharias, e tantas outras coisas destinadas à defesa e ao comércio, além das peças e utensílios de bordo, gêneros, animais vivos, azeite, farinha, vinho e aguardente que deveriam dar à frota o sustento de pelo menos quatro meses sem reabastecimento.

As notícias, que inicialmente ainda continham um pouco do sabor dos boatos alimentados pela esperança, começaram a se confirmar com a quase cotidiana saída de apenados destinados a se engajar nos trabalhos de preparo da expedição, fosse nos estaleiros da Ribeira das Naus, fosse nos navios já aportados no porto do Restelo. O gago Felipe de Castela foi o primeiro a ser levado para embarque numa das naus da frota, levando-nos a uma despedida chorosa e alegre ao mesmo tempo, cheia de votos de amizade duradoura e de esperança de reencontro.

As expectativas de breve retorno à vida do mar se reacenderam, e a cada amanhecer eu acordava pensando que aquele seria o dia em que meus sonhos da noite se tornariam reais, como já haviam se materializado os de Felipe. Os desencantos produzidos pelas atribulações do naufrágio foram pouco a pouco se retirando para os porões da memória, transformando os fantasmas dos meus temores em matéria consistente de ansiosa esperança.

Minha permanência no albergue-prisão, que pela ausência de outros tormentos que não o desconforto quase se poderia chamar apenas de albergue, de fato não durou mais que poucos dias, ao fim dos quais fui levado, juntamente com O Malho, Bigote e dois outros apenados, à sala dos registros onde nossos nomes foram inscritos na tripulação da *São Gabriel*, a maior das naus da frota, acercando-se dos trezentos tonéis, secundada em tamanho e função pela *El-Rei*.

Era a mesma nau que conduzira Vasco da Gama às Índias e que seria a capitânia, pois dela o fidalgo Dom Pedro Álvares Cabral comandaria toda a frota e nela estariam embarcados sua guarda pessoal e os principais dignitários que o acompanhariam. Pareceu-me de bom augúrio o engajamento numa nau que tinha o nome do santo de quem eu recebera o meu, embora os fatos viessem a desmentir minhas expectativas de boa sorte. O gago Felipe de Castela, vim a saber, fora inscrito como tripulante numa das três caravelas da frota, a *São Pedro*.

O Malho, como não poderia deixar de ser, voltaria às suas funções de ferreiro, junto com outro artífice, pois para cada atividade especial na tripulação havia sempre pelo menos dois homens, uma vez que nas viagens por aqueles mares tão pouco navegados sempre se contava com o infortúnio da morte de um deles, vítima dos inúmeros perigos da viagem, das doenças, ou da fúria de inimigos imprevisíveis. Eu deveria voltar às minhas múltiplas e inespecíficas atividades de grumete, pois meu doloroso batismo na vida marinheira ainda não fora considerado suficientemente reconhecido para tornar-me um habilitado trabalhador do mar. Bigote permaneceria nos trabalhos gerais, entregues aos marinheiros experimentados e capazes de escalar os enfrechates, as escadas de cordas que levavam às vergas e à gávea no alto dos mastros, e bem se equilibrarem muitos palmos acima do convés, conhecedores das operações em cada mastro, verga, vela ou cabo da nau.

A *São Gabriel*, aportada no extenso cais que adentrava as águas do Tejo, desde os extensos arceais do Restelo até o ponto em que o rio tinha profundidade para recebê-la, ainda passava por grandes reformas destinadas a reconstituí-la de todos os estragos produzidos pelos dois anos da árdua viagem do almirante Vasco da Gama. Nela logo me vi envolvido em trabalhos de mouros, sob as ordens de um contramestre de humor furioso, de nome Pero Duarte, de quem diziam ser tão duro no mando quanto grande era sua experiência no mar.

As mais variadas e ingratas tarefas eram entregues aos grumetes como eu. Ora tínhamos que ajudar os carpinteiros no lento e penoso corte de grandes toras, transformando-as em tábuas; ora éramos encarregados do monótono, mas pesado e calorento trabalho de acionar o fole que alimentava de ar a forja dos ferreiros. Ensebávamos velas e cabos, atávamos todo o cordame, transportávamos cargas e atendíamos ordens vindas daqueles que na hierarquia eram superiores a nós que, por nossa vez, éramos apenas superiores aos porcos, cabras e aves que nos incumbia transportar para bordo e alimentar.

Tocavam-nos também os trabalhos de limpeza, desde os currais nos porões até os conveses superiores e as cloacas comuns. Os trabalhos se iniciavam antes das primeiras luzes do dia e quase sempre se estendiam muito após seu apagar. Longe de me extenuar, no entanto, as durezas daquela atividade sempre intensa recompunham em mim as alegrias dos primeiros sonhos, formados ainda no pequeno bote onde eu era toda a tripulação comandada por meu pai no litoral da Arrábida.

A partida da esquadra, prevista inicialmente para os fins de fevereiro, já havia sido adiada por duas vezes e o tempo corria contra nós, pois seu retardamento além da segunda metade de março poderia comprometer a expedição, em razão da mudança do regime de ventos, especialmente a monção de verão, que impossibilitaria a navegação entre a costa oriental do sul da África e as almejadas terras da Índia, contornando o temível cabo das Tormentas. Tendo sido então fixada como inadiável a partida para os primeiros dias de março, os comandantes passaram a exigir trabalhos dobrados de todos os envolvidos nos preparos das naus e caravelas.

O cais do Restelo, além da inusitada febril movimentação diurna, tornava-se à noite um impressionante e fantasmagórico cenário, iluminado por centenas de archotes que nas pedras de seu chão projetavam imprecisas e bruxuleantes sombras dos lentos movimentos de homens e animais esfalfados, cujo trabalho silencioso só era intercalado pelas ordens imperiosas gritadas pelos contramestres. Somente próximo do meio da noite era servida a última ração do dia, após o que nos recolhíamos para dormir um curto e pesado sono, que seria interrompido muito antes do primeiro anúncio das luzes da alvorada.

Os boatos sobre a proximidade da data de partida se tornavam cada dia mais próximos da verdade. Já era possível ver a *São Gabriel* pronta para enfrentar os perigos dos mares que ela tão bem conhecia: mastros e vergas lustrosos e aprumados como cruzes de dois braços, com seus cabos, brandais, estais e ovéns devidamente ensebados; as velas fortemente costuradas e impermeabilizadas e até mesmo com as cruzes da Ordem de Cristo pintadas em todas elas; a carga armazenada nos porões; os móveis dos camarotes do capitão-mor e outros nobres instalados; os mastros das bandeiras da Ordem de Cristo, do rei Dom Manuel e de Dom Pedro Álvares Cabral, prontos para receber os pavilhões que ali seriam içados no tão esperado dia da partida. Os móveis e todos os utensílios do capitão-mor já haviam sido transportados para bordo, restando apenas alguns pequenos baús que, conforme dito pelo contramestre Pero Duarte, chegariam somente às vésperas da partida. A chegada dos baús passou então a ser a esperada senha que anunciaria o dia da saída da esquadra.

No oitavo dia de março, finalmente, transportada por uma carroça e cercada por um número incomum de guardas a cavalo, chegou a tão esperada carga do almirante. Dois baús grandes pareciam conter as armas, roupas e armaduras de Dom Cabral, enquanto outros quatro menores eram próprios para a guarda de mapas, livros, documentos e instrumentos de navegação.

Como estivesse descendo o passadiço naquele momento em direção ao cais, em busca de ferramentas que me foram solicitadas por O Malho, o contramestre Pero Coelho, encarregado de receber os baús e alojá-los no camarote do almirante, chamou a mim e outro grumete que se achava por perto. A tarefa, aparentemente banal, era apenas descarregar a carroça e transportar sua carga para o interior da nau.

Estivesse naquele momento alguns passos atrás ou à frente e quiçá todas as aventuras, venturas e desventuras de que desfrutei em vida não tivessem ocorrido. Meus rumos teriam sido outros. Não posso precisar se melhor ou pior. Sequer posso afirmar que estaria escrevendo estas linhas, pois se o destino humano altera-se bruscamente, às vezes por incidentes banais e imperceptíveis, isto não permite afirmar que as alterações conduzam para caminhos piores ou melhores do que aqueles que antes esperávamos trilhar. Meus caminhos teriam sido outros? Aquele incidente momentâneo teria retardado ou adiantado minha morte? Morrerei sem saber!

Talvez sejam tais conjecturas apenas conjecturas, pois nada, a não ser a crença supersticiosa, ou as falsas certezas das ciências que pretendem andar pelos caminhos da religião, permite afirmar a existência de um destino pré-traçado para nossas vidas, definindo seus rumos desde o nascimento, ou se elas são impulsionadas de um lado para outro, para a frente ou para trás, por obra meramente dos infinitos fatores que determinam o acaso, assim como são definidos os ventos, as nuvens, as ondas do mar e a rota das naves desgovernadas.

Tomamos, eu e o outro grumete, o primeiro dos grandes baús, cujo peso, pela contração de todos os músculos de nossos corpos, fez aflorar para as nossas cabeças todo o sangue do corpo. A muito custo conseguimos colocá-lo no convés para depois transportá-lo até o camarote principal na popa da nau. O segundo dos grandes baús nos pareceu mais leve que o primeiro, ainda assim exigindo um grande esforço para seu transbordo.

Após uma breve parada para tomada de fôlego, apenas o tempo entre uma profunda respiração e o pontapé do contramestre em meus fundilhos, voltei ao cais para apanhar um dos quatro pequenos volumes que ainda restavam ser levados a bordo. Ao alçá-lo, novamente me paralisei, agora não pelo cansaço, mas pela visão de um vulto que me pareceu como um gigante imponente e luminoso à minha frente.

Dom Pedro Alvares Cabral de Gouvêa, em pessoa, me observava do alto de seus quase nove palmos de altura. As roupas de fina e colorida seda davam um ar de majestade e imponência à figura hirsuta do almirante, ainda que quase toda encoberta por um espesso casaco de lã com gola de arminho, cingido ao corpo por um grosso cinturão de couro cuja fivela em pratas e dourados ostentava os brasões da sua ilustre família. Dom Pedro olhou-me com firmeza por alguns instantes, e observando em redor o que restava de sua bagagem a ser transportada para a nau, exclamou, com voz que fez retumbar meu cérebro e tremer meu corpo de cima a baixo:

— Acautela-te com estes volumes, ó miúdo, pois deles depende o sucesso ou o fracasso de nossa missão.

Por certo não imagina o leitor que eu fosse ali capaz de murmurar qualquer som que pudesse sair de minha garganta, pois esta se achava completamente obstruída pela emoção. Não fiz mais que permanecer mudo e quieto por instantes que até hoje não sei quanto duraram, mas que sei se extinguiram com o afastamento do almirante e com um violento pescoção do contramestre a relembrar minhas atribuições.

Tomei um daqueles pequenos baús, agora alertado de sua importância pelo próprio comandante da esquadra, como se tomasse

106

nos braços a mais frágil e delicada peça de cristal, e abraçando-o comecei a subir as escorregadias escadas do passadiço.

O excesso de cautela, como de resto qualquer excesso, acaba por se tornar prejudicial àquilo que queremos preservar. Assim, tomado o baú como se fosse uma preciosa e frágil criança e que apesar de leve não era tão pequeno, ocultei um precioso espaço de minha visão dianteira e tão logo dei os primeiros passos tropecei em outro baú, fazendo cair o que eu transportava, esparramando pelo cais folhas, livros, que pude ver num vislumbre que tratavam de navegação, compassos, réguas e um grande e colorido mapa que se desenrolou sobre as pedras do cais e sob meus olhos, pronto a ser estudado, medido e traçado.

Chamou-me atenção um grande e grosso caderno de capa de couro com reforço de metal nos cantos, onde se lia em adornadas letras douradas *"Portulano de Nicolau Coelho, capitão e piloto da nau Bérrio, da frota de Dom Vasco da Gama, pelos mares das costas d'África e até as Índias"*.

O tempo entre a queda e a alarmada chegada do contramestre, simultânea à de Dom Pedro, não foi suficientemente curto para impedir que minha curiosidade, dentre todos os papéis espalhados pelo chão, se voltasse também para um mapa colorido e cheio de anotações. O mapa estava marcado por uma forte linha vertical que na metade esquerda cortava o contorno do que parecia ser uma ilha a oeste da costa da África.

Naquele momento nada me passou pela cabeça senão o embaraço de haver produzido tal estrago nos pertences do almirante e portanto, tampouco me ocorreu, nem de leve, que pudesse estar diante de sagrados e recônditos segredos de navegação, indicativos da outra e oculta missão daquela esquadra, que se dizia destinada às Índias.

O barulho da queda atraiu a atenção de Dom Pedro, que se voltou com os olhos arregalados sob um cenho fortemente franzido, com a expressão de terror e angústia que logo me trouxe à memória a expressão feroz do albergueiro que se lançou sobre mim naquele escuro beco de Lisboa e traçou as primeiras linhas do meu atribulado destino.

Surpreendentemente, no entanto, não recebi naquele momento as bordoadas correspondentes a tão grave acidente. Antes de qualquer outra reação, Dom Pedro lançou-se com fúria ao chão, recolhendo apressadamente todos os livros, mapas, cadernos, folhas e instrumentos que se espalhavam no chão. Após recolocá-los apressadamente dentro do baú e fechá-lo mais fortemente, tendo notado que eu me interessara pelo livro e pelo mapa, dirigiu-se a mim com uma voz cuja frieza era maior e mais cortante que a mais afiada lâmina de Toledo.

— Por acaso sabes ler?

— Si... Sim — respondi com um fio de voz, não atinando com a relação entre a pergunta e o fato.

— Um novo acidente como este — continuou o almirante, após observar-me por vários segundos — poderá custar-te muito mais do que tens para pagar. Senhor Pero Duarte — continuou ele, dirigindo-se agora ao contramestre —, leve tu mesmo este baú ao meu camarote e recolhe este fedelho à nau, com proibição de que volte à terra.

Permaneci parado, congelado pelo constrangimento de minha estapafúrdice, enquanto pelo cérebro passavam-me elucubrações sobre o que poderiam conter de tão importante e secreto aqueles papéis que eu esparramara à vista de todos. Afinal, todos ali, à exceção do almirante e talvez o contramestre e de mim próprio, ao que eu sabia eram analfabetos e não poderiam decifrar uma letra sequer daqueles documentos. Tampouco houve tempo suficiente para que a vista dos livros, mapas e papéis permitisse relacioná-los uns aos outros e formar um raciocínio quanto aos secretos objetivos que pudessem conter.

Apenas mais tarde, quando minha curiosidade ali espicaçada desgraçadamente levou-me de volta àqueles livros e mapas, vim a saber que eu havia exposto à luz e em público um dos mais bem guardados segredos do reino português: a existência de terras no Ocidente, bem abaixo, ao sul e dentro dos limites definidos pelo tratado firmado entre os reinos de Portugal e Castela, que sob a bênção papal havia dividido o mundo entre os dois poderosos soberanos daqueles reinos.

Continuei minha faina até o fim daquele longo e marcante dia, agora, no entanto, apenas realizando tarefas a bordo. Assumi a partir daí o máximo de cautela nas mais mínimas e corriqueiras ações, como dar um passo à frente, ou jogar-me extenuado sobre o espaço do porão que me foi destinado ao repouso no barco. Tudo agora me fazia agir com vagar e precaução, temeroso que uma ação desastrada pudesse até fazer naufragar aquela majestosa embarcação.

Não deixei, no entanto, por um só instante de pensar no que de tão grave e misterioso poderia haver naqueles papéis a ponto de excitar a fúria e os cuidados do próprio almirante comandante da esquadra. Ora, sabido é que as coisas nos são tão mais preciosas quanto mais necessitadas, e que as necessidades da alma, dentre elas a curiosidade nas mentes menos educadas, costumam alcançar quase os mesmos graus das ânsias do corpo.

Aquela noite foi a mais curta de todas até então. Mal me deitei e os gritos do contramestre e a balbúrdia que já tomavam o cais me acordaram durante um sonho premonitório em que eu me via afogando em densas folhagens enquanto Dom Pedro, portando como uma lança um longo pergaminho enrolado, espetava minhas mãos que giravam sobre minha cabeça em busca de qualquer apoio. Fui despertado no exato momento em que o contramestre saindo de dentro do rolo segurava minhas mãos que buscavam socorro, mas não para salvar-me, mas para lançar-me ainda mais longe nas ondas daquele mar vegetal.

A manhã marcada como dia da partida foi um ensolarado domingo. Para muitos era o último despertar em terras portuguesas. Para mim era a manhã de um dia ao qual se seguiriam outros que se tornariam em trevas e deslumbramentos, depressões e euforias, desesperos, angústias e esperanças e se alongariam ainda, por graças do bom Deus, por muito marcantes e atribulados anos.

Em meio a tudo isso, no entanto, persistia em meus pensamentos, intercalando todas as outras idéias, uma curiosidade profunda sobre o conteúdo dos papéis daquele malfadado baú que eu esparramara pelo cais do Restelo: algo deveria existir ali que justificasse a imensa fúria mesclada de medo que assomou o almirante. Tal reação diante de um pequeno incidente, quase corriqueiro dentre as múltiplas e árduas tarefas de bordo, não parecia normal da parte do próprio capitão-mor.

As cores do bem-iluminado mapa e o título dourado do caderno de couro, além dos inúmeros outros papéis, mapas e livros que eu não tivera tempo de observar com mais vagar, acenderam em meu cérebro um forte foco de brasas, que logo espalhariam seu calor de fogo à minha comburente ânsia de conhecimentos das coisas do mar e dos mundos que ele ocultava.

CAPÍTULO IX

O EMBARQUE

QUANDO O SOL LEVANTE começou a tingir de vermelho as águas escuras do rio, os últimos preparativos da partida já iam pelo meio e em breve iriam todos participar da santa missa que seria rezada na Ermida de Santa Maria de Belém, na praia do Restelo.

Dali os frades da Ordem de Cristo abençoariam as naus, que sob as ordens d'el-rei partiriam em breve em seu temerário périplo, na presença do próprio Dom Manuel, o Venturoso, e toda a corte, do almirante Dom Pedro Álvares Cabral e de todos os seus capitães e pilotos, e dos tripulantes que em terra pudessem acompanhá-la de fora da capela, junto com o povo que já começava a se aglomerar ali.

De fato, pouco tempo depois, já quase terminadas as fainas do embarque, ouviu-se um alarido de trompas, tropel e gritos de vivas a el-rei, antecedendo a entrada na grande praça do cais dos cavalos e das carruagens que transportavam Dom Manuel e sua corte. A comitiva era precedida pelas guardas montadas e seguida pelos cavalos ricamente ajaezados de Dom Pedro Álvares e seus doze capitães.

O cortejo real parou em frente a um grande dossel montado na praça e ocupado por vários bispos e padres ricamente paramentados, que aguardavam a vinda d'el-rei para dirigirem-se à Ermida. Após a chegada da procissão iniciaram-se os sagrados ofícios da missa, e todos louvaram a Deus e pediram a Ele que lançasse suas bênçãos celestes sobre el-rei, Dom Pedro, seus capitães, suas naus, e caso sobrasse-Lhe ainda ânimo, também sobre seus tripulantes.

Terminada a cerimônia religiosa houve toda a respeitosa liturgia do beija-mão do monarca, após o que Dom Pedro empunhando a bandeira real portuguesa, recebida das mãos do próprio rei, dirigiu-se para a *São Gabriel*, enquanto os demais capitães embarcavam nos batéis que os levariam aos respectivos barcos, sob uma chuva de fogos de artifício e as manifestações de júbilo do povo que em terra acenava e entoava loas de sucesso à expedição.

Crianças choravam os pais que partiam, enquanto suas mães se lamuriavam prematuramente pela possível triste sina de seus maridos. Mas o clima geral era de festas pelo início de mais uma brava expedição marítima portuguesa, destinada a ampliar ainda mais as glórias de um reino, tão cheio de glórias e ansioso por expandir seu poder além dos estreitos limites que lhe eram impostos pelo mar e a nem sempre amistosa Espanha.

Debruçados na amurada da *São Gabriel*, eu e alguns outros poucos marujos acompanhávamos toda aquela cerimônia pomposa e nos deslumbrávamos com a vista das belas carruagens e dos animais ricamente ornados, as inúmeras e coloridas bandeiras e os estandartes das nobres famílias ali representadas, que davam à festividade ares ainda mais entusiasmados.

O que mais atraía nossas vistas era o desfile de poderosos e nobres senhores em suas roupagens pomposas, acompanhados de damas com seus vistosos vestidos coloridos e ornadas de jóias, e mais que tudo, aproveitando a posição privilegiada do alto do castelo de popa da nau, esticávamos todos os nossos pescoços em busca da visão da excelsa figura do próprio rei, Dom Manuel.

Todos os tripulantes já estavam embarcados nos navios que se encontravam atracados no cais, enquanto os demais tomavam lugar nos muitos escaleres que também já se preparavam para alcançar as outras caravelas e naus fundeadas mais adiante. A maré vazante já começava a se aliar à própria corrente do Tejo, acrescentando novas forças aos ventos ainda fracos que impulsionariam todos os barcos para o grande oceano aberto além daquela boca imensa do rio Tejo, de onde eram regurgitadas todas as naves e homens que em busca da própria glória e da fortuna faziam a glória e a fortuna do reino português.

De cada uma das embarcações já se podiam ouvir as ordens de desatracar, levantar as âncoras, orientar o leme, ajustar os cordames. Homens já começavam a manobrar as adriças e escalar os enfrechates em direção às vergas para soltar as velas, que logo tremulavam emprenhadas pelo vento terreal que acompanhava as águas do Tejo em direção ao mar Oceano, ainda fraco, mas suficiente para impulsioná-las suavemente, fazendo-as navegar segura e mansamente, dando-nos a tranqüilidade e a esperança de que todo o resto da viagem assim transcorresse. De fato, os primeiros dias da viagem se passaram com a mesma tranqüilidade da partida, sobre um mar sereno e sob céu limpo, impulsionados pelos ventos amenos e frios de final de inverno.

Íamos aos poucos nos acostumando às rotinas de bordo, comíamos, dormíamos e voltávamos quase sempre aos mesmos trabalhos dos dias anteriores. A mim e aos outros grumetes nos tocavam as tarefas menos nobres: lavar e esfregar o convés, auxiliar o cozinheiro e os artífices, cuidar dos animais e da carga de alimen-

113

tos nos porões da nau, limpar os resíduos das latrinas que não alcançavam o mar, esvaziar os baldes das necessidades noturnas do almirante e outros nobres além de outras tarefas julgadas impróprias até mesmo para o último dos marujos mais experientes.

Durante alguns dias repetimos a rota já minha conhecida, que bordejava a costa portuguesa passando por minha terra natal — que, aliás, não era minha, mas de Dom Sérvulo — singrando as mesmas águas da costa de Sines contra as quais lutei durante o já narrado naufrágio, até atingirmos o cabo de São Vicente, que eu tão bem e dolorosamente conhecia, que apontava para a direção de África e as profundezas do mar Oceano, mas também informava que aquela era a esquina que a prudência mandava dobrar em direção ao Oriente para alcançar o mar Interior, que poucos mistérios guardava para os que detinham os segredos dos mares e das navegações, em vez de seguir avante em direção a águas tão pouco conhecidas além das curtas léguas desde a costa que elas permitiam navegar.

Ao fim do quinto dia já não mais avistávamos qualquer desenho de terra. Havíamos ultrapassado os limites extremos do sul de Portugal e nos dirigíamos agora em dirção ao arquipélago das ilhas Canárias, que de fato alcançamos já no dia seguinte. Nada de importante se deu durante todo esse tempo. A rotina da vida embarcada só não era mais enfadonha porque a dureza dos trabalhos diários se mostrava quase desejável de que assim continuasse, diante da perspectiva de virem a se tornar ainda mais árduos e perigosos, caso as boas condições de tempo reinante se modificassem.

À medida, no entanto, que avançávamos para o sul, uma possível virada do tempo mostrava-se cada vez mais presente, pois os céus deslumbrantemente claros e azulados do mar que banhava as costas portuguesas iam, aos poucos, cedendo lugar às nuvens cada vez mais grossas e escuras que prenunciavam borrascas.

Ultrapassado o arquipélago das Canárias, o rumo apontava agora para as ilhas do cabo Verde. Além delas a frota navegaria ainda por muitos e muitos dias afastando-nos da costa da África, em direção ao meio do ignoto mar Oceano. Este procedimento pouco ortodoxo é o que Vasco da Gama chamara de "a volta do mar", artifício que aperfeiçoara, depois de adotado por Bartolomeu Dias como recurso de navegação para vencer os ventos e correntes adversos da costa africana, abaixo do golfo da Guiné, permitindo atingir a latitude necessária para contornar o temido cabo das Tormentas.

Completada a volta, já bem ao sul das terras africanas, os ventos e as correntes frias do sul ainda longínquo levariam as embarcações a dobrar aquela esquina de mundo, levando-as em direção às Índias margeando a costa oriental africana. Esta parecia ser nossa rota, repetindo apenas os caminhos já desbravados por Bartolomeu Dias e Vasco da Gama.

Mal desapareceram as ilhas Canárias no horizonte às nossas costas, as nuvens, que desde há dois dias vinham se congregando para formar uma só massa, se desfizeram sob a forma de uma grande tempestade e desabaram sobre a frota, obrigando o almirante a grandes trabalhos para manter à vista todos os barcos de sua esquadra. Os ventos da boa fortuna, porém, não foram tão fortes quanto os ventos reais. Uma forte chuva e não menos impetuosos ventos fustigaram a frota duraram todo o dia e durante grande parte da noite.

O dia seguinte nasceu dentro de uma densa neblina, com um inesperado silêncio envolvendo todo o mundo ao redor. Nenhum navio da frota era visível, pois nada se via além de poucas braças.

Todas as cores do mundo se tornaram brancas e o silêncio envolvente só fazia aumentar a estranha sensação de que a nau havia sido resgatada do mar e isolada no interior de uma nuvem.

O nevoeiro só começou a se dispersar por volta da metade do dia. Foi então que o capitão-mor, em cautelosas manobras para verificar o estado da esquadra, deu pela falta de uma de suas naus, a comandada por Vasco de Ataíde, e ordenou para que três de seus mais experientes capitães procedessem a buscas do barco desgarrado:

— Sinalizem para as naus dos capitães Sancho de Tovar, Bartolomeu Dias e Nicolau Coelho, para que façam buscas a leste, a oeste e ao norte, e que retornem após dois dias.

— Devem os demais barcos manter o mesmo curso e velocidade, senhor Dom Pedro? — perguntou Pero Escolar, piloto da nau capitânia e principal de toda a esquadra.

— Sim — afirmou o comandante, após alguns segundos de hesitação —, não podemos atrasar nossa missão. Os ventos, ainda favoráveis no sul, por certo não vão esperar nossa chegada para só depois migrarem para o norte.

— Senhor — voltou a intervir o piloto —, se os que forem em busca do capitão Vasco o encontrarem em condições de exigir socorro, por certo também se atrasarão e podem não mais nos encontrar.

— Todos eles sabem nossa rota, sabem para onde vamos e hão de nos encontrar, conduzindo os desgarrados... Se os acharem.

Estas últimas palavras Dom Cabral pronunciou em tom mais baixo, como a falar para si próprio, denotando ceticismo diante da remota possibilidade de um experiente marinheiro, como o capitão Vasco de Ataíde, estar apenas perdido, desgarrado da esquadra.

Após dois dias, duas das naus voltaram sem qualquer notícia de Vasco de Ataíde e sua tripulação. O capitão Sancho de Tovar, no entanto, tendo concentrado suas buscas no quadrante norte, somente surgiu no horizonte por detrás de toda a esquadra após o amanhecer do terceiro dia. Sua busca também fora infrutífera, o que firmou em todos a certeza de que o mar tragara a desgarrada embarcação, seu comandante e toda a tripulação, perdidos agora numa imensidão muitas e muitas vezes maior do que aquele vazio de outras cores que não os azuis, que se mostrava a nossos olhos.

Um ofício religioso foi então encomendado por Dom Pedro Álvares, em intenção da boa fortuna da nau, que se esperava estivesse apenas desgarrada. O almirante, no entanto, não expressava tal certeza, pois após a cerimônia falou à tripulação destacando a bravura e o heroísmo daqueles homens cujos corpos poderiam estar agora no fundo do mar, mas cujas almas, com certeza, estariam no alto dos céus. Não deixou, no entanto, de destacar a esperança, que todos sabiam remota, de que talvez a nau ainda estivesse à tona, mesmo que extraviada, retornando a Portugal por alguma impossibilidade de seguir a esquadra.

Mas aquela embarcação nunca regressou ou dela se teve notícia. As palavras do almirante buscavam apenas alimentar os bons ânimos da tripulação, embora não tenham surtido efeitos muito positivos sobre a marujada, pois a tristeza pela perda de companheiros só era menor que a angústia de saber que aquele destino poderia também ser o de cada um.

O rumo agora era o sudoeste, em direção às ilhas do cabo Verde. Ultrapassado o arquipélago a esquadra deveria tomar a direção sul, até aproximar-se da linha que divide o globo do mundo, devendo, a seguir, aproar novamente para sudoeste, iniciando a "volta do mar", segundo os planos de navegação que levavam ao cabo das Tormentas, já agora também chamado de Boa Esperança, desde que Bartolomeu Dias o contornara.

A viagem voltou a se mostrar monótona, embora, felizmente, em razão da mesma calma que se manifestara nos primeiros dias. O céu e o mar tranqüilo ligavam-se apenas pela fímbria esmaecida que no horizonte trazia o azul-celeste para o azul profundo. Nenhuma mancha de terra marcava a extensão indefinida do espaço alcançado pela vista, e não fossem os rangidos do madeirame e a voz ocasional de alguma ordem, também o silêncio seria intocado e tão profundo como as águas que navegávamos. A monotonia dos azuis só era quebrada quando nas alvoradas e crepúsculos o horizonte se coloria de todas as outras cores, fazendo no céu um contraponto de matizes, que no mar a cor escura das madeiras e o branco encardido das velas tentavam repetir sem sucesso.

O temido mar Oceano, já chamado de Tenebroso, comportava-se como um afável e preguiçoso lago. Os ventos sopravam como apenas uma brisa mais forte que farfalhava as velas e ondulava as águas em vagas que levantavam e abaixavam a nau numa dança langorosa, ritmada pelo ranger das madeiras. A vida parecia não exigir nada, além do simplesmente viver.

As tarefas de bordo, naquelas condições tão favoráveis, não exigiam mais que o cumprimento de rotinas, quase sempre trabalhos de limpeza, exigidos mais como uma forma de manter a marujada ocupada do que por propósitos higiênicos. Os carpinteiros e os ferreiros, como meu amigo O Malho, ocupavam-se de pequenos reparos, ou da fabricação de alguns artefatos destinados ao conforto próprio, ou atendendo pedidos de um ou outro companheiro. As muitas horas mortas eram gastas em diálogos sobre o mar e seus mistérios, relatos de viagens fantásticas, e também de saudades, de esperanças e angústias com o futuro que tudo prometia: glórias, riquezas, sofrimentos, ou morte.

Meu temperamento mais reservado não me conduzia a muitas conversas com meus pares, outros grumetes, garotos e rapazes, tal como eu, mal saídos da puberdade. Meus companheiros de infortúnios passados, Bigote e O Malho, eram meus interlocutores preferidos: O Malho, por sua figura maciça e mais velha que me inspirava a confiança de um protetor e me levava a ver nele uma figura de pai; Bigote, por seu ar alegre e suas conversas divertidas que muitas vezes atraíam outros marinheiros, fazendo dele uma figura sempre rodeada de outros marujos. Se pouco falava, eu muito ouvia, buscando de todas as conversas tirar algum conhecimento novo. A pouca experiência vivida eu supria com a experiência de outros, uma forma menos dolorosa de aprender os segredos da vida, sem sofrer seus infortúnios.

CAPÍTULO X

CURIOSIDADE FATAL

DENTRE TODAS AS TAREFAS que me incumbiam uma era a de toda manhã recolher o balde que recebia as necessidades noturnas do almirante, atando-o à ponta de uma corda e mergulhando-o no mar para esvaziá-lo e limpá-lo. Sempre que eu me dirigia ao camarote do almirante encontrava-o, antes mesmo do desjejum, já debruçado sobre sua mesa de trabalho, medindo mapas com réguas e compassos, ou fazendo anotações num livro igual àquele que eu tivera em mãos no cais do Restelo. Muitas vezes estava ele em companhia do piloto Pero Escolar, que lhe transmitia medidas e graus tirados da observação do sol e das estrelas.

Um dia, porém, já avançada a manhã, tendo eu me atrasado em outras tarefas, ao dirigir-me para o camarote do almirante vi que ele já se encontrava no passadiço do castelo de popa ao lado do piloto, rodeado de instrumentos de navegação, empunhando um astrolábio. Fazia ele próprio as medições de navegação que determinavam a posição da esquadra naquele imenso deserto azul, ditando ao piloto o resultado de suas observações. Creio que naquele instante os demônios que regem os pecados que nascem da curiosidade humana começaram a me cutucar, despertando aquela antiga sensação irreprimível de conhecer as razões que motivaram a furiosa ira de Dom Pedro quando esparramei toda aquela parafernália de papéis pelo chão do cais do Restelo.

Ao lado do livro ainda aberto onde o almirante fazia suas anotações diárias encontrava-se aquele que eu tivera em mãos quando da queda do baú, o *Portulano de Nicolau Coelho*. Abri-o sem qualquer intenção de buscar esta ou aquela página, apenas procurando primeiro saber de que tratava um *Portulano*.

O livro era recheado de apontamentos e desenhos de mapas, alguns coloridos e com detalhadas anotações de acidentes geográficos ou condições de mar. Uma das páginas que abri mostrava uma escrita trêmula e cheia de borrões e garranchos, fazendo sua leitura tão difícil quanto deveria ter sido sua escrita nos balanços e solavancos de uma nau em mar alto.

A intensa curiosidade, espicaçada pelos favores daquele momento tão propício, levou-me ao completo descuido com as conseqüências do temerário gesto de tomar o livro nas mãos para uma leitura mais precisa: "... *ao alongar a volta do mar que permitiria alcançar ventos e correntes favoráveis à dobradura do cabo das Tormentas, nos excedemos na avaliação da distância percorrida para oeste, chegando a alcançar um ponto onde avistamos aves que tiravam contra o sudoeste como que iam para terra, e também escolhos que não se podia bem saber de onde vinham, podendo indicar a presença de terras naquela direção. Faço a anotação para que em futuro, sendo apraz a El-Rei, determine ele uma nova expedição a confirmar esta observação, coincidente com antigas informações da possível existência de uma grande ilha a oeste do mar Oceano. A quantidade de aves e vegetação...*".

Ao terminar a leitura daquela página e enquanto eu a virava, dirigi minha vista para o mapa semi-aberto sobre a mesa, o mesmo que também já estivera sob meus olhos no cais do Restelo, e ao desenrolá-lo por inteiro observei que o que acabara de ler confirmava o que nele se mostrava: o contorno parcial do que poderia ser uma ilha, cortado por uma linha vertical que marcava o mapa de cima a baixo. Notei também, embaixo do mapa que voltou a enrolar quando o soltei, algumas folhas encimadas pela expressão *"Instruções Régias Adicionais"*, que logo nas primeiras linhas mostrava serem as ordens d'el-rei Dom Manuel para Dom Pedro Álvares Cabral quanto aos propósitos daquela expedição, a maior até então organizada pela coroa portuguesa para terras tão distantes.

Além das ordens quanto aos objetivos e ações nas Índias, a carta mandava que a frota, seguindo a mesma rota já cursada por Vasco da Gama antes de cruzar o cabo da Boa Esperança, ampliasse ainda mais a volta do mar, buscando confirmações da existência de terras a oeste. Mandava ela também observar o cuidado de verificar se as terras se encontravam aquém da linha de Tordesilhas, dentro dos limites portugueses do tratado firmado entre Portugal e os reis de Castela quanto à divisão das terras porventura existentes no Ocidente. Cada folha exibia o grande lacre com as armas reais que na última estava aposto ao lado da assinatura de Sua Majestade, *Dom Manuel, Rei de Portugal e dos Algarves, daquém e dalém mar em África, Senhor da Guiné.*

Extasiei-me diante de todos aqueles documentos, que mesmo para minha pequena ciência se mostravam da maior importância, não só por ver entre eles documentos oriundos da própria mesa real, mas sobretudo por conterem aqueles segredos de marinharia, tão caros diante das minhas ambições de vir a ser um grande profissional do mar. A visão do conteúdo do portulano, do mapa e do selo real, quase nunca alcançada por olhos tão plebeus, ao mesmo tempo em que fazia arregalar meus olhos fechava meus ouvidos, impedindo-os de ouvir o rangido da porta do camarote se abrindo.

Ao ver-me segurando o portulano e lendo as folhas daquele documento real, Dom Pedro não hesitou em lançar-se sobre mim com sopapos e gritos:

— Espião dos infernos! Então és de fato um espião. Já procuraste ver o conteúdo do meu baú no cais e agora vens direto a ele.

O furor do almirante fazia-o sublinhar cada palavra com tapas tão violentos que minha cabeça começou a girar e quase perdi os sentidos. Quanto mais eu me abaixava, protegendo minha cabeça com os braços, mais furiosos eram os tapas, vindos de cima dos nove palmos de altura do almirante, levando-me a ficar de joelhos diante daquela excelsa figura ultrajada e traída.

O alarido logo atraiu à cabine o piloto Afonso Lopes e o contramestre Pero Coelho, sobre quem fui jogado e que logo tomou meus braços, torcendo-os às costas, talvez pensando que eu estivesse mesmo atentando contra a vida de Dom Pedro.

— Senhor Pero Coelho — gritou o almirante —, leve este fedelho espião e ponha-o a ferros, até o fim de nossa viagem. Isole-o e que ninguém tenha contato com ele, exceto o senhor, e apenas para levar-lhe água e comida. Não deixe de antes aplicar-lhe algumas exemplares chibatadas.

— O que fez ele excelência? Atentou contra sua vida?

— Mais do que isto. Este maldito espião pode pôr em risco a própria honra de Sua Majestade el-rei. Ele atentou contra o próprio reino.

— Não entendo, senhor Dom Pedro — interveio desta vez o piloto —, o que pode ter feito este fedelho?

Vendo que os mapas e papéis continuavam abertos sobre a mesa, à vista de todos, o almirante deve ter julgado desnecessário

manter em segredo para seus dois auxiliares as razões de suas preocupações e fúria contra mim.

— Senhor Afonso, os informações contidas nestes mapas e as
ordens d'el-rei, mandando-nos procurar indícios de terras a oeste,
faz ver que ele já suspeitava da existência delas quando firmou, em
Tordesilhas, com os reis de Castela, o tratado que dividiu o
mundo: para os castelhanos todas as terras a oeste e para nós portugueses as terras a leste, o que até então significava apenas a
África e as Índias. Ficando demonstrado que el-rei já tinha conhecimento da existência de terras a oeste da linha do tratado anterior
e abaixo da linha do equador, por certo marca-se também com o
estigma da má-fé os propósitos de nosso reino.

— Tendes razão, senhor Dom Pedro. Entendo agora a sábia
insistência do saudoso Dom João II em estender a linha demarcatória até trezentos e setenta léguas a oeste das ilhas do cabo
Verde, originalmente estabelecidas em apenas cem, pelo papa espanhol Alexandre VI.

— Por certo, como podem ver os senhores, este segredo não
pode ser revelado, antes que el-rei Dom Manuel tome conhecimento do possível achamento dessas terras, e o dê por acidental.
Afinal nossa viagem não tem este propósito declarado.

Ao notar que na sua fúria acabara por revelar os segredos que até
então eram do conhecimento apenas dele e alguns capitães, mas
vendo também que aqueles homens, por seu cargo, deveriam ser
fiéis a sua majestade, Dom Cabral assumiu um ar grave e continuou.

— Os senhores, agora sabendo disto, também estão obrigados
por este segredo perante el-rei.

Ambos se apressaram a ajoelhar diante do almirante, o contramestre obrigando-me também, pois suas mãos continuavam a tor-
cer fortemente meus braços.

— Perante Deus e por nossa honra, senhor — adiantou-se o piloto, falando por si e pelo contramestre —, saberemos manter este segredo até que dele sejamos liberados por vossa mercê.

Percebi, daquela conversa, o alcance da minha curiosidade e os possíveis resultados dela. Cheguei mesmo a temer por minha vida quando, subjugado pelo contramestre que já se movimentava para retirar-me da cabine, ainda pude ouvir as palavras do capitão-mor.

— Quase penso que melhor seria mesmo atirá-lo ao mar. Este espiãozinho de merda pode fazer fracassar todos os propósitos reais, se o pouco que ele possa ter visto vier a ser conhecido por outros reinos.

— Tratarei de que isto não aconteça, senhor Dom Pedro. Saberei mantê-lo calado.

O contramestre arrastou-me pelo convés até o meio da nave, arrancou minha camisa e mandou que me amarrassem abraçado ao mastro principal. Aplicou-me, em seguida, à vista de toda a marujada, um número de chibatadas que nunca pude precisar, pois a dor era tanta que chego a pensar num inimaginável número de mais de mil. Com as costas retalhadas em sangue fui, em seguida, conduzido até a abertura que levava aos porões de proa da nau, diante do olhar curioso e espantado de toda a tripulação, que a tudo assistira calada, sabendo que aquela punição era conseqüência de alguma transgressão grave, mas ninguém era capaz de atinar qual.

Uma vez no porão fui jogado num cubículo, onde nem mesmo uma criança conseguiria dar dois passos, após ter meus pés presos a duas argolas de ferro ligadas entre si por uma barra, o que me impediria de qualquer movimento com as pernas, ainda que possível no pequeno espaço do cubículo. A exigüidade do espaço só permitia a alguém do meu porte permanecer sentado, com os pés dentro da água que ali quase alcançava minhas canelas, ou manter as pernas desconfortavelmente encolhidas sobre uma grossa trave que atravessava a cela e podia fazer as vezes de um assento, ou um catre rudimentar.

A escuridão tornou-se total tão logo a porta foi fechada. A umidade era intensa, pois a água que encharcava o madeirame abaixo da linha de flutuação sempre permeava o fundo daqueles barcos, mantendo ali um permanente volume. A cela se encontrava bem abaixo da linha d'água, quase mesmo sobre a quilha na proa. O calor que já tornava desconfortável a vida em qualquer ambiente fechado da nau tornava-se ali insuportável, aumentado que era pela intensa umidade salgada, que se encarregava de multiplicar a ardência nos cortes nas minhas costas, produzidos pelas finas pontas metálicas da chibata.

Os repetidos baques da proa a cada onda vencida tornavam minha prisão algo muito próximo do inferno, mesmo diante dos piores tormentos que a mente humana é capaz de imaginar para a casa do diabo, ainda que os padres digam que eles são sempre maiores do que possamos imaginar. Naquele momento, entretanto, minha fé teve que ceder na sua crença à realidade da dor.

As prisões já pareciam fazer parte das rotinas de minha vida. Já quase me acostumava a elas. Daquela vez, porém, as palavras e a forte reação de Dom Pedro me faziam verdadeiramente temer pelo meu futuro. No meu primeiro e triste encontro com o albergueiro de Lisboa meus temores se justificavam pela ingenuidade, que fui aos poucos perdendo no curso de tantas experiências em tão curto espaço de tempo. Agora, porém, era exatamente a parca sabedoria que se acumulara daquelas experiências que me fazia crer que desta vez as coisas tomariam rumos mais penosos.

O almirante havia considerado a hipótese de lançar-me ao mar, mas não a concretizara. O que poderia ele estar pensando quanto ao meu destino? Afinal, pelo que pude entender, eu tomara conhecimento de profundos segredos que envolviam os altos interesses de todo o reino de Portugal. Se era para calar-me pela morte, por que não o fizera de pronto? Ou, quem sabe, esperava que eu viesse a morrer de fome, frio e angústia naquele minguado calabouço, agravando a pena da morte com os tormentos do lento martírio que fariam dela uma bênção. Mas, então, por que a ordem de dar-me água e comida?

Durante vários dias fui mantido naquela masmorra aquática, já chegando próximo daquele ponto em que passaria a pedir a morte como misericórdia. Enquanto acordado meu corpo era tomado de intensos tremores, incoerentes com o calor infernal que me fazia suar em quantidades quase capazes de aumentar o nível da água que se mantinha acumulada aos meus pés. Quando conseguia assumir uma posição que não aumentasse as dores das costas laceradas, chegava até a dormir, num sono nunca contínuo e sempre povoado por pesadelos, que me levavam a acordar e buscar, durante alguns minutos, a certeza de realmente estar acordado.

Apenas uma vez por dia o contramestre descia até aquela cela do inferno com um jarro de água e algumas bolachas ressequidas, o que antes de mitigar minha fome mais a tornavam um novo sofrimento. Logo depois da primeira semana, ainda que na ocasião eu não tivesse noção do que fosse, o escorbuto, o mal tão temido e tão comum nos longos períodos no mar, já começava a se manifestar pelo gosto amargo do sangue que das minhas gengivas se misturava com as bolachas duras que me eram dadas cada dia.

A friagem vinda do mergulho de meus pés dentro da água, quando buscava ficar de pé para aliviar as dores que maltratavam todos os meus músculos e sobretudo minhas costas, somada à umidade, própria daquele local, mantinha a temperatura do meu corpo constantemente baixa, produzindo um torpor que embotava minha razão, tornando tão confusos e esparsos meus pensamentos que, creio, apenas por isto não ultrapassei os limites entre a sanidade e a loucura, pois minha cabeça se tornou quase impossibilitada de raciocínios lógicos, impedindo-me assim de assumir a plena consciência da minha triste condição.

As referências de dia e noite eram marcadas unicamente pela presença do contramestre, trazendo minha parca ração, e pelas vozes abafadas e a tênue luz das lamparinas que da abita perpassava as frestas da madeira do teto. Eram estes os únicos eventos a trazer-me o conforto de compartilhar a companhia de outros seres humanos, mesmo que não se comunicassem comigo.

Um dia, porém, num daqueles longos momentos em que a prostração da fome e o permanente mal-estar me colocavam entre o sono e a vigília, fui surpreendido com sussurros vindos do alto, chamando meu nome. Cheguei a pensar ser aquele o chamado do meu homônimo anjo protetor, convidando-me a alcançar finalmente a paz da morte.

— Gabriel... Gabriel... sou eu, O Malho. Estás me ouvindo? Gabriel... Gabriel...

Levei algum tempo até vencer a incerteza de que realmente ouvia uma voz humana e não de anjos. E mais que tudo uma voz familiar e amiga.

— Sim, te ouço... Ó amigo, que bom ouvir-te!

— Não posso chegar até aí. As ordens expressas do contramestre prometem a mesma pena que te foi imposta a quem chegar até você. O que foi que fizeste para merecer castigo tão duro?

As lágrimas da alegria de poder falar com alguém, extravasar meus sofrimentos, sobretudo sabendo que minhas palavras alcançariam ouvidos amigos, me fizeram soluçar e a muito custo consegui balbuciar minha resposta:

— Vi alguns papéis e mapas sobre a mesa do almirante, e ele pegou-me com eles na mão e entendeu ser eu um espião. Estou quase a morrer de fome, padecendo de um desconforto que ora me parece ser de frio, ora me parece ser de calor... Meus pés estão quase sempre molhados, já quase não os sinto... Minhas costas ardem...

— Ouça, Gabriel, estou aqui agora, sozinho, porque estão todos no convés, alvoroçados com o avistamento de aves e plantas: fura-buxos, creio; algas que alguns marinheiros dizem chamar-se botelhos ou rabo-de-asno. Sinais que parecem indicar proximidade de terra.

— Há quanto tempo estou aqui? Perdi a conta dos dias, que dia é hoje?

— Estás aí há quase quatro semanas. Hoje é vigésimo primeiro dia de abril. Desde o dia em que foste preso estou preocupado. Eu e Bigote já fizemos planos de ir até aí levando algum alimento para ti. Talvez a proximidade de terra, ocupando o contramestre, permita isto.

— Por favor, meu amigo, faça alguma coisa, por Deus, estou quase morrendo. Todo meu corpo dói como se fosse uma só ferida... Já me faltam forças até para falar.

— Tenha mais um pouco de paciência. Veremos o que podemos fazer. Agora devo ir, parece que vem vindo alguém...

O breve diálogo com O Malho refez minha moral e deu-me novas forças, alimentadas pela esperança de um breve fim àqueles tormentos.

Mais um dia se passou sem qualquer novidade. Porém, no outro, logo pela manhã, ouvi os barulhos de uma movimentação incomum e senti, pelos balanços mais lentos da nau, que ela havia parado e logo pude ouvir o baque da âncora quase roçando o casco bem ao lado do meu cubículo de porão. Algumas horas depois voltei a ouvir o barulho das correntes alçando a âncora e a nau se pôs outra vez em movimento, tornando a parar e de novo lançar a âncora. Aqueles movimentos e as ordens gritadas na proa indicavam possíveis manobras de sondagem da profundidade das águas, o que só se faz nas proximidades de terra, buscando um ponto para fundear.

À noite, o movimento no alojamento logo acima da minha cabeça se mostrava mais intenso que o normal, denotando certa excitação dos grumetes, cujas vozes chegavam até meus ouvidos como mais que sussurros e embora não pudesse distinguir claramente todas as palavras, consegui entender que de fato fora avistada a terra que a visão anterior de aves e plantas já denunciava.

Logo pela manhã a nau voltou a se movimentar para em seguida parar e voltar a lançar âncora. Ao ouvir, no entanto, ordens de movimentação para recebimento de batéis vindos das outras naves, as quais também deveriam estar ancoradas, concluí que desta vez o fundeamento era definitivo e os batéis provavelmente deveriam estar trazendo até a nau capitânia os demais capitães para uma espécie de conferência com Dom Pedro Álvares Cabral, o capitão-mor.

O burburinho da intensa movimentação no convés e a ausência completa de sinal de presenças no alojamento dos grumetes me fizeram entender que todos os tripulantes estavam em trabalhos próprios das preparações de desembarque ou recebimento dos batéis que vinham das outras naves. Neste instante ouvi movimentos do outro lado da porta que me separava do mundo, com o ruído de movimentação do ferrolho que a trancava.

— Sou eu, Gabriel, O Malho. Aproveitei o momento em que todos estão trabalhando e o contramestre também muito atarefado para se dar conta de você...

Enquanto falava O Malho abriu a porta, segurando numa das mãos uma lamparina e uma garrafa, enquanto sob o braço mantinha o que logo vi ser um pedaço de pão e outro de um queijo, já fedorento, mas para mim ainda apetitoso. Apesar do deslumbramento causado pela simples lamparina em olhos já há muito desacostumados de qualquer luz, lancei-me sobre o pão e o queijo que O Malho tinha sob os braços, passando a mordê-los com o ímpeto dos esfomeados, antes mesmo que ele me os oferecesse.

—... para trazer-te algo para comer, e vejo que tua fome está muito maior do que eu supunha — continuou ele, sorrindo diante da minha ânsia.

— Obrigado, amigo — balbuciei com as possibilidades que a boca cheia permitia. — Obrigado. Estava quase a morrer de fome.

— Corremos um grande risco, Bigote e eu, para surrupiar algo da despensa dos nobres, e veja, ainda tenho nos bolsos algumas ameixas secas. Custou-nos alguns réis "adormecer" o despenseiro para entrar na despensa. Trouxe também óleo para aliviar tuas costas.

Minha alegria era dupla, pela comida e pela presença do amigo, e eu não sabia se ria, chorava ou comia. Diante da fome, contudo, preferi manter a última alternativa, enquanto O Malho, com a leveza que suas mãos de ferreiro permitiam, passava o óleo balsâmico nas feridas às minhas costas.

— Veja, garoto, não posso ficar aqui muito tempo. Beba alguns goles deste vinho, não muito, pois estás enfraquecido. Guarde para depois um pouco da comida. Não convém que venham a notar minha ausência lá em cima. Estamos ancorados diante de uma terra desconhecida, mas que mesmo da nau podemos ver que é habitada por gentes estranhas, talvez selvagens. Tentarei trazer-te outras notícias depois.

O Malho saiu em seguida e voltou a trancar a porta do cubículo, enquanto eu agora me enchia de comida. Confesso até hoje nunca haver comido um pão e um queijo tão saborosos. Novas esperanças voltaram a ocupar meu corpo, enquanto a comida ocupava os vazios da minha pança, ao mesmo tempo em que novas angústias passavam a rechear minha cabeça. Se uma etapa da viagem se completava agora, talvez fosse ali o momento de Dom Cabral sentenciar meu destino, uma vez que era certo que eu não agüentaria ficar, nas condições em que estava, até o fim de todas as etapas de uma viagem que poderia durar um ano ou mais. Saciada minha fome, fui sendo pouco a pouco tomado de uma intensa lassidão e logo adormeci. Não sei por quanto tempo, embora possa afirmar haver sido bastante longo.

Por instantes fui despertado pelo movimento e pelas luzes próprias do momento em que os grumetes voltavam ao alojamento para dormir, e conclui que era noite. Voltei a adormecer novamente, e quando fui acordado vi que já era o dia seguinte, pois o contramestre assomou à porta e me chamou:

— Venha comigo, Dom Pedro Álvares já decidiu o teu destino.

CAPÍTULO XI

CONDENADO AO DEGREDO

MEUS SENTIMENTOS SE conflitavam enquanto era conduzido à cabine do capitão-mor. A euforia do possível fim daquele cativeiro infame, fosse qual fosse o desfecho, chocava-se com o temor de um agravamento daqueles tormentos, mesmo considerando ser apenas a morte um fim mais penoso do que aquele. Talvez o tempo tivesse abrandado os ânimos de Dom Cabral e ele viesse a considerar que a pena já havia sido suficiente para o crime que, aos olhos da minha razão, não parecia assim tão grave.

Ao chegar ao convés superior a intensidade luminosa da manhã chegava a doer em meus olhos, obrigando-me a cobri-los com as mãos, não só pelo descostume das minhas pupilas, mas também porque a resplandecência luminosa daquele local era incomum, como que iluminada por mais de um sol.

À medida que meus olhos se acostumavam à luz, enquanto atravessava o convés em direção à popa, pude ver que estávamos ancorados, junto com todo o resto da esquadra, em frente de uma extensa praia que separava o mar de uma densa mata toda ponteada de palmeiras. Bem ao fundo, um monte de forma cônica se destacava da planura do resto da paisagem, também coberta de árvores e cortada apenas pela silhueta enevoada de uma serra baixa a sudeste. Algumas naus menores e as caravelas encontravam-se fundeadas mais próximas da praia, em frente a uma entrada que parecia ser a boca de um rio.

Em terra viam-se várias figuras de homens de uma cor parda, que mesmo a distância notava-se que estavam nus, cada um portando uma lança ou uma espécie de grande arco e flechas. As amuradas e as vergas mais baixas de todas as naus estavam ocupadas pelos tripulantes, curiosos em observar a terra desconhecida que parecia ser uma grande ilha. Alguns marinheiros mais velhos afirmavam que bem poderia ser a ilha austral do *Hy Breazil*, a terra paradisíaca e de grande fartura de que falavam as lendas de São Brandão e que já chegara a figurar em alguns mapas mais antigos.

Ao entrar na cabine vi que lá se encontravam outros capitães, além do próprio Dom Cabral. Com olhar severo e sob um cenho franzido, o comandante encarou-me enquanto cofiava sua longa barba. O contramestre forçou meus ombros até meus joelhos tocarem o chão, mantendo-me naquela posição em frente à mesa onde se encontrava o capitão-mor rodeado pelos outros capitães, que olhavam minha figura debilitada e desgrenhada com curiosidade e espanto. Esperavam ver talvez no dito espião desmascarado um homem mais maduro e não um moleque do qual não guardariam mais cuidados do que proteger a própria bolsa.

— Tomei a resolução de poupar tua vida, espiãozinho. Mas quero me resguardar para que a notícia do achamento da terra seja comunicada a el-rei antes de alcançar outros ouvidos que não os de sua majestade.

A fisionomia de Dom Cabral e o ambiente pesado daquela

poderosa figura ladeada por seus principais capitães faziam indicar que os ânimos apontavam para um castigo extremo.

— Agora, moleque, dize-me, a serviço de quem estás?

Um violento tapa no meu cachaço, desferido pelo contramestre, apressou minha resposta, que a fadiga de todos aqueles dias de tormentos do corpo e da alma retardava.

— Não estou a serviço de ninguém, excelência. Não sou um espião. Apenas fui levado por minha curiosidade, pela qual me penitencio diante de Vossa Grandeza e peço perdão. Creia, senhor, que meu sofrimento até aqui já me puniu além do que julgo merecer.

— Quem sabe o alcance do seu crime e o tamanho de sua pena sou eu, atrevido, e não creio que um moleque da tua classe e na tua idade já saiba ler, e possivelmente escrever, sem que para isso tivesse sido treinado com algum propósito.

— Senhor, aprendi a ler com minha mãe, afilhada de um padre com quem ela por sua vez aprendeu, e juro aqui perante vós e todos estes senhores, mais ainda juro pela Santa e Bendita Cruz de Cristo que não sou um espião. Não sirvo e não pretendo servir a ninguém senão ao senhor el-rei Dom Manuel.

Um dos capitães, que vim a saber era o próprio Dom Sancho de Tovar, o temido subcomandante da frota, que diziam era mais severo que o próprio almirante, cochichou-lhe qualquer coisa aos ouvidos e este após alguma hesitação bateu sua manopla sobre a mesa.

— Pois bem — disse, dirigindo-se aos demais capitães —, vou acatar o conselho de Dom Sancho. Afinal, mesmo que este garoto venha a transmitir o que viu nesta mesa, isto já não valerá de nada. Dom Bartolomeu — continuou ele, dirigindo-se a Bartolomeu Dias, o próprio herói que primeiro dobrou o cabo das Tormentas —, não está embarcado em vossa nau um condenado ao degredo?

— Sim, Dom Cabral, e penso que seria uma boa idéia deixar este fedelho a fazer-lhe companhia, se foi esta, como penso, a proposta de Dom Sancho.

— Sim, de fato foi, e vejo que todos hão de concordar com ela.

Agora com voz mais grave e pausada e dirigindo-se a mim, o capitão-mor pronunciou sua sentença:

— Ficarás degredado nestas terras, por vistas aprender os costumes e a língua das gentes que aqui vivem, auxiliando futuros exploradores nossos que venham aqui por ordem d'el-rei. Se bem cumprires este papel, e se a tanto sobreviveres, algum dia poderás voltar a Portugal.

Tornando a atenção para seus companheiros de esquadra, acenou ao contramestre para que me levasse para fora da cabine, ordenando:

— Senhor contramestre, que ele seja devolvido aos trabalhos, porém cuide para que não se comunique com qualquer outro marinheiro desta ou de outras naus durante o dia, e que fique isolado à noite. Mantenha-o sob vigilância, em trabalhos que não envolvam a proximidade de outros que não vosmecê, ou eu próprio.

O contramestre conduziu-me de novo ao convés e dali ao tombadilho do castelo de popa, onde, segurando-me pelo pescoço, como a exibir um frango morto e depenado, bradou pela atenção de toda a marujada, dirigindo-se a ela com voz tonitruante que reforçava a severidade de suas palavras.

— Atenção, atenção, que todos saibam: este grumete foi condenado à segregação e ao degredo por sua excelência o senhor Dom Pedro Álvares Cabral, por crime contra Sua Majestade el-rei. Enquanto isto estará sujeito aos trabalhos regulares a bordo. Será punido todo aquele que dirigir-lhe a palavra que não por meu intermédio. Da mesma forma será castigado todo aquele que prestar-lhe qualquer forma de auxílio, solicitado ou não, sem o meu consentimento.

A tudo ouvi cabisbaixo e humilhado, atinando sobre qual dos castigos era o pior: o degredo em terra desconhecida e selvagem, por tempo certamente longo, com grandes probabilidades de ser abreviado pela morte, por completo desconhecimento de como sobreviver em meio à gente selvagem, ou a pena de ainda permanecer no meio dos meus, sem poder conviver com eles, como um fantasma perambulando entre todos, sem, no entanto, ser notado, e se notado, temido e esconjurado, como um leproso.

O degredo era pena ainda por vir. A segregação já começava ali, no momento em que o contramestre encerrou suas palavras e todos já se afastavam, prontos a cumprir as ordens ouvidas e temerosos da proximidade contagiosa de um ser que para eles, a partir daí, seria visto e temido como um fantasma.

Após dispensar os ouvintes, o contramestre incumbiu-me da limpeza de todas as latrinas, recomendando-me o esmero que eu aplicaria ao meu próprio prato, alertando-me, a este propósito, que eu não comeria nem dormiria junto com os outros grumetes ou marinheiros, mas sempre afastado deles, em qualquer canto do convés.

Ao desespero do futuro somava-se também agora o sentimento do desprezo, mesmo sabendo que para alguns ele era resultado de uma ordem e não espontâneo. Mas como ter a certeza de interpretar no olhar a alma de cada um? A partir daí eu seria para cada homem da tripulação um objeto inerte, mas perigoso, do qual a prudência aconselharia sempre desviar-se.

De todo modo, meu isolamento não chegava ao ponto de cobrir-me os ouvidos e pude escutar algumas conversas que diziam já haver o capitão Nicolau Coelho ido à terra e mantido contato com os nativos. Contato que havia sido amistoso, pois dizia-se mesmo que haviam até trocado presentes. Esta informação acalmou um pouco meus temores quanto à índole daquela gente, pelo menos até ali aparentando ser pacífica e receptiva.

À noite um pesado aguaceiro com fortes ventos do sudeste fez alguns navios, entre eles a *São Gabriel*, deslocarem-se, apesar de fortemente ancorados, o que levou Dom Cabral a ordenar o deslocamento da frota, pela falta de segurança naquelas águas. No dia seguinte, navegando cerca de dez léguas para o norte, após contornar uma ponta de terra que avançava quase a tocar um grande banco de corais, a frota alcançou uma baía de águas tranqüilas, com uma entrada bastante larga e em grande parte protegida por arrecifes. O almirante considerou ser ali um porto seguro e deu ordens à esquadra para que fundeasse naquele local.

Obrigado a dormir no convés, ao relento, não tinha a proteger-me mais que meu próprio capote, que mostrou ser suficiente naquela noite amena e felizmente sem chuva. O céu límpido, livre de quaisquer fiapos de nuvem, se apresentou da forma mais esplendorosa que jamais cheguei a ver em toda minha vida, iluminado que era pelas pequenas luzes das estrelas, que juntas quase alcançavam a luminosidade de uma lua cheia.

A visão do firmamento, cortado pela luminosa língua de poeira branca que ligava o quase leste ao oeste, toda pontilhada de uma multitude de estrelas, trazia um sentimento de infinita pequenez diante da grandeza esmagadora do céu. Dentre todas as constelações destacava-se uma, ao sul, em forma de cruzeiro cujo braço maior, diziam alguns marinheiros mais experimentados naqueles mares do sul, apontava sempre para o mesmo ponto do horizonte, permitindo assim tomar aquelas estrelas como orientação para o sul, da mesma forma que a estrela polar no norte.

A fascinação do céu estrelado, pela tranqüilidade que traz à alma a apreciação das coisas belas, foi aos poucos afastando os maus pensamentos acerca do meu futuro e logo adormeci. O sono foi profundo e reconfortante, mais ainda por ser aquela minha primeira noite fora do cubículo de suplício onde eu passara as quase trinta anteriores.

Acordei com os primeiros movimentos dos marinheiros à chamada da alvorada pelo estridente sino de bordo, secundado pelos gritos do encarregado do turno, que apontava para a praia. Chamava atenção para um grupo, ajuntado na praia a observar curiosos aquele conjunto de estranhas e grandes embarcações, surgidas não sabiam de onde e que traziam em seu bojo homens como eles, mas de feições esquisitas, de rostos cobertos de pêlos e enrolados em roupagens grossas e coloridas, ainda que não com a mesma diversidade de cores que seus cocares de pena.

O capitão-mor deu ordens para que o piloto e alguns outros marinheiros fossem em um bote ao encalço de dois jovens que, corajosa ou inocentemente, se aproximavam da esquadra numa rústica pequena canoa. Trazidos a bordo, sem apresentar qualquer temor, mas apenas curiosidade e espanto, não ofereceram resistência ao que a olhos mais civilizados pareceria uma captura.

A tudo olhavam e tocavam, manifestando admiração, sobretudo diante das grandes peças de ferro e bronze e os grossos cabos que pendiam daquelas grandes árvores lisas e retas e com galhos também tão retos. Um deles chegou a levar a mão para pegar a faca que um dos marinheiros trazia à cintura, sendo rispidamente repelido, pois o homem pensou haver ali intenções de agressão. O olhar cândido e espantado do selvagem diante daquela brusca reação, no entanto, logo fez ver que ele não queria mais do que pegar o objeto, como uma criança insatisfeita por conhecer as coisas apenas pelo olhar.

Após inúteis tentativas de comunicação com os nativos, que se mostravam interessados apenas nas coisas, e resignado, depois de várias tentativas, com o fato de não se fazer entender por eles, Dom Cabral ordenou então libertá-los, não sem antes oferecer a um deles um gorro de marinheiro e ao mais ousado a tão cobiçada faca.

Ordenou em seguida o almirante que todos os capitães fossem trazidos para uma conferência, onde tratariam da forma de se comunicar com aquela gente que, de acordo com o procedimento dos dois jovens trazidos a bordo e dos aborígines já contatados no ancoradouro anterior, parecia ser pacífica e talvez disposta a comunicar-se.

O movimento na nau capitânia tornou-se cada vez mais intenso, à medida que iam chegando os onze capitães. Tudo agora era voltado para bem recebê-los e acomodá-los na exígua cabine do almirante. Após muitos debates e controvérsias decidiram que os contatos deveriam se iniciar pela troca de presentes, que demonstraria os propósitos pacíficos dos portugueses, o que, diante da modéstia dos agrados que os índios pareciam dispostos a receber, não seria também muito dispendioso.

Enquanto isto, os muitos marinheiros dos botes que haviam trazido os capitães envolviam-se em prosa com os demais companheiros. A maior parte das conversas era sobre aquela nova terra e as estranhas criaturas que a habitavam, nus e armados com rudimentares e longos arcos e flechas, as cabeças coroadas por grandes e exóticos penachos das mais variadas cores, alguns com pequenos ossos atravessados no nariz e nos lóbulos das orelhas.

Os tripulantes das naus ancoradas mais próximas à praia afirmavam que também as mulheres estavam nuas, mostrando-se sem qualquer vergonha da exposição de suas partes íntimas, informação que chegou a excitar muitos daqueles homens já há meses sem ver qualquer mulher. Alguns chegaram mesmo a afirmar que aquela terra poderia ser a parte terrena do próprio paraíso celeste e seus habitantes os remanescentes dos descendentes de Adão e Eva.

CAPÍTULO XII

CERTEZAS CONFIRMADAS

O IMPEDIMENTO DE MANTER contato com qualquer membro da tripulação criava, para o contramestre, a dificuldade de atribuir-me, nos espaços acanhados de uma nau, tarefas que não contrariassem meu isolamento. Apesar de todas as desconfianças que me pesavam às costas, ele estranhamente incumbiu-me da nobre tarefa de transportar para a cabine do almirante potes de água e garrafas de vinho, trazidas estas da exclusiva despensa do comandante, justificando a necessidade de manter-me sob sua vigilância ou sob os olhos de Dom Cabral.

A possibilidade de voltar a tocar nos secretos mapas e livros de bordo já havia sido afastada, com o cuidado do almirante em manter seu pequeno baú sob sete chaves. Como só entrava na cabine quando chamado, parecia que eu não ofereceria mais qualquer perigo, pois estaria sempre sendo vigiado.

Nestas idas e vindas sempre era possível ouvir parte das conversas dos capitães, e em uma delas meus ouvidos se aguçaram e temerariamente passei a retardar meus movimentos de arrumação dos potes e garrafas; a importância para o meu futuro das palavras que eram ditas justificava minha ousadia.

—... O capitão Nicolau Coelho e Dom Bartolomeu Dias — dizia o almirante — poderão desembarcar na praia e buscar alguma forma de comunicação com os gentios.

— Talvez já devêssemos também desembarcar os condenados ao degredo, o tal de Afonso Ribeiro e aquele outro já condenado por vossa mercê — atalhou Dom Bartolomeu, sem se dar conta de minha presença.

— Sim — concordou o capitão-mor —, este é um bom momento. Façamos isto.

A notícia me alarmou e ao mesmo tempo me entusiasmou. Ao ouvir o nome do outro degredado meu coração disparou. Será o mesmo Afonso Ribeiro com quem dividi o cárcere em Lisboa? É bem provável que seja, pois ele contou haver sido condenado ao degredo por seu crime de sangue. Meus temores de ser abandonado sozinho naquela terra estranha, embora ainda grandes, se abrandaram com a possibilidade de agora ter um companheiro de desdita. Afinal, até mesmo a desgraça se torna menor quando dividida.

— Não deixem de levar muitos presentes — continuou Dom Cabral. — Levem também homens bem armados. Afinal, ainda não podemos ter certezas quanto ao ânimo dessas gentes.

— Os espanhóis, em suas viagens às terras mais ao norte achadas por aquele genovês, também encontraram-nas habitadas por gentios — disse um dos capitães. — Eles os chamaram de índios.

— Não sabemos ainda se esta terra é uma continuação daquela — atalhou o almirante. — Ao que parece, o que encontramos agora parece ser uma grande ilha e muito distante daquelas terras espanholas.

— Colombo, o genovês, afirma ter tocado um continente na sua última viagem, pouco acima da linha equinocial e estamos um

144

pouco abaixo dela. Creio ser possível que estas terras sejam a continuação daquelas.

Esta última observação veio do comandante Diogo Dias, irmão de Bartolomeu, respeitado pela experiência e os grandes conhecimentos de navegação. Estivera com o irmão na grande façanha de dobrar o cabo das Tormentas.

As discussões acerca de ser aquela terra uma ilha ou continente continuaram, porém, não havendo mais como justificar minha permanência naquele ambiente de tão altos dignitários, tratei logo de me safar, antes que o almirante ou qualquer dos capitães, dando conta de estar ali um dos condenados ao degredo, se lembrasse de ampliar a pena que me havia sido imposta.

Os capitães trataram de voltar às suas naus, enquanto o contramestre me ordenava que embarcasse no batel que conduziria Dom Bartolomeu Dias sem, no entanto, dignar-se dizer-me o porquê, pensando estar eu ignorando os propósitos daquela ordem. Relutei em obedecer, sabendo que aquele seria o definitivo embarque no rumo de um triste destino. Mas o contramestre agarrando-me pelo pescoço, na beira da amurada, impôs-me o dilema: o batel ou o mar. Escolhi a alternativa de chegar seco à praia.

Enquanto isto, os dois capitães encarregados da missão de desembarque chamavam seus homens e ordenavam para que recolhessem contas coloridas, espelhos e outras quinquilharias, além de facas e barretes que seriam oferecidos aos selvagens. Devidamente providos, dois batéis se deslocaram para a praia, cortando com suavidade as águas claras do mar langoroso que banhava aquelas terras, onde tudo parecia convidar ao langor. Antes, porém, um dos batéis fez uma parada na caravela de Dom Bartolomeu Dias, fundeada a meio caminho, para recolher mais quinquilharias e também Afonso Ribeiro, o degredado.

145

Dom Cabral, o piloto Afonso Lopes, alguns frades e outros nobres a tudo acompanhavam da amurada do castelo de popa, enquanto o resto da tripulação se amontoava nas enxárcias e vergas, cada um buscando uma posição que melhor permitisse assistir àquele espetáculo inusitado.

Na praia, como que aguardando nosso desembarque, estavam cerca de duzentos nativos. Ao desembarcar, Dom Bartolomeu, após alguma hesitação, dirigiu-se ao que parecia ser o chefe de todos, pelos adornos mais exuberantes que exibia e por achar-se cercado de outros, como a protegê-lo. Após fazer uma longa reverência, espanando o ar com seu gorro também adornado de plumas, fez sinal aos marinheiros para que espalhassem pela areia as oferendas que traziam, enquanto o capitão Nicolau fazia gestos como a pedir que os selvagens depositassem seus arcos e flechas.

A visão dos presentes e a ausência de gestos inamistosos daqueles homens estranhos, portando longas facas e lanças, alguns tendo ao ombro um estranho instrumento, onde um cano abria sua boca numa das extremidades, fez com que os selvagens atendessem ao pedido do capitão e todos depuseram seus arcos e flechas. Rompido o lacre da desconfiança mútua passaram eles a oferecer seus cocares, arcos, flechas e tacapes adornados aos marinheiros, que agora também ofereciam as carapuças, guizos, espelhos, pequenas facas, miçangas e outras quinquilharias trazidas para encantar os nativos.

Dom Bartolomeu aproveitou o clima de mútua confiança e mandou que alguns homens saíssem em busca de água potável, fazendo para tal sinais ao chefe para que fossem ajudados nesse sentido. Este pareceu entender aquela universal linguagem dos gestos, ordenando a alguns dos seus para que orientassem os marinheiros, enquanto se maravilhava com o espelho que lhe fora oferecido, exibindo para os outros sua imagem, que estranhamente fugia logo que ele deixava de estar na frente dela.

Após haver enchido com água os barris trazidos a bordo dos batéis, Dom Bartolomeu ordenou a todos que embarcassem para retornar às naus, fazendo sinais ao chefe dos gentios que Afonso Ribeiro e eu permaneceríamos com eles. Neste momento o chefe tornou-se exasperado e, empurrando a mim e Afonso em direção ao mar, deu a entender não querer ali a permanência de estranhos. Meu companheiro, sem ocultar sinais de rebeldia ante a iminência de já ter começado sua pena de degredo, tratou logo de evitar o conflito entre índios e portugueses, apressando-se em embarcar de volta ao seu batel.

O comportamento do líder deixou os capitães perplexos e alarmados com a inesperada recusa, que poderia ser interpretada como sinal de que admitiriam a presença de estranhos desde que temporária, mas nunca de forma permanente. Esta interpretação poderia significar uma futura necessidade de sacrifícios de sangue para a conquista da terra, o que não parecia concordar com os interesses dos portugueses, que gostariam de tê-la a um preço diferente das incontáveis mortes de espanhóis já havidas nas terras descobertas pelo genovês, assim como o alto preço de sangue pago por Vasco da Gama ao samorim de Calicute, nas Índias.

Até aquele momento não me fora possível qualquer contato com Afonso, senão visual. Apesar de estarmos próximos ele não demonstrou reconhecer-me. Mesmo assim permito-me crer que também ao meu colega de infortúnio a atitude dos nativos, mais que ferir com a dolorosa interpretação de que éramos rejeitados até por gente primitiva, foi também avaliada como uma tênue esperança de que nossa pena de degredo poderia ser adiada, ou até mesmo suspensa.

Os batéis retornaram aos seus respectivos destinos. Após devolver Afonso à sua caravela, Dom Bartolomeu tomou a direção da nau capitânia para também devolver-me e prestar ao almirante Dom Cabral o relatório daquele primeiro encontro com os homens já por todos chamados de índios, por parecerem ser da mesma espécie dos que o genovês, diziam, havia encontrado em outras terras estranhas como aquela.

Naquela mesma tarde Dom Cabral, apesar do contratempo da recusa dos índios em aceitar os degredados em terra, deu folga a toda a tripulação, autorizando que alguns fossem pescar, mas numa ilhota afastada da praia, onde os nativos só chegariam de canoa ou a nado, permitindo antever sua chegada e prevenir possíveis emboscadas, como as sofridas por Vasco da Gama na costa oriental da África, em situação semelhante. Os selvagens desta terra, afinal, foram amistosos somente até certo ponto.

Minha prisão agora, mesmo abrandada, ainda não permitia que eu voltasse a sair da nau. Assim, fiquei ali invejando aqueles que ainda que por breves horas iriam distrair-se. Meus amigos O Malho e Bigote estavam entre eles e este, enquanto embarcava no seu batel, murmurou pelo canto da boca, para que não fosse acusado de infringir a regra que me segregava:

— *Voi* trazer um peixe *bien* graúdo para dividirmos, garoto.

O Malho secundou-o, dissimulando como a dirigir-se a Bigote, mas olhando para mim pelos cantos dos olhos.

— Traremos não um, mas muitos peixes graúdos.

Senti naquele momento uma gratidão ainda mais profunda para com os dois que vinham sendo meus únicos amigos, que agora se mostravam ainda mais merecedores do meu afeto. A pena de degredo a que estaria sujeito daí a algum tempo, ali ou alhures, apesar de abrandada pela possível presença do mesmo Afonso Ribeiro que também já me dera mostras de amizade, seria por certo agravada com a ausência daqueles dois bons companheiros.

O cair da noite, que naquelas paragens era brusco, quase repentino, ainda que sob a intensa beleza de seus efêmeros crepúsculos, trouxe os pescadores de volta com os botes repletos de peixes os mais diversos, além de pequenos caranguejos, camarões e algumas lulas e polvos. O Malho trazia dois peixes de bom tamanho, e Bigote, uma enfiada de peixes menores, mas que, pela quantidade, ganhava no peso dos dois de O Malho.

A noite foi de banquete para todos, tripulação e nobres, na *São Gabriel* e nas outras embarcações. O Malho e Bigote, aproveitando a euforia das barrigas cheias, o que abrandava a vigilância do contramestre, fizeram chegar até o canto onde eu humildemente me encolhia, cumprindo minha pena da segregação, um prato com fartos assados de peixe e grossos tentáculos de polvo, saboreados como o mais lauto dos banquetes.

O monótono cardápio dos marinheiros durante os tempos no mar era agora engordado por diversificados pratos de peixes frescos, caranguejos, lulas, polvos e mexilhões, elaborados das mais diversas formas, conforme a imaginação dos seus cozinheiros: fritos, assados ou cozidos, no calor das brasas ou diretamente no fogo, ou mesmo cru, cortado em finas fatias, conforme, diziam alguns, era costume em certos países do Oriente.

Nas mesas mais importantes, do almirante e demais nobres, servidos em travessas adornadas pelas mais diferentes iguarias guardadas para ocasiões especiais, acrescentavam-se aos suculentos peixes e frutos do mar temperos, como pimenta, canela, nozmoscada e diversas frutas frescas trazidas da terra, ou secas vindas da despensa do almirante, tudo complementado por queijos curados e vinhos, além de fartéis e outros doces caprichosamente preparados pelo cozinheiro de bordo.

A comilança daquela noite, comemorando a folga e o sucesso da expedição até ali, mostrava também como a culinária pode ser vista como uma apetitosa forma de arte, pelo engenho e criatividade que exige dos seus autores; um dos mais elaborados meios de dar regalo simultâneo ao corpo e à alma, embora efêmero, pois o prazer visual não dura mais que os breves momentos de contemplação que antecedem o prazer do paladar.

No dia seguinte, o domingo da pascoela, Dom Cabral mandou que erigissem um altar, encimado por uma grande cruz feita de troncos de palmeiras, na ilhota, pouco distante da praia e quase tocada pela ponta de terra, onde seria celebrada a missa dominical com a presença de toda a esquadra. Uma semana após o avistamento do monte, que recebeu o nome de Pascoal, resolveu-se que deveriam ser dadas graças a Deus, não só pelo achamento da terra, mas também pelo sucesso da missão até agora, além de pedir-Lhe outras graças pelo bom andamento da esquadra e sua tripulação até o retorno a Lisboa.

Desceram todos à terra, à exceção de alguns poucos tripulantes que deveriam permanecer a bordo guarnecendo cada uma das embarcações; eu dentre eles. Da amurada, no entanto, pude assistir a toda cerimônia, pois a *São Gabriel* estava fundeada não muito distante da ilhota.

Por minha educação e sentimentos, formados na boa e única verdade do cristianismo, pude acompanhar a missa mesmo a distância, ajoelhando e levantando conforme o faziam todos na terra, pois apesar da proximidade, as palavras do padre não me chegavam aos ouvidos.

Da praia próxima defronte à ilha, muitos nativos também assistiam ao estranho ritual, curiosos e embevecidos com os movimentos uniformes de levanta-ajoelha-levanta de todos aqueles homens, aparentemente comandados pelos gestos de um outro, vestido com uma capa dourada e abundantemente enfeitada, que manipulava coisas sobre uma grande mesa colocada sob dois troncos atravessados e coberta de belos panos rendados e com muitas hastes esbranquiçadas, espetadas em objetos de metal em cuja extremidade ardia uma chama, iluminando não se sabe o quê, pois era dia claro e ensolarado.

Terminada a cerimônia religiosa foi ordenado que se mantivessem armados o altar e a cruz, já consagrados pela realização ali da santa missa, que serviriam como marco da presença portuguesa naquelas terras e, por conseqüência, da sua apropriação, eis que doravante seria considerada como terra pertencente aos domínios d'el-rei Dom Manuel, rei de Portugal e dos Algarves, daquém e dalém mar em África, Senhor da Guiné.

Os tripulantes regressaram às suas respectivas naus, enquanto Dom Cabral convocava novamente todos os capitães para reunião a bordo da nau capitânia. Ficou deliberado ali que a naveta de mantimentos, comandada por Gaspar de Lemos, deveria voltar a Portugal levando a el-rei a nova do achamento daquelas terras, que seriam batizadas com o nome de Terra da Vera Cruz, após findas as acaloradas discussões acerca de ser ela ilha ou continente.

Na mesma reunião o capitão-mor determinou que, quando a esquadra zarpasse em direção às Índias para completar sua missão, os dois degredados deveriam ser deixados em terra sem que os índios tivessem tempo de devolvê-los, o que equivaleria quase a uma sentença de morte, diante da já manifestada reação da parte deles. Nenhum dos capitães presentes lembrou-se de advertir ao almirante que tal atitude, se os índios viessem a nos matar como recusa em aceitar estranhos em suas terras, poderia frustrar os objetivos de que viéssemos a aprender a língua e os costumes deles, bem como recolher conhecimentos úteis aos futuros exploradores daquelas plagas.

Estas informações me foram todas passadas por O Malho, que durante toda a reunião estivera atarefado em reparos nos engenhos que movimentavam o leme, no porão logo abaixo do camarote do comandante, de onde a tudo se podia ouvir com clareza quase igual à dos que estavam na reunião.

Ao me informar das decisões O Malho abaixou a cabeça, apenas murmurando as palavras que ouvira. Manifestou nisso sua tristeza, por certo menor que a minha, acrescida que era também pelo medo do completo desconhecimento das possibilidades e condições de vida naquela terra bela, porém hostil, eis que habitada por uma gente primitiva, cujo comportamento era absolutamente imprevisível, ainda que até ali viessem se mostrando pacíficos. Apenas na aparência, contudo, eis que a recusa dos índios em aceitar-nos da primeira vez não permitia outras esperanças senão a de que seríamos mortos tão logo fôssemos novamente deixados na praia, ou viveríamos apenas o tempo que fosse possível nos mantermos como fugitivos.

Finda a reunião, o almirante chamou alguns capitães para que o acompanhassem num desembarque de exploração da praia e seus arredores, principalmente um rio que desembocava um pouco ao norte, embora não fosse visível do mar, que se mostrava como excelente fonte de água doce. Antes, porém, decretou folga para todos no resto da tarde, do que se aproveitou Diogo Dias, o comandante da naveta de mantimentos que logo estaria de volta a Portugal, para organizar um festejo na praia. Não ficou muito claro se o comandante Diogo resolveu festejar a folga e o sucesso da descoberta, ou a oportunidade de seu breve regresso à terra mãe. De qualquer forma, as gaitas, sanfonas e os cantos dos marinheiros

152

alegraram a todos e chegaram mesmo a entusiasmar alguns índios, dentre os muitos que, curiosos, assistiram aos novos rituais. Alguns chegaram mesmo a dançar, ora em seus próprios passos, ora tentando imitar os passos dos marinheiros, acrescentando às músicas o ritmo marcante de seus chocalhos.

Alguns marinheiros, menos entusiasmados com música e danças, se divertiam com os pequenos macacos, tão curiosos quantos os índios, que vinham das matas próximas observar aqueles estranhos animais sem pêlo, tão parecidos com eles, apesar de muito maiores, para logo em seguida fugirem temerosos de volta à floresta.

Ao mesmo tempo, alguns índios exibiam aos marinheiros uma curiosa ave, dócil, pois tranqüilamente pousadas nos seus braços, pouco menor que uma galinha, de plumagem intensamente colorida, com predominância de azuis e vermelhos, que denominavam *arara* e que, conforme fizeram questão de demonstrar, apesar da estridência de seu grito natural era capaz de repetir as palavras ouvidas.

Outras aves, de menor tamanho e com coloração mais marcantemente verde, também capazes de repetir palavras, eram exibidas pelos índios. Estas, alguns marinheiros mais velhos e viajados por outras terras e mares diziam ser papagaios, ave que afirmavam também existir nas terras de África. Por tal razão alguns começaram a denominar aquela terra de "Terra dos Papagaios", diante da abundância das aves nas mãos dos selvagens e dos inúmeros bandos que a todo instante cruzavam os céus em estridente alarido.

O clima amistoso entre marinheiros e índios se manteve até o final, na mesma agitação de festa que animava a todos. Já bem depois de o dia haver se retirado alguns marinheiros começaram a retornar às naus, levando consigo algumas daquelas *araras* e papagaios, trocados com os selvícolas, e também alguns índios mais ousados e curiosos que queriam conhecer por dentro aquelas grandes e estranhas embarcações.

Embora proibido de descer à terra, participei de longe daquela folgança, debruçado na amurada da *São Gabriel*, observando a luz alegre das fogueiras e a cantoria que chegavam da praia, o que deu-me algum alento e afastou um pouco dos meus temores quanto aos ânimos dos gentios.

De qualquer forma, um aperto no coração sempre se manifestava quando eu pensava no triste destino de haver saído de casa em busca de aventuras, conhecimentos e se possível, riquezas, e depois de haver passado por cárceres, naufrágios, chibatadas e outros tormentos, estar agora destinado a terminar meus dias vivendo entre selvagens, ou mais provavelmente morto por eles, ou por algum estranho animal dentre os muitos que certamente habitariam as matas daquela terra.

No dia seguinte pela manhã, dois batéis, um da *São Gabriel* e outro da nau soto-capitânia de Sancho de Tovar, saíram em direção à praia onde os respectivos pilotos, Afonso Lopes e Pero Escobar, armaram com madeiras um grande instrumento de medida da altura do sol, o que ali em terra firme poderia ser feito com menor margem de erro do que as medidas tomadas nos balanços das naus. Visavam com isto estabelecer a correta posição daquelas terras, bem como conferir as léguas percorridas desde Portugal e estimar a distância que estariam do cabo da Boa Esperança.

Havia também a preocupação maior em definir como certa a localização das terras em relação à divisão do mundo, contratada entre Portugal e Espanha na cidade de Tordesilhas, a fim de prevenir possíveis conflitos com as cortes castelhanas. Esta preocupação confirmava as cautelas de Dom Cabral em manter em segredo os mapas, livros e documentos que eu, por pura infelicidade decorrente de uma infantil curiosidade, vasculhara e que ele tanto temia viessem ao conhecimento do mundo antes do tempo julgado apropriado por el-rei Dom Manuel.

Para a maior parte dos tripulantes os trabalhos de todo aquele dia foram dedicados ao transporte de caixotes e barris, da naveta de mantimentos que retornaria a Portugal para as naus que continuariam a viagem aventuresca até os confins das Índias, deixando naquela apenas o suficiente para atender sua tripulação durante o tempo de regresso à corte.

Simultaneamente, enquanto a maior parte dos marinheiros se ocupava da tarefa de abastecer suas respectivas naus, o almirante destacou alguns carpinteiros para que fossem à terra e derrubassem árvores de qualidade e tamanho que se prestassem à construção de uma nova e grande cruz. Pronta ao entardecer, ela foi transportada em procissão capitaneada pelos padres até as proximidades da foz do rio, local escolhido para plantá-la porque dali poderia ser bem vista do mar, indicando a boa água que ali poderia ser obtida por outras naus que no futuro navegassem por aquela costa.

A cruz deveria servir também como marco da presença de Portugal naquelas terras. Por tal razão Dom Cabral mandou que se afixasse sobre ela o escudo com as armas reais. Definia-se assim a posse da terra para todos os olhos que a vissem do mar, em vista da cruz já erigida sobre o altar onde se rezara a primeira missa não ser bem visível e estar sobre uma pequena ilha e não no que poderia ser um continente.

À noite, reunidos na cabine do capitão-mor, este e todos os demais capitães ouviram a leitura da carta, escrita por um dos nobres que acompanhavam Dom Cabral com a missão de ser o escrivão da esquadra, que seria encaminhada a el-rei Dom Manuel pela

155

naveta que retornaria a Portugal, relatando toda a viagem e a descoberta da nova terra.

A leitura da carta não foi feita em segredo e muitos marinheiros puderam ouvi-la, aglomerados à porta da cabine. Era longa e bem circunstanciada, relatando tudo com minúcias, falando da terra e de seus habitantes, deixando, no entanto, sempre transparecer a casualidade do descobrimento, acobertando assim, mais uma vez, a existência de informações prévias sobre a existência daquelas terras. Esta preocupação manifestava-se, inclusive, no fecho da carta, onde Dom Pero Vaz Caminha, o escrivão, estranhamente afirmava estar remetendo a carta de uma ilha, que ele denominou *da Vera Cruz*, apesar das conclusões a que já haviam chegado os capitães sobre tratar-se quase com certeza de continente, o que se confirmou mais tarde, quando o próprio Dom Manuel se encarregou de chamá-la *Terra de Santa Cruz*.

O término da leitura da carta marcava o começo da outra parte das minhas aventuras, pois ficara nela confirmado meu futuro de degredado naquelas terras, junto com Afonso Ribeiro.

CAPÍTULO XIII

O ABANDONO COMPARTILHADO

A ÚLTIMA NOITE A BORDO da *São Gabriel* passei-a quase toda em vigília. Os pensamentos vagueando entre minha casa, minha infância, meus pais e irmãos e minha curta vida, até aqui somente marcada por sofridos acontecimentos, encadeados de forma a fazer crer num enredo adrede escrito por mão à qual eu não era simpático. Tudo parecia ter sido muito bem pensado e tramado, de modo a culminar neste momento de abandono, colorido apenas pela cor·da mais escura das noites.

Atormentado por todos os medos que possam povoar as cabeças humanas — as únicas com a consciência da própria morte e por isso as mais medrosas —, via a morte como o único caminho que se abria para mim, pelos sofrimentos que advêm da solidão e do abandono que prenunciam o fim, tal como o da flor apartada de seu caule. Nem mesmo a companhia de Afonso Ribeiro fazia diminuir minhas tristezas, pois a condenação ao degredo significava mais que tudo a expulsão da comunidade dos homens, como é feito com os leprosos.

Os curtos momentos de sono eram povoados dos piores pesadelos: as densas matas daquela terra que poderia vir a ser meu túmulo se agigantavam e as árvores, num bailado diabólico, se agitavam e cresciam até o céu, logo em seguida desabando sobre mim com ensurdecedor barulho. Num estridente coro de vozes, gigantescas araras e papagaios voavam em torno de minha cabeça repetindo em tenebrosa ladainha, "seu passado não viveu, seu futuro se apagou".

O dia seguinte amanheceu com o céu densamente coberto por nuvens pesadas e escuras, como que espelhando minha alma, ampliando, no ambiente de luminosidade acinzentada, todas as minhas agruras e desesperanças. Os sinos de bordo soavam estrepitosos e gritos de ordens eram ouvidos em todas as naus, chamando os marinheiros aos trabalhos de preparação para a segunda etapa da viagem. Âncoras eram içadas, velas desdobradas, cabos iam sendo manejados, buscando dar às velas a melhor posição de aproveitamento da leve brisa que deveria levar a esquadra até alto mar, agora no rumo de sua segunda etapa: a implantação de entrepostos comerciais nas Índias, iniciada, com muitas mortes e pouco sucesso, pelo almirante Vasco da Gama.

Os comandos de preparação para navegação foram antecedidos pela ordem de Dom Cabral ao contramestre para que eu fosse desembarcado e deixado na praia, enquanto a mesma ordem com relação a Afonso era transmitida para a nau do capitão Bartolomeu Dias. Nenhuma preocupação parecia toldar o semblante do capitão-mor quanto ao nosso destino, em vista da já manifestada recusa dos índios em aceitar a permanência de estranhos em suas terras.

Fui levado quase à força para o batel que me conduziria a terra, procurando retardar meus passos como um condenado arrastado pelas escadas do patíbulo. Não me conformava com o destino que me fora imposto, ainda que inconscientemente soubesse da inuti-

158

lidade de lutar contra ele. Meus olhos se embaçaram, quase afogados pelas lágrimas, quando vi O Malho e Bigote olhando para mim e acenando timidamente, ambos também demonstrando intensa emoção pela última visão que tinham do amigo em partida definitiva. Fui deixado na praia, chorando em silêncio, sem externar qualquer outro lamento.

Vários selvícolas curiosos assistiram a minha chegada, demonstrando em seus semblantes não entenderem o porquê de tanta agitação nas grandes embarcações. Mais surpresos ainda ficaram quando viram chegar à praia o outro bote, que conduzia Afonso Ribeiro, parecendo se perguntarem: "Por que aqueles homens estranhos vindos em barcos menores voltavam para os grandes deixando na praia dois dos seus?"

O grupo não demonstrou antagonismo à presença de estranhos, conforme manifestado anteriormente, e mesmo que o fizessem não teriam tido tempo de agir, pois logo após nos deixarem na praia, os marinheiros rapidamente voltaram aos seus botes retornando às naus.

Afonso, desembarcado num local um pouco distante de onde eu estava, demonstrando desespero bem maior que o meu, tentou seguidas vezes voltar ao bote, sempre escorraçado pelos marinheiros, que chegavam mesmo a bater-lhe com os remos. Vendo os botes se afastando, entendeu, finalmente, que seu destino era permanecer ali e caiu de joelhos. Sentando sobre as próprias pernas, passou a jogar areia para o alto e sobre a própria cabeça, como se fossem as cinzas da penitência das quartas-feiras que iniciam as quaresmas, gritando desesperadamente, nos intervalos de um choro convulsivo, para que não o abandonassem.

Aparentemente não havia percebido minha presença, bem visível apesar da distância que nos separava, e não creio que naquele momento eu viesse a servir-lhe de qualquer consolo, tal era o desespero que seus gestos demonstravam. Mais do que a estranheza pela partida das naus, deixando dois dos seus na terra, os índios pareciam não entender o desespero de Afonso e alguns chegaram mesmo a se aproximar dele, mais movidos pela curiosidade do que pelo que poderia parecer a intenção de consolá-lo.

Meu desespero não era menor. Minha ânsia de também chorar e gritar crescia na garganta com a mesma intensidade do contagioso choro de Afonso. O sofrimento maior que eu jamais experimentara até aquele momento, só não foi externado porque já estava convencido que minha sina era sofrer por pecados que sabia haver cometido e também pelos que cometera sem saber. Como consolo, procurava me convencer de que aquele sofrimento abreviaria minhas penas na eternidade.

De resto, a inutilidade do desespero de Afonso me fazia sentir que o desespero mais aumentaria minhas angústias do que alteraria meu destino. Diante da fatalidade, não fiz mais que sentar na areia, já cercado por alguns índios curiosos, observando a esquadra afastar-se lentamente. Ali fiquei pelo tempo que as naves levaram para desaparecer na névoa que trazia o horizonte para mais perto da praia naquela triste manhã.

Fui então na direção de Afonso que, ainda prostrado e chorando, olhava o vazio do oceano. Ao me ver espantou-se com um sobressalto, sem ainda saber se eu também fora deixado em terra como ele, ou se havia simplesmente sido esquecido.

— Você não é Afonso Ribeiro? Não se lembra de mim? Fomos companheiros de cela na Casa de Suplicação, em Lisboa.

Sua resposta levou algum tempo, enquanto se refazia da surpresa, tentando ao mesmo tempo sufocar os soluços que ainda persistiam em sua garganta.

— Sim, eu me lembro... Você é Gabriel, aquele garoto que foi empurrado sobre mim. Mas o que estás a fazer aqui? Também fostes deixado como degredado?

— Infelizmente, sim. Vi alguns livros e mapas do almirante, Dom Cabral, o que o fez entender ser eu um espião a serviço de inimigos de Portugal, e por isso condenou-me também ao degredo. Soube, ainda a bordo, que você também estaria condenado, e confesso que cheguei quase a ficar feliz ao saber que teria aqui uma companhia, principalmente por ser você, que tão bem me acolheu e tratou naquela horrível prisão.

— Oh, desgraçado! Como podes pensar em felicidade sendo abandonado aqui entre selvagens, pagãos, que dizem comer gente. O que sabes desta terra que nos permita sobreviver nela?

Voltando novamente a chorar, Afonso agarrou-me pelos braços, como a alertar-me, aos gritos:

— Em breve estaremos mortos. Vamos virar comida desses índios ou de animais.

Antes que aquele desespero acabasse me contagiando procurei assumir uma atitude de calma e coragem, na esperança de que também estas emoções fossem contagiosas e trouxessem ao meu companheiro a tranqüilidade que se mostrava cada vez mais necessária diante da presença dos índios, agora em maior número aglomerados em nossa volta.

— Vamos nos acalmar e tratar de ver como nos comunicaremos com estes selvagens. Veja, não me parecem hostis — exclamei, apontando os índios que calmamente nos observavam.

Só então Afonso olhou em volta e vendo que estávamos cercados por eles alterou sua fisionomia, abandonando o ar de desespero, substituindo-o pela desconfiança.

Virei-me então para o grupo de índios, procurando dar à

fisionomia a aparência mais simpática que a situação permitia e gesticulei, tentando expressar que éramos amigos. Punha minha mão direita sobre o coração e afastava-a num gesto circular. Fiz isto por várias vezes, enquanto compelia Afonso a fazer o mesmo. Os índios pareceram não entender bem o significado daquele gesto e passaram a falar entre si, enquanto alguns já se afastavam desinteressados daqueles homens brancos, cabeludos, cobertos com estranhos tecidos, incapazes de se comunicar e que choravam como crianças de colo.

Os poucos que ali ficaram tentando manter conosco alguma forma de contato falavam numa língua incompreensível e pareciam se enervar com nossa ignorância em não entendê-los. Diante da impossibilidade de se comunicar, os poucos remanescentes, demonstrando certa impaciência, foram também se retirando, deixando-nos completamente sós.

Com o afastamento dos índios, fui tomado de uma súbita sensação, misto de alívio e preocupação. Alívio por haver sobrevivido àquele primeiro contato, não estando mais obrigado ao esforço de comunicação com seres que se expressavam numa linguagem absolutamente desconhecida, sem qualquer parecença com qualquer língua cristã, pois a dificuldade de compreender e ser compreendido atiça o medo de ser mal-interpretado e cria animosidade no interlocutor. Preocupação, por estar a partir daquele momento completamente isolado, junto apenas de outro homem aparentemente mais fragilizado que eu, num ambiente completamente desconhecido, sem a mínima noção do que fazer ou para onde ir.

Neste momento, Afonso demonstrou um pouco mais de calma e chamou minha atenção para um saco a poucos passos de onde estávamos. Fomos a ele, e ao olhar seu conteúdo vimos, com agradável surpresa, que continha muitas bolachas ainda frescas e vários utensílios necessários à sobrevivência: uma machadinha, um facão, algumas braças de corda, uma tesoura, anzóis de vários tamanhos e, surpreendentemente, um rolo de linha e uma grossa agulha de costura, das usadas para remendar velas.

O saco fora deixado provavelmente por algum dos marinheiros da nau de Afonso, condoído de sua situação de isolamento comparável a um náufrago. Perguntei aos meus pensamentos por que O Malho ou Bigote não haviam pensado fazer a mesma coisa. Por medo, ou por impossibilidade de fazê-lo às ocultas do contramestre? Consegui resistir à tentação de pensar haver sido abandonado e esquecido por eles, meus dois únicos amigos até então e assumi a segunda hipótese, pois já haviam dado suficiente mostra do desejo de ajudar-me sempre que isso foi possível.

A descoberta daquele tesouro reanimou meu amigo de infortúnio que chegou até a esboçar uma fisionomia de satisfação e conformismo. Após completarmos o feliz inventário do conteúdo do saco, deliberamos procurar imediatamente algum abrigo, mesmo que provisório, se possível perto do rio que seria nossa fonte de água potável. Fomos então em direção ao rio, ainda pela praia, margeando a mata, quando quase desmaiamos de susto ao defrontarmos repentinamente dois jovens, brancos, vestidos como nós, saídos da mata e expressando-se na nossa língua.

— Ora, vejam! Vocês também desertaram?

O susto diante daquele inesperado e inconcebível encontro deixou-nos momentaneamente sem fala, levando ambos a um defensivo salto para trás. Mesmo recobrado do susto permaneci mudo, incrédulo por reconhecer num dos recém-chegados o gago Felipe de Castela. Afonso também se recuperou da surpresa e exclamou:

— Quem, diabos, são vocês? Foram também deixados aqui como degredados, ou foram esquecidos na partida?

163

Felipe logo me reconheceu e abraçou-me com força, visivelmente emocionado.

— Ga-Gabriel, é... é mesmo você...? A alegria acentuou de tal forma sua gagueira que ele não conseguiu mais articular qualquer palavra, embora tentasse desesperadamente fazê-lo. Minha emoção não foi menor, mas mesmo assim pude ocupar os espaços de silêncio deixados pela emotiva gagueira de Felipe.

— Sim, Felipe, sou eu mesmo. Mas o que estás fazendo aqui? Não estavas embarcado na caravela *São Pedro*? Também fostes degredado?

— Nada disso — adiantou-se o outro que eu não sabia quem era. — Estávamos, de fato, embarcados como grumetes na *São Pedro*, comandada pelo maldito Pero de Ataíde, não sem razão apelidado de "O Inferno". Resolvemos desertar, ficando nesta terra porque ela por certo deverá tratar-nos melhor do que aquele filho de uma gorda puta, que trata a todos como se fossem animais e quase nos mata de trabalho e pancadas.

— E-Ele já ha-havia mesmo ameaçado abandonar-nos nesta terra, ou nos confins da África — continuou Felipe, já um tanto refeito da emoção do nosso reencontro. — Che-chegou mesmo ame-ameaçar atirar-nos ao mar, a-afirmando sempre que éramos preguiçosos e que contaminávamos o restante da tripulação.

— De resto — continuou o outro, abrindo um sorriso malicioso —, as mulheres desta terra, mesmo selvagens, são tão belas e apetitosas. Quem sabe, mais desfrutáveis que nossas patrícias?

Ainda atônitos, eu e Afonso olhamos um para o outro, incrédulos com aquele súbito aumento da população branca na terra, sem compreender muito bem como é que aqueles dois infelizes haviam escolhido ficar em terra por vontade própria, levados mais pelo instinto do que pela razão, enquanto nós ainda procurávamos um consolo para nossa desdita. De qualquer forma, dissipado o susto, não pudemos deixar de nos alegrar com a presença de novos companheiros. Eu mais que todos, pois passava agora a ter outro companheiro fiel, o que por certo aumentaria as possibilidades de mútua ajuda e conseqüente sobrevivência.

O que primeiro se dirigira a nós e que era o mais desinibido, aparentando não ter mais que quinze ou dezesseis anos, disse chamar-se Alexandre. De compleição robusta, aparentava ser mais velho do que sua idade real. Filho de uma espanhola com um ourives judeu, teve a infelicidade de aos oito anos ver seu pai levado à fogueira da santa inquisição de Espanha, e premido pela fome que rondava sua casa, onde vivia com a mãe e mais oito irmãos, resolveu abandonar tudo e correr mundo, até que um dia, chegando a Lisboa, decidiu engajar-se na primeira nave que o aceitou.

Contou que logo no primeiro dia em que foi avistada terra planejaram desertar, cansados que estavam daquela vida de terror levada a bordo da caravela, onde o comandante, Pero de Ataíde, O Inferno, não poupava urros, tapas e ordens de chibatada por qualquer mínimo deslize, e eles, dentre os grumetes a bordo, eram os mais visados pelo intolerante capitão.

Para nossa alegria informaram não haver abandonado a caravela sem antes providenciarem um mínimo de provisões, armas e ferramentas capazes de manter a sobrevivência durante algum tempo. Assim, tivemos adicionadas às nossas parcas provisões, mais alguns sacos de bolachas, queijos, frutas secas e sal, além de duas garrafas de grapa, subtraídas da despensa de O Inferno, e mais dois facões, outra machadinha, anzóis e uma pistola, juntamente com a devida provisão de pólvora e pederneiras.

Ao ver que os selvícolas se encantavam com miçangas e outras bugigangas, resolveram também trazer alguns colares de contas,

165

pentes, pequenos espelhos e até mesmo alguns terços. Infelizmente, dada a pouca experiência marítima de ambos, não tiveram o bom senso de trazer até a parte seca das areias da praia o bote em que vieram, que ainda podia ser visto sendo levado para o alto-mar pelo vento e pela maré vazante, na única passagem na linha de arrecifes que protegem a costa.

O inesperado reforço agora nos tornava um grupo, não grande o suficiente para bem conquistar a nova terra, mas o razoável para facilitar nossa vida ali, dando novas esperanças de sobrevivência a quem já duvidava desta possibilidade. Afonso, pelo seu porte e por ser o mais velho, logo procurou assumir a posição de líder do grupo, afastando todos os chorosos e desesperados temores que o acometiam até há pouco.

— Vamos, antes de qualquer coisa, juntar nossas provisões e construir um abrigo para passarmos os próximos dias, enquanto deliberamos sobre nosso futuro diante da proximidade dos gentios. A arma ficará comigo que bem sei como manejá-la.

Alexandre relutou em entregar a arma, alegando ter sido ele que a furtara com grandes riscos, mas acabou cedendo ao final, ao ver que eu e Felipe concordávamos em aceitar a chefia de Afonso. Os três facões foram distribuídos aos restantes, ficando comigo também uma das machadinhas, cabendo a Alexandre a outra.

Afonso alertou também, demonstrando bom senso que poderia justificar sua ascensão a líder do grupo, que deveríamos antes de tudo procurar conhecer os meios de alimentação que a terra poderia fornecer, e neste sentido ela parecia ser farta o bastante para impedir-nos de morrer de fome, pois seus produtos, frutas, peixes e caça miúda, mesmo à primeira vista, mostravam ser suficientes para sustentar até mesmo um exército.

Continuamos então nossa marcha em direção ao rio sem perceber, no início, que estávamos sob permanente vigilância de olhos curiosos ocultos na mata. A persistência de ocasionais leves ruídos e pequenos movimentos anormais das folhagens alertou-nos de que não estávamos inteiramente sós. Os índios, que manifestaram desinteresse por nossa presença na praia, agora nos acompanhavam e observavam de longe. Não haviam até então manifestado qualquer hostilidade. Nos espiavam ocultos e cautelosos porque desconheciam quais eram nossas origens, nossas intenções e, sobretudo, nossas condições de luta.

Sabiam que havíamos chegado naqueles barcos gigantescos, junto com uma grande quantidade de homens diferentes deles e de uma "tribo" que lhes era totalmente desconhecida. Sabiam também que havíamos sido deixados ali contra nossa vontade, pois presenciaram toda a cena de desespero de Afonso.

Por que fomos abandonados? As cenas não teriam sido apenas um ardil para enganá-los? Com que propósito? Se de conquista, por que em número tão pequeno e despossuídos de quaisquer armas por eles conhecidas? Como nos comportaríamos caso fôssemos de fato invasores de suas terras, ainda que até ali não houvéssemos manifestado qualquer intenção guerreira? Estas eram dúvidas que imaginei poderiam passar pela cabeça dos selvagens.

A desconfiança deles em relação a nós era do mesmo gênero que as nossas em relação a eles, ambas frutos dos mesmos medos que sempre acompanham os possuidores de razão, gerados pela ignorância das coisas e desconhecimento das atitudes e intenções de gente estranha. Os medos, como foi sempre sabido, não têm outra mãe senão a ignorância. Tudo que desconhecemos produz medo, que desaparece tão logo passamos a conhecer a coisa amedrontadora, muitas vezes até transfigurando-o em apreço, afeição, admiração ou mesmo amor.

CAPÍTULO XIV

Primeiros contatos

Sempre observados pelos olhos invisíveis, logo chegamos ao rio, um curso d'água manso, quase parecendo uma lagoa, mas difícil de ser cruzado sem um bote, dada sua largura. Vindo do interior como se logo desejasse chegar ao mar, afastava-se dele repentinamente, num inútil arrependimento de última hora, que não o impedia de cumprir a fatalidade de morrer nas águas salgadas. Formava com isto, entre ele e o mar, uma longa língua de pedra e areia coberta de vegetação baixa, propiciando o local onde foi plantada a grande cruz com o escudo de armas de Portugal, destinada a ser o marco de posse e orientação de futuros navegantes.

A mata, com as características que pareciam marcar toda a região desde o primeiro ancoradouro, era de árvores não muito altas, embora algumas chegassem a mais de vinte ou trinta braças, onde também se destacavam abundantes e esguias palmeiras. Ela acompanhava o curso do rio, ocupando as duas margens com toda a densidade que a exuberante vegetação daquela terra permitia, mostrando que seria muito difícil seguir rio acima por terra sem desbravar aquele emaranhado labirinto vegetal, ou escalar as falésias que à esquerda elevavam o terreno em direção ao interior.

Afonso propôs, gerando uma breve discussão, que ali seria um bom local para estabelecer um acampamento. Contra a idéia, Felipe colocou, de forma tímida, e obviamente demorada, que estaríamos perigosamente próximos dos índios e continuaríamos vigiados por eles. Alexandre manifestou concordância com este argumento, acrescentando que passar as noites ali seria conviver com a insônia do medo, ou a incerteza de não acordar no dia seguinte. Afonso ponderou que, por desconhecimento total da terra, não poderíamos estar certos de que em qualquer outro local estaríamos a salvo daqueles ou de outros selvagens, e que estávamos apenas estabelecendo um pouso provisório, onde tínhamos a certeza de água doce. Dei também minha opinião, apoiando Afonso, acrescentando que os índios não vinham se mostrando hostis e que não havia, até agora, qualquer razão para pensar que eles mudariam de atitude.

Por fim concordamos em permanecer, pesando mais que tudo na decisão, ainda que de forma inconsciente, a proteção sugerida pela presença da grande cruz de madeira com o escudo real, único sinal de vínculo com nossas origens perdidas.

Estabelecido o pouso resolvemos que estava na hora de tratar de comer algo, acionados pelos estômagos até àquela hora ainda carentes da primeira refeição do dia. Afonso destacou a mim e Felipe para que preparássemos uma fogueira, que deveria ser abrigada dentro de um buraco na areia, enquanto ele e Alexandre sairiam em busca de algo. Alexandre ponderou que talvez fosse melhor tentar pescar alguns peixes ali mesmo, diante da temerária busca de outros alimentos no interior da mata, que deveria estar repleta de índios, mas Afonso retrucou que iriam buscar alguma caça pela orla da floresta, sem avançar por seu interior para não correr o risco de se perderem.

Tratamos logo, eu e Felipe, de cavar um buraco raso na areia, enchendo-o com pequenos galhos e gravetos, tomando o cuidado de desprezar os que não estivessem bem secos. Com as pederneiras trazidas junto com a pistola acendemos um fogo que rapidamente se alastrou, enchendo nossos olhos com um brilho que prenunciava o banquete que esperávamos degustar, tão logo Afonso e Alexandre voltassem com alguma carne fresca.

Passado um bom tempo, o fogo já alimentado e realimentado várias vezes, começamos a nos preocupar com os amigos que demoravam a voltar da caçada, o que não se justificava, diante da grande quantidade de animais de pequeno porte que a terra parecia ter. De fato, alguns minutos depois, Afonso e Alexandre se demonstraram ao longe, carregando ambos alguns animais que a distância ainda não permitia identificar.

À medida que se aproximaram vimos que Alexandre trazia, segurando pelo pescoço, uma daquelas aves de plumagem multicolorida que os índios chamavam arara, enquanto Afonso segurava pelos rabos dois macacos, iguais aos que tanto divertiram os marinheiros durante os folguedos na praia. Os animais nos foram apresentados como sendo a carne que faria variar nosso cardápio de peixes e bolachas.

A visão dos macaquinhos, como minúsculos homenzinhos ainda por esfolar, causou-me profunda repugnância. A idéia de comer aqueles seres possivelmente aparentados conosco, dada sua extrema semelhança com humanos, soava no meu estômago como antropofagia, hábito que, conforme fora dito, era costume entre os selvagens daquelas terras.

Afonso pôs os animais aos nossos pés, como a dizer: "Eis aí a carne. Nós caçamos, vocês preparam." Olhei atônito aquela visão terrível, com os olhos arregalados de incredulidade. Os maca-

quinhos lembrando crianças, ainda que peludas, insistiam em trazer-me à lembrança meus pequeninos irmãos.

— Recuso-me a comer estes bichos — exclamei indignado,
atraindo o espanto de todos.

— Por quê? — argüiu Afonso. — É carne, não é? Carne vermelha, diferente de peixe, não é?

— Parece gente — respondi. — Lembram-me crianças, e
comê-los vai me parecer antropofagia.

Todos riram diante da minha resposta secundada por uma expressão de repugnância.

— Contente-se então com a ave — disse Alexandre. — Afinal,
afora as penas coloridas, quase pode ser vista como uma galinha.
Quem sabe até mais saborosa.

Felipe logo se pôs a depenar a ave, guardando as maiores e
mais coloridas penas, enquanto Alexandre, diante da minha repugnância, não teve alternativa senão ele mesmo esfolar e limpar
os macaquinhos.

Devidamente limpos e salgados, os animais foram levados ao
fogo e cuidadosamente assados, exalando um cheiro apetitoso
que, devo confessar, logo entrou em litígio com meus escrúpulos.
De qualquer forma contentei-me com as duas coxas da arara —
carne dura e insossa — enquanto meus companheiros me insti-
gavam, a todo o momento elogiando as delícias da carne dos
"homenzinhos".

Os estômagos saciados e alguns goles de grapa abrandaram os
temores do espírito e já começávamos a enxergar nossos destinos
com visão mais tranqüila. Os índios não mais nos incomodavam,
parecendo que haviam se retirado. Comida possivelmente não fal-
taria, pois diante da fartura vegetal e da enorme variedade de animais e aves vistos por ali, por certo teríamos como bem variar as

carnes de macacos e araras. Água doce, da mesma forma, havia com fartura.

Passei a observar com mais cuidado a beleza daquela terra: o rio de águas límpidas e mansas; a praia, extensa e quase a perder de vista, de areias brancas e finas, convidando a deitar sob as sombras das pequenas palmeiras que brotavam na orla da mata, oferecendo abrigo do sol quente, mas não abrasador; inúmeros pássaros, garças e aves marinhas, além dos inefáveis bandos de araras, papagaios e uma estranha ave negra, com penugens coloridas no peito e um bico amarelo, maior que seu próprio corpo, coloriam o céu e musicavam os ares com seus pios e cantos; o mar também tranqüilo e de águas cálidas, com recifes que davam à baía a certeza de águas permanentemente calmas. Cada detalhe, já por si tão belo, completava os demais, formando no todo uma paisagem exótica e luminosa, colorida e harmoniosa, como que saída das tintas de um pintor inspirado nos cenários e cores do próprio paraíso bíblico.

Enquanto eu me deleitava com a bela e repousante paisagem, Felipe e Alexandre cediam ao sono e dormiam tranqüilamente. Afonso, calmamente sentado na areia, limpava e admirava a pistola, provavelmente retirada das posses do próprio capitão Pero de Ataíde, dada sua fina confecção, com o cano e a culatra lavrados e encaixados em um pesado cabo de madeira de alta qualidade, adornado de madrepérola.

Embevecidos, eu com a paisagem e Afonso com a arma, e adormecidos os outros dois, não vimos aproximarem-se lentamente de nós um grupo de índios, alguns com flechas firmadas nas cordas dos arcos e outros com lanças prontas para se contraporem a qualquer atitude de defesa agressiva da nossa parte. Afonso, o primeiro a perceber a presença dos selvagens, levantou-se num salto apontando a arma, sem se dar conta de que ela estava descarregada.

— Alto lá! Alto lá! Não avancem. O que querem?

Os índios, diante dos gritos assustados, logo pararam, armaram os arcos e enristaram suas lanças, e um deles começou a falar na sua linguagem estranha e absolutamente ininteligível para nós. Sobressaltados com a súbita aparição dos índios, cuja presença já havíamos esquecido, logo nos agrupamos em torno de Afonso, enquanto Alexandre armava-se com uma acha de lenha ainda fumegante. A inflexão da fala e a repetição de alguns sons, no entanto, deixaram mais ou menos claro que os selvagens formulavam perguntas a nosso respeito.

— *Cari abaré? Cari abaré?* — consegui entender das palavras repetidas por um deles, o mais alto e mais forte, com um maior número de penas nos cabelos, aparentando ser o líder do grupo.

Procurei demonstrar nossos propósitos pacíficos mostrando as mãos vazias e repetindo aquele gesto de colocar a mão sobre meu peito, exibindo-a em seguida espalmada em direção a eles, enquanto dizia pausadamente em bom português, numa vã tentativa de ser compreendido, que éramos de paz e queríamos nos comunicar com eles.

Repeti o gesto, aproveitando para fazer Afonso abaixar a arma, e falei para que meus amigos também fizessem o mesmo, na esperança de que os índios compreendessem que aquele era um gesto que queria demonstrar que éramos pacíficos. Eles deram mostra de compreender nossos sinais, pois logo também abaixaram suas flechas e suas lanças, enquanto o primeiro continuava a falar e apontar para a arma de Afonso, para as facas e machadinhas e para os sacos que continham nossos utensílios de sobrevivência.

Mesmo não entendendo as palavras do índio, interpretei pelas atitudes e sinais que ele queria ver, tocar e provavelmente possuir aqueles objetos que portávamos, para eles tão estranhos e atraentes. Um outro, aparentando ser bem mais velho, com ossos atravessados nos lóbulos das orelhas e no nariz, o corpo recoberto de pinturas e penas coladas à pele, aproximou-se de um dos sacos e pegou algumas das penas coloridas da arara depenada, ali deixadas por Felipe. Este, pensando que o índio queria as penas, pegou o restante e ofereceu-as a ele, que as recusou e para nosso espanto entregou ao gago as que havia apanhado.

Não entendi aquele gesto no momento, mas logo que o selvagem apontou a vistosa boina de marinheiro que Felipe usava vi que ele queria trocar o que entendia como sendo deles — as penas de uma ave que habitava sua terra e que enfeitava seus cocares — pelo colorido chapéu. Felipe aceitou a "troca" de bom grado, percebendo que o gesto seria a primeira manifestação de boa vontade da nossa parte.

Ao mesmo tempo, porém, o que parecia ser o chefe do grupo tentou segurar a arma empunhada por Afonso, levando-o ao gesto instintivo de rispidamente retirar a mão e ocultá-la nas costas, levando o índio a vociferar palavras que mesmo não entendidas só podiam estar manifestando desagrado pela indelicada recusa de Afonso. Interpretei a indignação do índio como expressando que desejava somente ver e tocar aquela coisa tão bonita e estranha, cuja finalidade por certo desconhecia.

Afonso, percebendo que fora indelicado, resolveu corrigir seu gesto mostrando a arma, mas segurando-a pelo cano, enquanto tratava de despejar nele um pouco de pólvora. Colocada também a pederneira, sob os olhares curiosos dos índios, que não entendiam todo aquele ritual, Afonso levantou a mão acima da cabeça e disparou um tiro.

O estrondo e a fumaceira provocaram nos selvagens tamanho susto que dois deles chegaram a cair num recuo atrapalhado.

O que queria tocar a arma deu alguns passos para trás, enristando novamente sua lança, gritando com os olhos arregalados um amontoado de expressões cujos sons não pude bem distinguir.

O súbito estouro e a fumaceira, demonstrando sermos possuidores de poderes desconhecidos, assustaram os indígenas, que se afastaram e passaram a nos olhar com espanto e temor. Ao perceber que o incidente poderia anular as manifestações de boa vontade até então demonstradas, tratei de tomar a arma de Afonso e exibi-la aos assustados selvagens, convidando-os a tocarem nela.

No entanto, à medida que eu me aproximava com a arma, eles se afastavam apontando-a e exclamando palavras que naquele momento não compreendi, mas que mais tarde vim a saber significavam: "esta coisa guarda o fogo e o trovão".

Percebi que enquanto a pistola estivesse no centro das atenções estariam também mantidos os temores que tanto queríamos afastar. Falei a Afonso para guardá-la sob a camisa e corri a um dos sacos. Tirei algumas quinquilharias, que por inspiração divina Felipe e Alexandre haviam trazido junto com os utensílios e provisões necessárias à sobrevivência, e estendi para os índios alguns colares de vistosas contas.

A visão das quinquilharias trouxe alguma descontração à fisionomia dos índios e logo os distribuí, mostrando nada querer em troca. Vendo o sucesso do meu gesto Felipe se apressou a secundá-lo, retirando do saco alguns espelhinhos, que também passou a distribuir entre os selvagens, agora não mais assustados, mas embevecidos com o colorido das contas e com a própria imagem refletida naquela superfície dura que não era água.

Desanuviado o ambiente, com os índios agora sorridentes, voltei a tentar uma comunicação por sinais, mas os aborígines não manifestaram qualquer interesse senão em receber mais presentes, que Felipe judiciosamente passou a recusar, querendo manter alguma coisa para outras eventualidades. De todo modo, não foi possível poupar alguns pentes, também presenteados após uma rápida demonstração de seu uso e utilidade.

Os índios não manifestaram qualquer intenção de ir embora, dando mostras de não estarem ali apenas em busca de presentes, com os quais já haviam se contentado. Queriam mais que tudo nos conhecer, saber de nossas intenções, se oferecíamos algum perigo ou se estávamos abandonados e perdidos e, portanto, à mercê deles, apesar de portarmos, como deviam pensar, algum domínio sobre as forças da natureza, como o fogo e o trovão. Os contatos estabelecidos, enquanto a frota estivera ali, não foram suficientes para responder a todas as dúvidas que podiam estar rondando as cabeças daquele povo, quanto às origens e propósitos de uma gente absolutamente estranha, até então nunca vista, vinda dos horizontes desconhecidos do mar.

O tamanho dos barcos que nos trouxeram, a forma estranha e vistosa das roupas, os utensílios os mais diversos que portávamos, a insólita desenvoltura com que descemos a terra e nos movimentamos nela, tudo isso poderia, pelo medo, ter levado os índios a uma atitude de agressiva resposta àquela invasão. O que se viu, no entanto, foi um comportamento sabiamente cauteloso, de aparente passividade e resignação. O que para os meus nobres e cultos conterrâneos parecia refletir a submissão natural do selvagem ante o homem cristão, civilizado e superior, demonstrava para mim que, apesar da aparência primitiva, eles eram dotados de qualidades de caráter inesperadas em selvagens, como a prudência e a sensatez, não abandonando atitudes pacíficas enquanto um maior conhecimento não permitisse bem avaliar a força e as intenções dos estranhos. Se os primeiros contatos haviam sido amistosos, isto se devia a que, vizinho da ignorância de saber quem éramos, morava com eles também o desconhecimento do que podíamos.

Continuei numa tentativa de comunicação por meio de sinais e aos poucos consegui estabelecer um pequeno código, até entender algumas de suas palavras. Aprendi, por exemplo, que *"cari"*, palavra pronunciada com gestos apontados para cada um de nós, significava gente diferente deles, que se denominavam *"aba"*, palavra que, estranhamente, significava também "ser humano".

Assim, à medida que aumentava a mútua capacidade de entendimento, crescia a confiança de parte a parte. Afonso ofereceu a um deles pedaços ainda quentes dos restos assados de macaquinhos, logo recusado pelo índio com gestos que me pareceram expressar repulsa, confirmando minhas convicções de que a carne daqueles animaizinhos não devia ser comida por gente.

O mais velho, no entanto, o que havia proposto a troca da boina de Felipe pelas penas da arara, vociferava a todo instante, mostrando o caminho por onde vieram, marcado pelas pegadas na areia, dando mostra de querer voltar, impaciente com a demora em permanecer ali conosco.

Durante todo o tempo em que tentávamos nos entender o velho não procurou manter qualquer outro contato conosco, mostrando sempre um ar de desconfiança. Seu primeiro gesto de propor a troca das penas da arara pela boina não fora amistoso e de reciprocidade, mas sim uma afirmação de que eles tinham direito ao que era nosso em troca de qualquer coisa que houvesse na terra, pois esta era deles.

A persistente impaciência do velho, demonstrando claramente aversão à nossa presença, começava a me preocupar, pois ele parecia exercer sobre os outros uma ascendência capaz de, a qualquer momento, convencê-los de que não devíamos ser tratados como amigos. A mesma preocupação parece que perpassou a cabeça de Afonso, que tratou de municiar a pistola, agora, porém, não deixando de colocar a bala:

— Este velho parece não gostar de nossa presença e pode incitar os outros contra nós. É bom ficarmos preparados.

— Calma, não faça nada — exclamei, ao ver que os índios voltavam a expressar temor diante dos gestos de Afonso armando novamente a coisa que tinha o poder do fogo e do trovão. — É melhor não tomarmos ainda qualquer atitude que lhes possa parecer agressiva.

Afonso pareceu concordar e após ter aprontado a pistola colocou-a novamente na cintura, aparentemente acalmando os temores dos selvagens.

De repente, alguns deles, convencidos pelo velho ou já satisfeitos em sua curiosidade e com os presentes que ganharam, começaram a voltar em direção à mata, seguindo o velho que continuava a imprecar chamando os três que resolveram continuar conosco, dentre eles o que me pareceu liderar o grupo, que demonstrava ser o mais interessado em melhor nos conhecer.

Diante disto resolvemos alimentar a promissora relação que poderia ser desenvolvida com aqueles bons selvagens que pareciam não nos temer, na certeza de que nossa sobrevivência seria extremamente difícil, se não impossível, sem a amizade ou, no mínimo, a indiferença dos índios.

Dirigi-me a eles apontando para mim mesmo e repeti várias vezes meu nome, fazendo o mesmo gesto com Afonso, Felipe e Alexandre. Os índios entenderam e, apesar da grande diferença fonética entre nossas duas línguas, logo pronunciavam os nomes com clareza que mal deixava transparecer um leve sotaque.

Em resposta passaram a agir da mesma forma. O mais alto e forte, de fisionomia enérgica, que eu pensava comandar o grupo, era Kaluana. Os demais, Yawararê, tão forte quanto ele, mas um pouco mais baixo, e Uaná, bem mais jovem que os demais, ainda que de compleição mais robusta que os outros. O clima amistoso ampliou-se a partir do momento em que cada um passou a chamar o outro pelo próprio nome, ainda e sempre a palavra mais doce e sonora que pode acariciar os ouvidos humanos.

Na tentativa de ampliar a capacidade de mútua compreensão, comecei a mostrar os objetos, coisas e animais que nos cercavam, expressando o nome que designava cada uma delas: areia, fogo, árvore, pássaro, mar, peixe, céu, faca, pente, contas, espelho, pena, arco, flecha, lança, chapéu, cabelos, mãos, pés, colar, nuvem, sol, folha, rio, água, ouvindo em resposta o nome indígena que designava a mesma coisa.

Pouco a pouco conquistávamos a confiança deles, na exata medida em que aumentava a troca de informações. Ao mesmo tempo ia se confirmando para mim que aquela gente era boa, naturalmente boa, apesar de inculta e ignorante de nossos costumes e hábitos ditos civilizados. Talvez por isso mesmo, pois ainda não afetada pelas mazelas do mundo cristão e mercantil, pleno de ciência e parco de valores verdadeiramente humanos e que insiste em ver estes valores, presunçosamente, como decorrentes da origem divina dos homens.

Iniciamos desta forma o aprendizado da língua nativa, um dos propósitos pelos quais os poderes de Portugal haviam nos deixado naquela terra como degredados, para que pudéssemos orientar futuros navegantes e exploradores portugueses que por ali aportassem. O que também poderia ser nosso prêmio de retorno à terra natal, se e quando alguma outra frota ou nave portuguesa viesse aportar por ali.

180

CAPÍTULO XV

CONQUISTANDO O PARAÍSO

COMPLETOU-SE ASSIM NOSSO primeiro dia como habitantes daquele mundo estranho e misterioso, mas abençoado na sua beleza e fartura. O ambiente amigável entre nós e os índios se ampliou a tal ponto que próximo do fim da tarde, já avançadas nossas recíprocas lições, Yawararê afastou-se em direção à mata, logo retornando trazendo nas mãos um punhado de estranhas frutas com a forma de pêra, carnosa e de coloração que ia do amarelo ao vermelho, com a bizarra característica de ter seu caroço do lado de fora. A fruta, que os índios chamavam *akaiú*, era extremamente saborosa e doce, apesar de as mais amareladas deixarem um leve travo na boca.

Em vez de matar a fome, no entanto, aquela estranha fruta só aumentou os apetites. Aproveitei para ampliar o vocabulário de nossos amigos, esfregando uma das mãos sobre a barriga, falando: "fome", e apontando a outra para a boca aberta: "comida". Kaluana logo entendeu e tomando seu arco e algumas flechas dirigiu-se até a beira do rio, acompanhado por Uaná, repetindo, risonho e orgulhoso de seu novo saber:

— Mar, "pexe". Água, "pexe", comida.

Acompanhamos nossos companheiros, curiosos de ver como seria aquela pesca com arco e flecha, tão diferente e aparentemente tão menos eficaz que nossos anzóis. Kaluana e Uaná entraram nas águas claras do rio até elas tocarem seus joelhos, mantendo os arcos armados e as flechas apontadas para a água, aguardando a passagem sob sua mira de algum infeliz peixe de tamanho julgado satisfatório para saciar nosso apetite. A eficiência do método indígena logo se demonstrou melhor que nossas varas, linhas e anzóis, pois permitia escolher o peixe que seria flechado, enquanto, do nosso modo, o pescador tinha que contentar-se com o que viesse, pequeno ou grande, gordo ou raquítico, comestível ou venenoso.

Em poucos minutos nosso jantar estava pescado, representado por cinco grandes e suculentos peixes, que depois de devidamente limpos e assados mostraram-se tão saborosos como todos os que conhecíamos. Após o jantar — peixes como prato principal e *akaiús* como sobremesa — tratamos de buscar um lugar abrigado e seguro onde pudéssemos passar a noite que já baixava, enquanto nossos amigos índios, dando por encerrado o primeiro dia de convivência, com franca naturalidade afastaram-se em direção à floresta, sem qualquer cerimônia de despedida, como a nos dizer: "Agora tratem de cuidar de si, pois nós vamos cuidar de nós mesmos", deixando-nos confusos quanto ao que fazer para passar a noite em segurança.

A praia de um lado e a floresta de outro não ofereciam qualquer vislumbre de abrigo seguro, fosse do frio da noite, de uma possível chuva, ou, sobretudo, de ataques de animais ferozes. Iniciamos uma breve discussão acerca do que fazer, que encerrou-se quando Felipe, expressando-se com notável rapidez, premido pelo medo que a urgência da decisão requeria, sugeriu cortar algumas

182

árvores e construir uma improvisada paliçada por aquela noite, o que nos protegeria pelo menos de animais. Alexandre completou que poderíamos abrir os sacos e usá-los como cobertura.

Aceitas as propostas — tanto mais óbvias quanto mais tempo custaram a ser formuladas —, tratamos apressadamente de aproveitar o resto de luz que o crepúsculo ia aos poucos apagando. Em pouco tempo terminamos a construção de um acanhado cercado, feito com os troncos de pequenas árvores cortadas e desgalhadas e rudimentarmente coberto com os sacos abertos.

O dia havia sido por demais atribulado. Os medos do desconhecido, as mil elucubrações sobre como sobreviver naquela terra estranha e despovoada de cristãos, os esforços de comunicação com os gentios e a sempre presente preocupação com a reação deles aos nossos mais habituais gestos se fizeram sentir na forma de um súbito e intenso cansaço. Abandonados uns e talvez já arrependidos de seu temerário gesto outros, não fizemos mais que preparar uma fogueira no centro da improvisada paliçada, deitar sobre a areia e adormecer, ruminando os acontecimentos que nos trouxeram até aquele momento e especulando sobre nosso obscuro futuro.

A noite não foi tranqüila, mergulhados todos num sono intermitente, sobressaltados a cada instante pelos estranhos ruídos e sons que vinham da mata, nenhum de nós depositando muita confiança na tosca paliçada. No que me diz respeito o sono foi profundo, mas intercalado em várias etapas, cada uma ilustrada por sonhos turbulentos, repletos de índios, macacos e o recorrente afogamento num exuberante mar vegetal. Apesar de tudo, despertei com uma agradável sensação de preguiça, denotando restauração das energias necessárias ao enfrentamento de um novo e desafiante dia.

Os companheiros acordaram quase ao mesmo tempo, todos despertados pelo sinfônico canto de inúmeros pássaros, perturbado pelo taramelar estridente e desarmonioso das araras e papagaios, mas contraponteado pelo agradável farfalhar das folhagens tocadas pela aragem matinal. Não fora a rápida tomada de consciência da nossa precária condição pensaria ter acordado no próprio jardim do Éden.

A preocupação de todos naquela manhã esplendorosa, mas carregada de incertezas, foi a busca da primeira refeição. Alexandre logo se prontificou a procurar a árvore dos *akaiús*, que não poderia estar muito distante, dado o pouco tempo que Yawararê levou entre buscar e voltar com as frutas. Saímos, eu e Felipe, à procura de outros alimentos que por certo deveriam existir na terra que já dera suficientes mostras de ser pródiga, apesar da bizarria de seus produtos.

Nem precisamos entrar na floresta para encontrar alguns cocos já caídos na areia. Tentei cortá-los com a machadinha, mas o derramamento de quase toda água dos frutos logo mostrou ser aquele método ineficaz. Tentei então fazê-lo com um facão, cortando apenas seu topo, o que deu certo e nos possibilitou naquela manhã matar a sede com a deliciosa e doce água daqueles frutos, além de termos o alimento sólido da sua polpa.

Enquanto voltávamos para a paliçada, com os braços carregados de cocos, vimos Afonso em doida correria vindo ainda nu do rio onde fora banhar-se, chegando até nós lívido e trêmulo, encarecendo para que entrássemos logo para o interior do abrigo:

— Uma fera... Um gato enorme, amarelo e pintado... Uma pantera pintada.

A perda do fôlego pela correria e pelo nervosismo quase o impedia de continuar. Retomando aos poucos o ritmo respiratório normal, mas com os olhos ainda arregalados, continuou:

— Enquanto eu entrava no rio, olhei para um lado e vi, poucas braças à minha esquerda, saindo da mata, um enorme animal, uma imensa pantera, de pêlo amarelado, todo manchado por grandes pintas negras, também se dirigindo ao rio, e que quando me viu, olhou para mim e deu um fantástico rugido que gelou meu sangue. Não tive outra reação senão correr para cá.

Alexandre, que nesse meio tempo voltava com os braços carregados de *akaiús*, chegou a ouvir a descrição da fera.

— Ouvi falar que existem feras assim na África. Será que esta terra tem os mesmos animais ferozes que lá? Não será um tigre?

— Não, não era um tigre. Já vi gravuras de um. Eles são listrados e a fera que eu vi era pintada; bem grande, mas menor que um tigre.

Enquanto falava Afonso abria os braços na tentativa de demonstrar o tamanho do bicho, não deixando de olhar na direção do rio, esperando que a qualquer momento a fera viesse de lá no seu encalço.

Passados alguns instantes do susto de Afonso, que a todos contagiara, nos demos conta do ridículo da situação de nosso líder. Ainda nu, a brancura de sua pele, ressaltada pela palidez do pavor, levou-nos todos a uma uníssona gargalhada. Só então Afonso se deu conta de sua nudez e encobriu com as mãos suas vergonhas. Estranha atitude para quem, como todos nós, viu os índios, até mesmo suas mulheres, nus como a natureza os criou e manteve naturalidade ao olhá-los, sem escandalizar-se, superado o primeiro impacto da surpresa de ver gente sem roupas.

Éramos todos homens, sem qualquer deformidade repulsiva, ostentando a beleza que a juventude concede aos corpos, sem razão para nos envergonharmos uns dos outros, mas ríamos da ausência de panos toscos, sujos e rotos. Por que a nudez dos índios acabou nos parecendo natural e em nós próprios era motivo de vergonha e nos outros era motivo de riso?

O que são as roupas afinal? Meio de cobrir a vergonha surgida da consciência adquirida no ato do pecado original, ou apenas, e também, uma forma de destacar cada homem dos demais, criando uma diferença que a natureza não criou. A roupa, a par de suas funções de proteção e agasalho, tem mostrado ser um excelente instrumento de distinção, ostentação e separação entre os homens, marcando, por sua qualidade e beleza, a posição de cada um no conjunto social, ampliando ainda mais esta função ajaezando os panos e pedindo acréscimos de jóias e adornos. Um príncipe com as roupas rotas passaria por mendigo, enquanto este se faria passar por príncipe se vestido como um.

Vaidade, orgulho e soberba estão dentre os maiores pecados que o homem comete contra si mesmo, e nada melhor que a roupa para instrumentalizá-los. Eu vira inicialmente a nudez daquela comunidade indígena como marca de pureza ao dispensar a roupa, até observar que ela era substituída por variados tipos de pinturas e penas, que adornavam o corpo e a cabeça marcando a posição social do indivíduo, distinguindo cada um de cada outro, constatando, assim, que mesmo numa sociedade em que a propriedade comum das coisas parecia ser a tônica, e os valores comunitários superiores aos individuais, os homens continuavam insistindo na afirmação da individualidade. Triste constatação de que o paraíso na Terra talvez exista — aquela terra mostrava isto — e está ao alcance dos homens, mas os vícios e pecados nos impedem de vê-lo.

Afonso, apesar de sua inusitada situação, não manifestou qualquer intenção de voltar à beira do rio para apanhar suas roupas e encarar de novo a fera que dizia haver visto. Alexandre, demonstrando destemor, tomou de um facão e da pistola, ainda carregada desde a véspera, e disse que iria até o rio apanhar as roupas de Afonso e enfrentar o jaguar, ou o que fosse.

Ficamos estarrecidos com a coragem demonstrada pelo companheiro, pois as risadas diante do pavor e da cômica situação de Afonso não foram suficientes para afastar o medo que se abatera sobre todos, confirmando nossa fragilidade diante dos mistérios de uma terra para nós ainda tão cheia deles.

Atônitos, acompanhamos Alexandre com os olhos. À medida, porém, que ele se afastava, fomos tomados pela vergonha e o remorso de nos acovardarmos diante dos perigos que poderiam ameaçar o destemido companheiro e resolvemos segui-lo, contudo a uma cautelosa distância. Afinal, ele estava armado com um facão e a pistola, enquanto nós outros não tínhamos mais que os facões e machadinhas, armas que só podem ser utilizadas frente a frente com o perigo, e não tínhamos a certeza de que o faríamos diante do ameaçador animal, ou nos valeríamos de arma mais poderosa: as próprias pernas.

Ao chegarmos às margens do rio não vimos nada mais perigoso que alguns pequenos macacos tomados pela curiosidade diante das roupas de Afonso, que logo correu a apanhá-las e vestir.

O alívio e a descontração produzidos pela ausência de qualquer perigo visível levaram-nos a tirar nossas roupas, enquanto Afonso vestia as suas, e nus mergulharmos nas águas límpidas e mornas do rio, o que nos valeu como um reconfortante e higiênico banho de água doce, o que, aliás, não fazíamos há muitos meses e vinha produzido em todos um cheiro tão ruim que tolerávamos apenas por ser comum.

Enquanto nos banhávamos alegres e descontraídos, sem que ninguém se desse conta, nem mesmo Afonso que sentado na areia apenas observava nossa diversão, nossos amigos índios, Kaluana,

Uaná e Yawararê, acompanhados de alguns outros, surgiram na margem, como vindos do nada, rindo e apontando para nós, divertindo-se com nossas inocentes brincadeiras dentro d'água. Ao vê-los, saí da água e me dirigi a Kaluana, cautelosamente, no entanto, pois apesar da postura amistosa dos índios diante de nós e do comprazedor contato da véspera, ainda não estava suficientemente convencido de que podia confiar integralmente neles.

Durante os poucos passos entre a água e Kaluana, me dei conta do tanto que todas as atribulações por que havia passado naqueles últimos meses, desde minha furtiva saída de casa, haviam contribuído para educar meu juízo. Novas noções e conhecimentos do mundo e dos homens haviam se acumulado sobre as parcas experiências de uma vida até então quase exclusivamente circunscrita à convivência no grupo familiar e à leitura de alguns livros, insuficientes para demonstrar, por si sós, que a vida prática quase nunca se assemelha às noções ideais que temos dela.

Senti como se também, a exemplo dos santos apóstolos, tivesse sido ungido pelas repentinas bênçãos do Espírito Santo, ali então não materializado por uma alva pomba, mas por não menos alvas garças que sobrevoavam nossas cabeças. Naqueles passos tomei claramente a consciência de que acabara de transpor a linha demarcatória dos limites entre a ingênua infância juvenil e a necessariamente judiciosa vida de adulto, já imbuído de todas as noções dos perigos que cercam os homens, advindos em sua maior parte dos outros homens com os quais se é levado a conviver.

Kaluana começou a falar na sua língua estranha, mas acompanhada de gestos que expressavam o desejo que o acompanhássemos em direção a algum lugar no interior da mata. Meus outros companheiros também já haviam saído da água e se vestiam, curiosos acerca das intenções dos índios.

Enquanto nos vestíamos confabulamos em voz baixa, como que por medo de os índios ouvirem nossas palavras, abstraídos de que nossa língua era tão estranha para eles como a deles para nós.

— Será que podemos confiar neles, apesar da boa convivência de ontem? — adiantou-se Alexandre.

— Não sei — respondi. — Mas creio que não temos alternativas, pois uma recusa poderá parecer ofensiva.

— Não se esqueçam que o chefe deles expulsou a mim e a você, quando viu que seríamos deixados na praia — atalhou Afonso —, mesmo na presença dos homens armados de Dom Bartolomeu.

— Ga-Gabriel te-tem razão, é melhor correr o risco de acompanhá-los do que possivelmente sermos considerados inimigos se recusarmos.

— Acho que devemos ir — acrescentei aos argumentos do gago Felipe. — Afinal, nossos contatos amistosos de ontem não levam a crer que serão hostis hoje.

— De qualquer forma — completou Alexandre com cínico humor —, não temos nada a perder, senão nossas vidas, pois ouvi dizer que selvagens como estes comem gente.

Apesar do intenso temor concordamos em segui-los, convencidos de que a recusa seria desastrosa. Adiantei-me para Kaluana e com gestos e sorrisos demonstrei que confiávamos neles e estávamos prontos a acompanhá-los.

Os índios nos cercaram enquanto caminhávamos em direção à mata, alguns nos olhando com extrema curiosidade e tocando nossas roupas e armas. A pistola, Afonso tratara de tomá-la de Alexandre e a mantinha na mão, pronta para qualquer eventualidade de perigo.

Ao chegarmos ao limiar da mata vimos, com surpresa, que havia ali uma trilha, capaz de permitir a passagem de uma pessoa sem os percalços de embaralhar-se na galharada da hermética floresta, mas suficientemente oculta para impedir sua descoberta por olhares menos familiarizados. Seguimos por ela, caminhando um atrás do outro, por cerca de meia hora até chegarmos a uma grande clareira, ocupada no centro por cinco grandes cabanas, cercadas em toda a volta por áreas cultivadas e organizadas em torno de uma grande praça, onde inúmeros homens, mulheres e crianças se amontoavam como que a nossa espera.

Alguns se destacavam do restante do grupo, ostentando cocares e enfeites mais vistosos, sendo um deles o chefe que havia nos expulsado da praia, devolvendo-nos aos botes portugueses. A visão dele, ladeado por outros que pareciam também participar do comando da aldeia, provocou um sobressalto em Afonso, que estancou seu passo, como a recusar-se a continuar, levando-me a empurrá-lo, quase o derrubando, pois qualquer hesitação naquele momento seria tomada por medo.

A conduta até então mantida pelos nativos, inclusive diante da poderosa frota portuguesa, seus capitães e armas, mostrava que coragem era virtude que não lhes faltava, levando-me à conclusão que qualquer demonstração de medo seria vista como fraqueza imperdoável.

Não posso negar que também senti intenso temor, diante não só da imagem severa do chefe, mas também de todo aquele povo reunido em torno da curiosidade de nos ver. Meus temores se ampliaram ainda mais quando me dei conta dos inúmeros postes, em frente das cabanas, todos eles macabramente encimados por crânios humanos. Lembrei-me das palavras recentes de Alexandre, coincidentes com o que eu já ouvira de alguns marinheiros mais viajados e conhecedores de outros selvagens na África, de que aqueles também poderiam ser dos que comem gente. Não fui o único a me aterrorizar com a tétrica visão dos crânios que já haviam sido recheados de carnes e cobertos de pele e pêlos e hoje eram ostentados em estacas, não sei com que propósito. Meus amigos também se atemorizaram, levando o gago Felipe a um desesperado esforço para dizer:

— A..Ai...Me...Meu Deus, essa gente, de fato, come gente.

Alexandre e Afonso, também horrorizados, fizeram novamente menção de recuar, impedidos, no entanto, pelos índios que vinham atrás que não deixavam alternativa de andar senão para a frente. Acalmei-me um pouco, entretanto, pensando que aqueles crânios poderiam ser apenas troféus, demonstração de força pela exibição da cabeça de inimigos mortos em batalhas. Expressei esta idéia, em voz baixa, aos meus companheiros, parecendo havê-los convencido e afastado os terríveis presságios que a macabra visão poderia produzir.

Fomos conduzidos até o centro da praça, diante do chefe, o *morubixaba,* paramentado com um grande e colorido cocar e com inúmeras penas menores coladas ao corpo, além de pequenos ossos atravessados nas narinas e nos lóbulos das orelhas, ladeado pelo velho que anteriormente havia demonstrado toda sua antipatia por nós, e por outros índios que pareciam completar o grupo de dirigentes da aldeia.

O velho, o *pajé* da tribo, uma espécie de curandeiro e sacerdote, ao contrário dos demais, que mesmo enfeitados estavam nus, vestia um manto feito da pele daquele animal que assustara Afonso, todo coberto de plumas e com o pescoço cingido por várias voltas de um tenebroso colar formado por inúmeros ossinhos que bem poderiam ser de humanos. Ostentava ainda várias pulseiras de penas em ambos os braços e um cocar, também de penas de muitas cores, ainda que menor que o do chefe, e portava em cada mão dois objetos parecidos com chocalhos.

Ao chegarmos ao centro da praça, o chefe como que deu a palavra a Kaluana. Este, apontando o nosso grupo, iniciou um longo discurso. Pela entusiasmada entonação do índio pareceu-me que ele nos defendia de alguma acusação. Enquanto falava, por várias vezes apontou para a arma na mão de Afonso, deixando transparecer nestes momentos certo temor diante do poder que ele havia visto conter aquele desconhecido objeto.

A fala de Kaluana era constantemente interrompida pelo velho, que parecia sempre antepor argumentos contrários às palavras do nosso advogado, pois presumi que este nos defendia de alguma coisa, com certeza algum mau sentimento do velho a nosso respeito. As interrupções do velho, no entanto, sempre num tom de desagrado e admoestação, eram prontamente respondidas com certa energia por Kaluana. O discurso a toda hora aparteado permitia entender claramente do tom de voz, aliado aos gestos e expressões dos contendores, que Kaluana estava nos apresentando e ao mesmo tempo fazendo um candente apelo em favor de nossa permanência, enquanto o velho, por certo, estava pedindo nossa expulsão de suas terras, senão mesmo nossas cabeças para enfeitar algumas estacas ainda vazias.

Por fim, para alívio geral, parece que nosso defensor ganhou a contenda, pois o velho afastou-se, sempre olhando para nós e resmungando palavras, creio que impropérios, como a nos rogar uma praga, sublinhando as palavras com o ruído de seus chocalhos.

Kaluana nos fez aproximar do chefe, apontando cada um e expressando com surpreendente clareza nossos nomes, numa apresentação pessoal, ouvindo dele uma rápida resposta que denotava agrado. Dirigiu-se em seguida para Afonso e pediu-lhe, gesticulando e apontando a pistola, uma demonstração dos poderes da arma. Este, entendendo a intenção do índio, não se fez de rogado, engatilhou a arma e alçando o braço acionou o gatilho.

O estrondo, as faíscas e a fumaceira saídos do cano da pistola puseram toda aldeia em polvorosa. Gritos e expressões de admiração e pavor saíram de todas as gargantas, inclusive do próprio chefe, e um intenso vozerio tomou conta de todos que, à exceção de nossos três amigos, começaram a se afastar, como se fôssemos a encarnação de seus piores demônios.

O velho, ao ouvir o tiro, voltou quase correndo ao centro da praça, bastante exaltado e agitando mais nervosamente seus chocalhos. Dirigindo-se ao chefe, agora quase aos berros, apontava seus chocalhos para nós, conclamando-o, por certo, a dar cabo de nossa raça, antes que fizéssemos o mesmo com eles. O chefe respondeu com algumas poucas palavras, como que dispensando o velho com desdém. Com gestos expressivos, confirmados pelo sorriso de Kaluana, convidou-nos a comer com eles. Convite prontamente aceito, pois não se recusa um almoço ofertado, sobretudo numa terra onde a ciência de conquistá-lo ainda não era plenamente dominada.

CAPÍTULO XVI

OS BONS SELVAGENS

BUSCANDO AMPLIAR A confiança que parecíamos haver conquistado, sugeri aos meus amigos distribuirmos ali todos os presentes trazidos, à exceção dos facões, machadinhas e, por óbvio, a pistola. A satisfação de todo o grupo ampliou-se mais ainda quando as respectivas mulheres começaram a dividir as contas, colares, espelhos e terços, que elas pensavam ser também colares. O chefe chegou a insinuar o desejo de possuir a pistola, no que foi logo rechaçado por Afonso, que só após muito esforço de falas e gesticulações conseguiu demonstrar que aquela coisa era perigosa para quem não soubesse usá-la. Terminada a euforia e o deslumbramento da posse das quinquilharias distribuídas, fomos levados para o interior de uma das cabanas para comer.

Grande o bastante para abrigar de cinquenta a sessenta adultos, a cabana não continha no seu interior senão muitas redes suspensas nos esteios que a sustentavam, além de esteiras de palha espalhadas pelo chão, onde também se amontoavam utensílios de uso doméstico, como vasos e tigelas de barro de vários tamanhos, cabaças vegetais, além de cocares, lanças, arcos e flechas e algumas clavas

195

adornadas com ramagens que eles chamavam *taka'pe*. Ali dentro era possível fazer e manter várias fogueiras, que serviam para aquecer as noites mais frias e assar as carnes e outros frutos da terra.

A comida que nos foi servida, à exceção das coisas do mar, era tão estranha como, de resto, tudo o mais que dizia respeito àquela gente. O que nos foi oferecido não era o que podíamos chamar de saboroso, por conta da quase ausência de temperos, apesar de eles conhecerem o sal e alguns tipos de pimenta. Compunha-se da carne de vários animais silvestres, como uma espécie de porco-do-mato, além de peixes, siris e alguns camarões de bom tamanho, moqueados numa trempe de madeira verde, sempre acompanhados da farinha de uma raiz, que eles chamam *manioca*, e um talo branco de uma palmeira fina e alta denominada *juçara* e alguns inhames, também assados.

Da massa da *manioca* ou dos inhames, tornada farinha por meio de pilões de madeira, faziam também uns bolos, assados e semelhantes ao pão ázimo usado pelos judeus. Essa farinha, pela facilidade de transporte e versatilidade de manuseio, permitindo agregá-la de várias maneiras à carne dos peixes ou animais caçados, era o único alimento que os guerreiros transportavam quando deviam permanecer muito tempo longe da aldeia.

Os frutos da terra eram obtidos de algumas raízes, de plantas e das árvores nativas. Cultivavam apenas a *manioca*, a raiz que constituía seu principal alimento vegetal, usando instrumentos rudimentares, mas eficientes, tais como bastões pontiagudos amarrados a uma trave horizontal que fazia as vezes de um arado. A área cultivada era limpa usando-se primitivos machados de pedra, pois não conheciam o ferro ou outro metal. O cultivo era surpreendentemente inteligente para um povo de aparência tão primitiva. Tratavam a terra em três campos distintos: um já pronto para a colheita; o segundo ainda em crescimento; e o terceiro em plantio. Desta forma tinham comida para três anos consecutivos, renovando o processo a cada período.

Tudo o mais era obtido diretamente da natureza, pródiga e farta naquelas terras tropicais, tão cheia de variedades animais e vegetais. A carta escrita pelo escrivão da frota, Dom Pero Vaz de Caminha, apesar do pouco tempo de que dispôs para bem avaliar a terra, foi fiel à sua prodigalidade, que ressaltava à vista ainda que numa breve apreciação. O escrivão não deixou por isso de anotar ao final de sua missiva a el-rei, que a terra "é de tal maneira graciosa que, querendo-a aproveitar, dar-se-á nela tudo".

Enquanto comíamos vimos algumas mulheres espremendo pedaços de *manioca* em uma espécie de saco de palha trançada aberto nas duas extremidades, que eram puxadas de modo a triturá-la. A massa daí obtida era mascada pelas mulheres e cuspida em um vaso com água, que depois de fervida era transposta para outros vasos maiores que eram enterrados até a metade. Ali, a mistura fermentava por um par de dias e se tornava a bebida deles, o *kauim*, uma espécie de aguardente, espessa e capaz de inebriar mais que nossos mais fortes vinhos.

A refeição mostrou-se bastante substanciosa, pois todos nos sentimos plenamente saciados. Kaluana, que também havia comido conosco, levantou-se depois de encerrado o almoço e convidou-nos a sair, dando a entender que éramos hóspedes da *taba* — aldeia, na língua deles — e poderíamos andar por ela à vontade. Iniciamos então uma pequena exploração dos arredores, sempre seguidos por bandos de crianças e mulheres curiosos em nos ver, algumas até aventurando-se a tocar-nos, como se fôssemos animais estranhos.

As marcas da bexiga no rosto de Felipe eram o que mais chamava atenção, demonstrando que o flagelo daquele mal não era

197

conhecido deles. Não que aquelas minúsculas crateras alterassem sua jovial beleza masculina, mas porque nunca haviam visto semelhantes cicatrizes, completamente diferentes de tudo o que podia ser resultado de lutas, acidentes ou ataque de feras.

As coxas de Alexandre também foram objeto da curiosidade de uma das índias que chegou a apalpá-las, como a verificar a consistência das carnes, do jeito que se faz com os animais de abate. O gesto despertou em mim uma súbita preocupação, diante da idéia de que poderiam estar nos tratando como se tratam as criações: cativar, engordar e matar para comer. A idéia percorreu minha espinha em calafrios de alto a baixo, mas logo, no entanto, abandonei-a. Afinal não estávamos ali como prisioneiros, mas como hóspedes, livres para andar pela aldeia e ir embora, se fosse o caso, ainda que não soubéssemos para onde.

O comportamento de Kaluana e nossos outros dois amigos, Uaná e Yawararê, na véspera, não fora de modo a levantar suspeitas. Havíamos sido convidados a comer com o próprio chefe da aldeia, o que era um inequívoco gesto de cortesia que não se faz com os porcos, ovelhas, ou galinhas que se pretende ter ao jantar. Abandonado o mau presságio, que não compartilhei com meus companheiros e penso que não passou por eles (penso até que Alexandre entendeu o gesto da índia como uma manifestação de galanteio), continuamos nossa exploração. O incidente, no entanto, levou-me a observar que estávamos todos emagrecidos, em razão da escassa alimentação de bordo, mormente se comparados ao porte dos jovens índios que poderiam ter nossas idades, todos fortes, rijos e esbeltos. Mesmo as crianças aparentavam o aspecto de sadias e bem alimentadas.

Continuamos assim, sem maiores preocupações, nosso passeio pela *taba*. As outras cabanas não eram distintas da primeira, todas bastante amplas e mais ou menos do mesmo tamanho, o que logo permitiu calcular a população da aldeia entre duzentas e cinqüenta e trezentas almas. A limpeza era uma característica constante. Não se viam resíduos de qualquer ordem em qualquer lugar, o que fazia um marcante contraste com as cidades ou aldeias do nosso conhecido mundo, onde as áreas comuns eram também depósitos de resíduos comuns. No tocante à limpeza os selvagens mostravam estar mais à frente do que nós, que nos considerávamos civilizados por nossos progressos na ciência e no comércio.

Era estranho ver aquele povo: prático, limpo, pacífico, calmo, vivendo num confim de mundo, em plena harmonia com a natureza que o abastecia, de vida simples, despossuídos de qualquer riqueza, vivendo feliz como Deus queria que os homens fossem no paraíso. Prontos, no entanto, a serem conquistados, quem sabe mesmo escravizados por homens gananciosos, vindos de reinos injustos e cheios de misérias, pobrezas e pecados, militarmente mais fortes e encharcados de uma cultura que os convencia de serem superiores, vivendo sob regras que pensavam deviam imperar em todo o mundo.

A visão de tudo que nos rodeava ajuntava-se à fidalguia com que havíamos sido tratados até então. Estrangeiros que éramos, em outras terras talvez já estivéssemos mortos ou prisioneiros, enquanto ali estávamos sendo enobrecidos, hóspedes de honra, merecedores de consideração e respeito. Nosso destino, ao final, não havia sido tão carrasco como a princípio o víamos. O desespero do abandono em terra estranha e longínqua compensava-se com a descoberta de anfitriões tão gentis e generosos. Tudo levava a pensar que havíamos chegado ao paraíso perdido e oculto, ou algo bem próximo dele.

Enquanto devaneava feliz, senti Felipe puxando-me pelo braço várias vezes, sem murmurar qualquer palavra, apenas chamando minha atenção para o cenário que o deixara sem fala. Num descampado, entre a floresta e uma das roças de *manioca*, viam-se muitos ossos, indubitavelmente humanos, amontoados e com toda a aparência de haverem sido deixados ali para terem seus restos descarnados pelas aves negras, aparentadas com abutres e maiores que corvos, que naquela terra pareciam cumprir o mesmo papel destes.

Não era o cemitério dos índios, pois eles não desconheciam o ritual necessário de enterrar seus mortos. Kaluana já havia demonstrado para que serviam algumas redes ornamentadas com pinturas distintas das usadas nas redes de dormir, bem como de algumas grandes urnas, também ornamentadas, capazes de comportar um corpo encolhido. Aquele covão aberto aos céus só podia ser, como bruscamente me convenci, o local onde jogavam os ossos já despojados das carnes dos infelizes devorados pela tribo, guardando-se as cabeças para serem exibidas como tétricos ornamentos espalhados na praça da aldeia.

A evidência era de que éramos hóspedes de antropófagos, e mesmo tendo sido bem-tratados até então, nada garantia que não poderíamos vir a fazer parte da relação de iguarias por eles apreciadas. Como estávamos todos magros, era bem provável que estivessem apenas nos engordando para uma ceia festiva em algum momento.

— Meu Deus! — exclamou Afonso assustado. — Não podemos ficar aqui nem um minuto mais. Em breve seremos devorados por essa gente.

Antes mesmo que Afonso terminasse a frase, Alexandre arrematou, quase num grito:

— Agora entendo o que aquela mulher queria apalpando minhas coxas. Ai Jesus! Temos que fugir daqui, e depressa.

Enquanto Felipe tentava retomar o fôlego perdido diante da sua descoberta, arrematei:

— Calma! Vamos com calma, não adianta agora pensar em fugir se nem ao menos sabemos para onde. Mesmo que nos queiram nas suas refeições, não como convidados, mas como prato principal, não creio que seja agora.

— E...e...va...vamos ficar aqui esperando? — Felipe conseguiu finalmente balbuciar.

— Não — procurei acalmá-los. — Vamos apenas esperar um pouco, procurar descobrir algumas coisas desta terra que nos permitam fugir para algum lugar seguro. De qualquer forma, recuso-me a crer que Kaluana e nossos outros amigos índios, que tão bem nos têm tratado, venham a nos matar para comer.

— Felipe está com a razão — continuou Afonso —, não podemos ficar aqui, aguardando um momento próprio que nunca saberemos que chegou e que, quando soubermos, poderá ser tarde demais.

— Meus amigos — continuei —, temos que ir com bastante cautela. Não se esqueçam que se fugirmos seremos alcançados em poucos momentos, pois nada sabemos desta região.

— E... se fu... fugíssemos pelo rio acima?

— Mais uma vez, não — respondi já impacientemente ao gago. — Não podemos nos embrenhar por uma terra que não conhecemos, nem nos afastarmos do litoral, único local onde temos possibilidade de sermos resgatados.

— Possibilidade quase nula, pois estes mares não são conhecidos — atalhou Alexandre. — As únicas naves que podem vir a passar por aqui são as de Dom Cabral.

— É o que pensas. Por que achas que estou aqui degredado? Foi exatamente porque desvendei o segredo de que estes mares não são de todo desconhecidos.

A discussão começou a se acalorar, levando-me a pedir que todos falássemos mais baixo para não deixar transparecer aos índios que estávamos assustados com o que vimos, pois qualquer demonstração de medo poderia levá-los a dobrar cautelas quanto a impedir nossa fuga.

Assumir a atitude de que aquela visão não causara qualquer impacto era difícil. Nossas expressões demonstravam com muita clareza para as índias e crianças que continuavam nos rodeando o horror que permeava nossos pensamentos. Foi impossível prosseguir o passeio pela aldeia, assaltados pelo temor de toparmos com outros daqueles macabros depósitos para qualquer lado que fôssemos, ou desvelar outras indesejáveis evidências de que estávamos em mãos de comedores de gente.

Deus meu! Que destino mais ingrato para quem se recusara a comer a carne de macaquinhos porque pareciam gente: tornar-se ele mesmo comida de gente. A horripilante visão daquele futuro amedrontava-me não tanto pela própria morte, mas pela expectativa de depois dela vir a transformar-me em excremento de outro homem e daí por diante em alimento de animais ou insetos, numa seqüência que não apontava para outro fim, senão um medonho ciclo de alimento-excremento-alimento... Ainda que seja este o destino de todos os homens, que ao morrer irão saciar a fome dos vermes, se na terra, ou dos peixes, se no mar, num mesmo ciclo, é impossível para a mente de um cristão aceitar que essa repugnante seqüência inicie-se pela boca de outro homem.

Já ouvira falar das histórias de marinheiros contadas nas horas de ócio, de casos de antropofagia praticada por náufragos no desespero da fome e da sede dos perdidos no oceano. Eram, contudo, casos tão incomuns que só por isso foram registrados. Ouvira também histórias de selvagens que em algumas regiões da África devo-

202

ravam seus inimigos, estas, no entanto, nunca levadas muito a sério pela impossibilidade da mente em aceitá-las como verdadeiras. Nunca, porém, nem que como um raio, passou-me pelo pensamento que um dia poderia vir a ser o objeto desse sinistro apetite.

Meus amigos continuavam inquietos, tanto quanto eu, sem saber o que fazer ou para onde ir. Sugeri, então, procurarmos Kaluana e pedir-lhe que nos levasse de volta à praia. Mas qual seria o pretexto? Se ele recusasse, interpretando nossa intenção como de fuga, poderíamos ser facilmente dominados e postos numa situação real de prisioneiros. Afonso de repente lembrou-nos que ainda possuía a pistola e que ela poderia persuadir os índios de que possuíamos poderes maiores do que eles pensavam, principalmente se matássemos um dos seus membros mais proeminentes, o velho ou o próprio chefe. Afirmei que se fizéssemos isto, antes mesmo de iniciar a recarga da pistola, já estaríamos todos mortos.

— Não creio — disse Afonso —, pois eles já viram que detemos poder sobre o fogo e o trovão, mas ainda não viram que este poder pode ser mortal.

— É um risco muito grande — insisti. — Quem garante que eles vão ficar tão espantados e amedrontados que não tenham a reação de logo eliminar a ameaça?

— De toda forma, se quiserem nos fazer de comida, venderemos caro nossa carne — completou Afonso, tirando a pistola da cintura como se já disposto a usá-la.

O gesto assustou as índias e as crianças que logo se afastaram com exclamações de temor, abrindo um grande círculo ao redor de nós.

— Viram? Não falei que eles têm medo do nosso poder?

— Não se iluda, isto foi o medo de mulheres e crianças. A reação dos homens, guerreiros valentes que presumo que sejam, poderá ser diferente.

— Bem — continuou Afonso —, de qualquer modo temos que decidir: fugimos e corremos o grande risco de sermos apanhados, eu concordo, ou ficamos e demonstramos nosso poder, para desestimulá-los de nos fazer algum mal.

— Ficamos e somos comida de índios, ou fugimos e somos comida das cobras e das feras — acrescentou Alexandre, sem disfarçar seu sarcástico ceticismo.

— É uma decisão difícil para ser tomada agora. Continuo pensando que é melhor aguardar, para bem conhecer as intenções deles e procurar saber que caminho tomar em caso de fuga.

— Concordo com Gabriel — falou Felipe sem gaguejar, enquanto Alexandre dava de ombros, abandonando o sarcasmo e mostrando indiferença.

— Acho — continuei — que a coisa mais importante a fazer agora é não nos separarmos em hipótese nenhuma. Temos que estar sempre juntos para desestimulá-los de uma traição.

Com a concordância de todos, após a breve conferência resolvemos voltar para o interior da aldeia, procurar Kaluana e tentar, com aquele difícil diálogo de gestos e expressões e com a necessária sutileza, arrancar dele algumas informações indispensáveis para o planejamento de uma fuga.

Kaluana tinha sido até então o que mais demonstrara simpatia por nós, e por isto o mais merecedor de nossa confiança. Voltamos para o interior da aldeia à procura dele, achando-o cochilando descuidadamente numa rede no interior da mesma cabana que abrigava o chefe e outros índios mais importantes da aldeia, o que demonstrava que ele era um deles.

Voltei a me tranqüilizar ao vê-lo deitado, sonolento e nem um pouco preocupado conosco, indiferente a estarmos ainda ali ou bem distante num rumo que lhe era indiferente. Toda a aldeia, à exceção do grupo de mulheres e crianças que nos acompanhavam, agora já bem reduzido e quase restrito às crianças, mostrava estar vivendo seu ramerrão cotidiano, pouco se importando com a presença de estrangeiros, mesmo que diferentes de seu povo ou de outro povo indígena que eles conhecessem.

Se éramos indiferentes a eles, não os ameaçávamos ou poderíamos vir a oferecer perigo futuro, por que julgar que nossas vidas estariam em perigo? Nossos temores eram, de fato, exagerados, pois se nossas carnes estivessem na relação de suas iguarias, não poderíamos estar desfilando livremente pela aldeia, seus arredores, podendo até nos afastarmos dela, numa clara demonstração de que nossa presença ou ausência não era objeto da preocupação. Externei estes pensamentos para meus companheiros que pareceram aceitá-los, apesar de alguma relutância por parte de Felipe e Afonso e o ceticismo de sempre de Alexandre.

Enquanto isto, Kaluana, talvez despertado por nossas vozes, levantou-se e dirigiu-nos um largo sorriso, que ampliou em mil vezes minhas convicções. Iniciamos então um quase cômico diálogo de gestos, expressões e até mesmo palavras, o que ia aos poucos ampliando o vocabulário de lado a lado.

Ousei, logo no início, demonstrar ao índio nossa perplexidade com os ossos humanos que vimos, apontando para as urnas funerárias, argüindo por que não estavam ali e enterrados. Falando e gesticulando, como a demonstrar uma luta e a derrota do adversário, Kaluana conseguiu expressar que eles somente comiam a carne dos inimigos abatidos em guerra e que os ossos, já descarnados, eram deixados na orla da floresta para repastos das aves e animais que por eles se interessassem, enquanto as cabeças eram usadas como troféus ou marcas do poderio da tribo. A informação, logo "traduzida" para Felipe e Afonso, que não compreenderam de

205

imediato o significado da gesticulação de Kaluana, acabou por reduzir neles o temor de sermos servidos na próxima refeição ritual dos índios.

Mais tranqüilos, porém ainda desejosos de saber mais sobre a terra e as possibilidades de sobrevivência nela, se afastados da aldeia, continuamos o diálogo gestual, sempre acompanhado de palavras, por todo o resto do dia, e este exercício de entendimento mútuo ia pouco a pouco aumentando nosso vocabulário, permitindo a substituição de gestos por palavras.

Ao entardecer observei uma certa agitação na *taba*. Homens se pintando, mulheres trabalhando no preparo de alimentos e enchendo vasos com *kauim*, crianças correndo e se movimentando em alegres algazarras, como sempre fazem as crianças de todo o mundo antes das festas.

Apagadas as luzes do crepúsculo, várias fogueiras foram montadas e acesas, enquanto muitos dos índios se organizavam em roda no centro da praça. Com pinturas no rosto, as cabeças ornadas por cocares, os braços e pernas cingidos por anéis de penas, além de outras tantas coladas por todo o corpo, alguns portavam chocalhos também ornamentados, enquanto outros estavam munidos de uma espécie de corneta. Organizada a roda, o *pajé,* ao centro, iniciou um cântico monocórdio, ritmado pelos chocalhos e pelo som grave das cornetas, acompanhado por um coro das mulheres postadas como assistentes.

Os homens, obedecendo ao ritmo dos chocalhos e das cornetas, iam gingando o corpo, dando ênfase aos movimentos ora para esquerda ora para a direita, enquanto batiam ritmada e fortemente os pés sobre a terra dura, fazendo-a ressoar como um imenso tambor. Em seguida a roda começou a mover-se, com os índios sempre batendo com os pés, com mais força, no direito ou no esquerdo conforme o corpo balançava mais para o respectivo lado, até completar uma volta. Mantidos os mesmos movimentos e ritmo, iam em direção ao centro, logo recuando até a posição inicial, recomeçando os primeiros movimentos do ciclo, mas agora em sentido contrário ao giro anterior.

Nossos amigos Kaluana, Uaná e Yawararê faziam parte do grupo de dança e assim, só depois do seu encerramento, ficamos sabendo que se tratava de um ritual realizado periodicamente, para agradar seus deuses e a cada lua cheia, que eles tinham como representação de uma deusa. Só então me dei conta da imensa bola prateada que pouco acima do horizonte iluminava a noite, tornando-a um dia de luz opaca.

Despertei na manhã seguinte, após dormir a primeira noite de absoluta tranqüilidade de corpo e espírito, longe da insegurança e dos tormentos das prisões ou dos instáveis assoalhos dos navios, com o sentimento de conforto, quase lassidão, que dá ao espírito a mesma tranqüilidade recebida pelo corpo, agradecidos ambos pelo repouso necessário e suficiente.

Ainda espreguiçando dirigi-me para a orla da floresta, buscando atender as necessidades que o corpo fabrica durante o sono e pude ver que toda a aldeia já se achava em plena atividade: homens com seus arcos e flechas, saindo em busca de caça ou retornando com ela; algumas mulheres tratando a plantação de *manioca*, ou colhendo ervas e raízes não cultivadas, mas fornecidas nos arredores com fartura pela mãe-natureza. Algumas nas portas das cabanas, tecendo redes com palhas e fibras, ornamentando vasos ou se dedicando à preparação de alimentos. Mais além, um outro grupo de mulheres, que me pareceu dedicar-se somente a isto, preparava a *manioca* e mascava a goma que serviria para a fabricação do *kauim*.

Era curioso observar que as mães de filhos ainda pequenos os traziam presos ao corpo, de tal sorte que para amamentá-los bastaria ajeitar a criança no seio, mantendo, no entanto, as mãos livres para outros trabalhos.

Todos andavam completamente nus, desconsiderando-se as finas faixas que as mulheres traziam atadas à cintura, ou as alças que prendiam as aljavas onde os homens transportavam suas flechas. Aquela visão da vida em um mundo tão natural, ao mesmo tempo em que me despertava admiração, excitava algumas partes do meu corpo, obrigando-me ao estranho comportamento de andar com as mãos cruzadas à frente das calças, para não manifestar o que no meu juízo de então seria uma grosseira e pecaminosa manifestação de descontrole dos instintos.

CAPÍTULO XVII

O PARAÍSO PERDIDO

OS DIAS IAM SE SUCEDENDO e nossa permanência na aldeia já era vista com naturalidade por todos, até mesmo, aparentemente, pelo velho *pajé*, que detinha na tribo poder somente inferior ao do *morubixaba*, por suas funções de líder religioso e, sobretudo, por sua ciência de curandeiro, capaz de tratar os males do corpo com ervas e infusões naturais, aliadas às clamações de auxílio dos deuses e expurgação dos demônios. Embora já não mais manifestasse ostensivamente sua repulsa à nossa presença, eu tinha a sensação que ele o fazia a todo instante ao pé do ouvido do chefe e outros membros importantes da tribo.

Afastados os temores de virmos a ser comidos, a antipatia do *pajé* passou a ocupar o maior espaço das minhas preocupações, pois seria difícil aos índios resistir aos apelos insistentes de um sacerdote que detinha o monopólio das relações com os bons e maus espíritos, fazendo-os crer que estávamos a serviço destes últimos.

Dormíamos num canto na própria *oca* — como eles denominavam a cabana — onde também dormiam Kaluana, Uaná, o chefe, e suas respectivas famílias, além de outras quarenta mulheres, homens e crianças. Passamos, a partir do segundo dia, a ouscar nós mesmos nossos alimentos, quase sempre dividindo-os com a família de Kaluana, que também fazia o mesmo conosco. Apenas do uso do *kauim* participávamos sem colaborar com sua feitura, pois a fabricação da bebida era atividade exclusiva das mulheres.

Naquela sociedade o trabalho de cada um era importante e sempre destinado em sua maior parte ao interesse comum, uma vez que apenas armas e adornos eram aceitos como propriedade pessoal. Os que não trabalhavam, sendo capazes e segundo suas possibilidades, não podiam ser tolerados, exceto os prisioneiros enquanto aguardavam o momento de serem sacrificados e servidos em festivo repasto para toda a tribo.

Estranhamente os inimigos capturados não eram amarrados ou contidos em espaços fechados, mas mantidos em plena liberdade no interior da aldeia, bem tratados e cevados, servidos de todas as formas por uma mulher da família do guerreiro que o aprisionara. Apenas um colar de conchas, do qual elas iam sendo retiradas uma a uma, periodicamente até o dia fatal, marcava sua condição de prisioneiro. Não fora esta particularidade a indicar ao condenado sua posição social e a aproximação do dia do seu sacrifício, ele pensaria ser apenas um hóspede dos seus algozes.

Ao tomar conhecimento dessa prática de tratamento dos prisioneiros-alimentos, tratei logo de comunicá-la aos meus companheiros, insistindo que devíamos buscar uma atividade que, se aceita pelos índios, nos daria a tranqüilidade de saber que não estávamos ali como aprisionados, mas como novos membros da comunidade, mesmo que física e culturalmente diferentes deles.

Assim, passamos a acompanhar nossos amigos, Kaluna, Uaná e Yawararê em suas expedições de caça e pesca, sendo que para esta última atividade demonstramos a utilidade de nossos anzóis que, mesmo menos eficientes do que o método deles de "caçar" os peixes com arco e flecha, despertaram o interesse da novidade.

De todo modo, a abundância de peixes nos vários riachos próximos da aldeia quase impedia a comparação entre os dois métodos. A pistola só foi usada uma única vez, quando Afonso abateu um pequeno veado para demonstrar aos índios seu poder de matar, pois não era de bom senso consumir pólvora em ocasiões menos necessárias que as que eventualmente viessem a pôr em risco nossa sobrevivência. A demonstração de poder da arma amedrontou alguns índios que, porém, não manifestaram o medo e o respeito no grau que Afonso esperava. Ao contrário, os fez demonstrar que suas flechas podiam ser menos poderosas, mas eram mais eficazes, pois silenciosas matavam uma presa sem assustar as demais como fizera o estrondo do tiro.

Nossas possibilidades de vir a buscar outros rumos que não o de viver entre os selvagens ainda era remota, pois não dispúnhamos dos conhecimentos necessários que nos permitiriam aventurar sozinhos para outras regiões. De fato, eu perguntava a mim mesmo, por que abandonar aquela vida tão tranqüila e segura, em troca de algo que nem sequer sabíamos o quê? Alexandre partilhava do meu pensamento, já antevendo a possibilidade de vir a viver como os índios, esposando várias mulheres. Dizia mesmo ter sido esta a razão da sua deserção, não só motivada pelos tormentos sofridos na dura vida de grumete, mas, principalmente, por ter visto naquela terra a oportunidade de uma vida natural e feliz.

Felipe, no entanto, já um tanto arrependido de ter acompanhado Alexandre, não abandonava a idéia de que devíamos arriscar uma saída, procurando algum lugar no litoral que nos permitisse ir vivendo com possibilidades de sinalizar socorro e resgate para alguma nau que, mesmo por remoto acaso, se aventurasse por aquelas águas, valendo-se da minha afirmação de que aqueles mares não eram de todo desconhecidos do mundo cristão.

Cada um demonstrava ter argumentos fortes a favor de sua intenção, fosse de permanecer entre os índios, fosse de buscar rumos próprios. Eu continuava a afirmar que as inseguranças dos primeiros dias estavam sendo aos poucos vencidas. Daí a pouco tempo já poderíamos nos considerar plenamente integrados à tribo, principalmente se um de nós viesse a esposar alguma índia. Alexandre concordava plenamente como esta idéia e se manifestava pronto ao "sacrifício" no instante que julgássemos adequado.

Do outro lado, Afonso replicava sempre com o argumento — que também ocupava meu íntimo — de que a antipatia e a desconfiança do velho não mostraram sinais de abrandamento. A qualquer momento poderia fazer valer sua força junto ao chefe e aos homens mais importantes da tribo, e nunca poderíamos saber com antecedência quando isso ocorreria.

Somente concordávamos com a certeza de que ainda não estávamos suficientemente preparados para enfrentar o desconhecido que se mostrava à nossa frente fora da aldeia e seus arredores. Apesar disto, Afonso e Felipe estavam sempre em constante elaboração de planos de fuga, imaginando caminhos e até mesmo a possibilidade da construção de uma embarcação que, mesmo grosseira, fosse capaz de nos permitir navegar pela costa até algum ponto que oferecesse segurança de permanência e aguardo de resgate.

A contraposição de argumentos que impedia uma decisão final acabou se resolvendo de modo indesejável e inesperado, quando Alexandre, excessivamente confiante na sua nobre missão, avançou além dos limites na corte de uma jovem índia.

Estávamos à beira de um dos riachos próximos da aldeia, onde um pequeno remanso numa grande curva formava como que uma lagoa, chamando no seu leve murmúrio e por sua aparência tranqüila e cristalina a um banho refrescante. De fato, aquele era mesmo o local preferido pelas índias para se banharem e banharem seus filhos. As crianças maiores, os *curumins,* tinham ali seu ponto predileto de diversão, mergulhando de pedras à margem ou do alto dos galhos das muitas árvores que ladeavam o curso d'água.

O calor forte e úmido da selva não permitia, naquele dia, nenhum outro pensamento senão o de ficar nu e mergulhar nas águas convidativas. Após alguns poucos minutos, quando nos divertíamos e brincávamos tal como os indiozinhos, começaram a chegar algumas índias jovens acompanhadas de outras crianças que logo entraram na água, tomando nossa presença com a indiferença da normalidade, apenas afetada pelo fato de que os homens raramente freqüentavam aquele sítio.

Todos nus, mulheres e crianças, com suas vergonhas nem sempre cobertas pela água, que apenas em alguns pontos chegava ao peito de um adulto, fomos tomados da excitação própria dos jovens num banho fresco e relaxante diante da nudez das mulheres, algumas exibindo corpos bem formados e bem esculpidos que se salientavam em seios túrgidos e firmes e coxas roliças, próprios da juventude virgem ainda não conspurcada pela prenhez.

Apesar de estarmos todos acometidos da mesma sensação pecaminosa, cuidando de ocultá-la mantendo nossos corpos dentro d'água, Alexandre mostrou-se mais afoito, aproximando-se de um grupo de índias cujas idades não pareciam alcançar mais do que quatorze, quinze anos. O assédio de Alexandre, num primeiro momento visto pelas índias com a mesma naturalidade com que tomariam a proximidade de seus iguais, logo se transformou numa balbúrdia quando uma delas tomou o braço de Alexandre e aplicou-lhe uma mordida tão feroz que o fez soltar um urro como se lhe tivessem arrancado um pedaço. O que bem poderia ter sido verdade, pois os dentes que o morderam eram já acostumados àquele tipo de carne.

Outras índias, atraídas pelo gesto de sua companheira e após breve troca de expressões que claramente denunciavam a impudente abordagem de nosso amigo, logo trataram também de atacá-lo com socos e mordidas, levando Alexandre a fugir desesperado segurando o braço ferido, gritando todos os impropérios que ele conhecera até então desde que nascera.

A comicidade da situação, no entanto, não conseguia ocultar seu lado mais grave, quase trágico, de que nosso convívio amistoso com os índios poderia aproximar-se do fim com o incidente, que por certo seria levantado pelo *pajé* como forte pretexto para nossa expulsão, ou mesmo nossa morte. Tratamos logo de pegar nossas roupas e correr na mesma direção de Alexandre, sem saber se corríamos atrás de nosso companheiro para protegê-lo ou se também fugíamos com ele.

Nossa apressada chegada à aldeia, acompanhados pelo alarido das mulheres que ainda perseguiam Alexandre, como não podia deixar de ser, chamou atenção de todos e logo estávamos cercados por um grande número de índios, com Kaluana vindo em nossa direção para saber o que se passava. Antes que recobrássemos o fôlego para tentar relatar e buscar uma explicação convincente para o que ocorrera, algumas índias, dentre elas a assediada por Alexandre, já tratavam de contar sua versão ao chefe e ao *pajé*, que também estavam presentes.

A expressão de espanto e furor que aos poucos se estampava nas feições do chefe e a alegria que se manifestava no rosto do *pajé*, vendo enfim confirmadas suas opiniões e previsões a nosso respeito, levaram-me a pensar que nossos dias de tranqüilidade haviam terminado, talvez mesmo nossos dias de vida, fazendo daquele triste episódio o pretexto para que os selvagens nos assassem nas grelhas, quando então a jovem índia que mordera Alexandre voltaria a fazê-lo, agora mais com apetite do que com raiva.

Toda a assembléia à volta nos olhava de forma amedrontadora, enquanto nos vestíamos e ajudávamos Alexandre a fazer o mesmo, semi-incapacitado que estava diante da necessidade de manter estancado o fluxo de sangue que brotava do grande ferimento provocado pela mordida, o corpo cheio de marcas de outras dentadas e pancadas recebidas das furiosas mulheres ofendidas.

Terminado o relato das índias o pajé começou a vociferar, executando ao mesmo tempo uma estranha dança apontando constantemente de forma agressiva seu bastão ritual para cada um de nós, o que presumi ser uma veemente forma de acusação e pedido de punição.

A fisionomia dos meus companheiros revelava em todos a mesma sensação de medo. Afonso, aproximando-se mais, agarrou-me pelo braço e, com a fisionomia tensa e branca como se toda pintada de alvaiade, sussurrou:

— A pistola... Os facões... Deixamos tudo no riacho.

— Meu Deus! Estamos perdidos. A expressão dessa gente não deixa dúvidas que vão nos castigar, talvez matar e não temos como reagir.

Ouvindo este breve diálogo os outros dois trataram de também se aproximar de nós, como tentando fazer de um frágil quarteto uma massa mais sólida e resistente. A roda de índios que se fizera a nossa volta, ao contrário, não era compacta o suficiente para impedir que uma flecha vinda de fora se cravasse na coxa do pajé, enquanto uma chuva de outras caía sobre a aldeia, atingindo sem distinção homens, mulheres e crianças, criando, num primeiro momento, desordem completa em todo o grupo, levando mulheres a tomarem crianças nos braços e correrem em direção às cabanas buscando proteção, enquanto os homens faziam o mesmo, mas em busca de seus arcos, flechas e *taka'pes* para enfrentar o inimigo oculto que os atacava de surpresa.

Durante alguns poucos momentos os agressores se mantiveram ocultos, despachando suas flechas de dentro da floresta em toda volta da aldeia. Logo, no entanto, começaram a surgir de todos os lados, com o corpo e rosto pintados com cores e formas que realçavam ainda mais sua ferocidade, avançando com gritos e rugidos que acrescentavam mais terror ao já provocado pela surpresa do ataque.

Os índios atacados conseguiram rapidamente tomar suas armas para responder à agressão, formando linhas de defesa nos intervalos entre as cabanas, executando uma manobra que demonstrava grande talento e preparo militar: enquanto uma linha de defesa, de pé, disparava suas flechas, outra, de joelhos e atrás, armava seus arcos e logo se punha de pé a disparál-los, enquanto a primeira se abaixava para reiniciar o rápido ciclo, mantendo uma permanente saraivada de flechas.

A reação, contudo, não foi tão rápida a ponto de impedir que a primeira linha de ataque da outra tribo alcançasse algumas cabanas, destroçando suas frágeis paredes e avançando no seu interior sobre as mulheres e crianças que ali se abrigavam. As índias não se mostravam menos guerreiras que seus homens e tratavam de se defender e a seus filhos com lanças, *taka'pes* ou qualquer outro utensílio que estivesse à mão e servisse como arma, muitas vezes avançando sobre os inimigos munidas apenas das próprias mãos e dentes.

A luta era cruel e trágica, como todas entre estes animais que se mostram como os únicos na natureza capazes de eliminar seus semelhantes por razões que nem sempre dizem respeito apenas à sobrevivência. A mesma ferocidade demonstrada pelos que defendiam suas vidas e as de suas famílias era demonstrada pelos que atacavam. Cabeças eram esmigalhadas por certeiros e potentes golpes de *taka'pes*; flechas continuavam a voar de todos os lados; os corpos de mortos e moribundos já se amontoavam pela praça; a luta, pela rapidez da investida dos inimigos, agora era quase toda num violento corpo-a-corpo; as índias, sem armas, agarravam-se às costas dos adversários procurando mordê-los na garganta, da mesma forma que as grandes feras procuram matar suas presas sangrando-as pelas grandes veias do pescoço.

A surpresa permitira aos inimigos entrar rapidamente na *taba*, dando-lhes uma vantagem que se demonstrava pelo maior número de mortos entre nossos amigos. Perdidos no meio de todo o frenesi que se instalou na aldeia logo que a primeira flecha espetou a coxa do *pajé*, ficamos por um momento atônitos, sem saber o que fazer ou para onde ir. Os reflexos afinados da juventude se fizeram valer, levando-me a gritar para meus companheiros que se deitassem e rastejassem em busca de algum lugar ao abrigo da chuva de flechas. Fomos assim em direção à cabana às nossas costas, em busca de armas ou utensílios que pudéssemos usar como defesa, nada encontrando, porém, pois havíamos entrado numa *oca* que não era aquela onde mantínhamos guardadas as machadinhas, as únicas armas que nos restavam. Muitas índias com filhos pequenos estavam também ali, encolhidas e abraçadas a eles. Alguns *curumins*, ainda pequenos, mas capazes de lutar, se postavam em atitude de defesa, aguardando as investidas do inimigo.

Tentamos desesperadamente falar com as índias, mesclando o diálogo gestual com algumas palavras que já conhecíamos, pedindo que nos dessem arcos, flechas ou *taka'pes*, ou apontassem onde encontraríamos estas ou outras armas para defendermos a *oca*, mas o frenesi de pavor que se instalara embaralhava perguntas e respostas. Com o insucesso de nossa tentativa de obter armas não nos restava alternativa senão fugir, procurando furar o bloqueio que os índios atacantes já formavam em toda a volta da aldeia.

Um dos índios inimigos, de pele visivelmente mais escura que nossos hospedeiros, os olhos pintados como uma máscara, que realçava ainda mais sua figura aterrorizante, conseguiu entrar na *oca* e com uma só bordoada esmigalhou o crânio da primeira índia que tentou barrar-lhe o caminho. Quase no mesmo instante em que abateu a índia ele nos viu e avançou sobre nós; afinal, para um verdadeiro guerreiro é mais heróico abater homens que indefesas mulheres. Ao reparar na nossa figura, no entanto, homens de pele clara, cobertos de vestes estranhas, tipos absolutamente desconhecidos, o índio titubeou um instante. O suficiente para que caíssemos os quatro sobre ele.

Felipe pulou sobre suas costas, abraçando seu pescoço e pegando-o pelos cabelos, enquanto Alexandre voava sobre seus pés, derrubando-o, ao mesmo tempo em que eu continha seus braços, permitindo a Afonso tomar-lhe o *taka'pe* e aplicar sobre a cabeça do índio um golpe desajeitado, mas suficiente para atordoá-lo tirando-o de combate. Uma vez dominado, as índias caíram sobre o infeliz tal como cães famintos o fariam sobre um pedaço de carne. Não esperamos para ver o resultado, que por certo foi fatal para o guerreiro, provavelmente devorado cru ali mesmo pelos dentes afiados das índias.

Tratamos logo de escapar, agora munidos pelo menos de um *taka'pe* e fora da *oca* pudemos ver o pandemônio que se instalara na aldeia, mulheres e crianças ainda correndo em busca de abrigo, tropeçando em corpos sobre a terra que já começava a se colorir de

218

sangue. A luta mostrava-se mais feroz do que no seu início, pois os atacantes já ocupavam toda a aldeia. Corpos flechados ou com a cabeça esmigalhada espalhavam-se por toda a praça. Num vislumbre consegui distinguir no meio da terrível balbúrdia nosso amigo Kaluana girando seu *taka'pe* para um lado e para o outro, tendo vários corpos caídos em volta de si.

Uma das cabanas foi envolvida por chamas, que rapidamente se espalharam para as outras em razão do material altamente inflamável de que eram feitas. Mais índios atacantes continuavam a surgir da mata, mostrando serem mais numerosos que os defensores, o que prenunciava o triste fim da aldeia que cheguei a pensar poderia vir a ser minha morada.

Alexandre aumentou nosso arsenal munindo-se de outro *taka'pe* caído ao lado de um morto, enquanto eu e Felipe também nos armamos com lanças caídas das lutas. Com aquelas armas fomos abrindo caminho para fora da aldeia, tentando alcançar o riacho, em busca da pistola e dos facões, que seriam nossa grande esperança de manter resistência contra aqueles ou outros selvagens. Não foi possível, no entanto, chegar à orla da mata sem matar ou ferir alguns índios que no desespero já não distinguíamos se amigos ou inimigos, mas não deixando de pagar o preço de alguns ferimentos.

Uma vez dentro da floresta, ainda sem atinar se estávamos ou não na direção do riacho, mas já fora do círculo de morte em que se transformara a aldeia, demos uma pequena parada para avaliar nosso estado. Alexandre, além do braço ainda sangrando, por causa da mordida da índia, recebera um forte golpe na perna, o que lhe causava dores intensas a cada passo. Afonso fora espetado no lado esquerdo da barriga por uma flecha, cuja ponta quebrada se mantinha ali fixada, aparentando, no entanto, não ter sido profunda o bastante para atingir algum órgão vital, pois ainda conseguia se manter de pé. Felipe recebera de raspão um golpe de borduna, que por certo teria esfacelado seu crânio se o atingisse em cheio, mas que apenas o ferira superficialmente, embora seus cabelos e o rosto estivessem empapados de sangue. Por milagres do próprio Deus e do meu homônimo anjo protetor, eu não tivera mais que arranhões provenientes sobretudo dos espinhos e galhos secos da floresta, que vencêramos até ali correndo como se estivéssemos em campo limpo.

CAPÍTULO XVIII

FUGA PARA A INCERTEZA

A FADIGA E A TENSÃO da luta e dos acontecimentos que a antecederam logo se fizeram presentes na breve parada, mas a necessidade de nos afastarmos o mais longe possível do ambiente mortal da aldeia nos impelia a continuar. Afonso, numa atitude de estoicismo, resolveu ele próprio extirpar a ponta da flecha que lhe espetara a barriga, fazendo-o num só arranco secundado por um longo rugido de dor. Após pensarmos o ferimento de Afonso com os panos sujos de sua própria camisa, tratamos, eu e Felipe, de apoiar Alexandre para que pudesse continuar a caminhada com sua perna ferida e fomos avançando para lugar nenhum, pois não tínhamos a mínima noção da direção que havíamos tomado.

Tentei refazer mentalmente nossos movimentos desde o instante em que fomos cercados e postos diante dos chefes no centro da aldeia: estávamos inicialmente de frente para a cabana onde dormíamos e guardávamos o resto de nossas coisas; quando começou o ataque, vinda a primeira flecha de entre aquela cabana e a da esquerda, nos jogamos no chão e rastejamos na direção contrária, logo entrando na que estava às nossas costas e em frente à nossa;

quando na fuga das índias enfurecidas entramos na aldeia ao lado daquela mesma cabana; portanto, era ela a referência para a direção do riacho; como tínhamos fugido a partir dela, margeando a praça até a segunda cabana à esquerda, deveríamos estar seguindo uma direção que fazia noventa graus à direita do caminho que levaria ao riacho, ainda que não seguramente no mesmo ponto do remanso onde deixáramos a pistola e os facões.

Explanei meu raciocínio aos meus amigos, mas, enquanto o fazia, fui assolado por uma dúvida elementar que, no entanto, não externei: qual era o caminho que fazia noventa graus com o que havíamos tomado se não tínhamos nenhuma certeza de ter andado em linha reta? Nossas únicas referências naquele momento eram o imediatamente à frente, atrás, à direita ou à esquerda, e nenhum destes sentidos se mostrava diferente do outro. Estávamos perdidos no meio da mata, como no meio de um oceano verde, sem qualquer referência para orientar o caminho a seguir. A direção do riacho para encontrar a pistola perdeu importância diante do desafio maior que agora se apresentava que era o de sair da mata fechada e inóspita.

Para não acrescentar mais uma angústia às que já ultrapassavam nossa capacidade de suportá-las, apontei para meus amigos uma direção, aquela que eu supunha e esperava que fosse à esquerda do caminho já percorrido. As tramas de galhos, plantas, folhagens e parasitas que se enroscavam naquela fechada gaiola vegetal, dificultando e quase impedindo o andar, eram vencidas com extrema dificuldade a golpes de *taka'pes*, tornando nossa caminhada lenta e dificultosa. Os golpes, aplicados com a força necessária para quebrar as tramas de galhos e folhagens que dificultavam a caminhada, serviam também para espantar as cobras que poderiam estar pelo caminho.

Calculei que naquele ritmo não estávamos avançando mais que meia légua a cada hora. Ainda assim cada passo era precioso, para nos afastar da batalha, pois nada poderíamos oferecer de ajuda aos nossos amigos e por certo seria mortal para nós. Estávamos desprovidos de quaisquer outros instrumentos de defesa adequados às nossas aptidões e diante de inimigo mais forte, mais bem armado e mais adestrado para aquele tipo de luta. Só nos restava pois fugir, na busca do riacho ou algum outro caminho que nos levasse a um local onde pudéssemos parar em segurança.

Após algumas horas, impossível de precisar quantas, chegamos a uma clareira, pequena, mas ampla o bastante para que eu e Felipe, os menos feridos, trabalhássemos para construir uma tosca paliçada, com árvores e galhos capazes de serem quebrados a golpes de *taka'pes* ou com as mãos, onde repousaríamos recuperando as forças necessárias para continuar a caminhada no dia seguinte.

Com muito custo, fazendo girar entre as mãos um graveto sobre outros, conseguimos acender uma fogueira, que nos aqueceria à noite e ajudaria a afastar as feras, as cobras e outros animais curiosos que pudessem perturbar nosso sono. Felipe, após uma breve incursão na orla da clareira, conseguiu colher alguns pequenos frutos vermelhos de uma árvore não muito grande, desconhecidos, mas que depois de provados e visto que não tinham gosto que denunciasse veneno, apesar de ligeiramente ácidos, saboreamos como a única possibilidade de alimentação possível diante da ausência de outras armas que não o *taka'pe*, que exigia do caçador a habilidade de aproximação da caça que estávamos longe de possuir.

Apesar do extremo cansaço a noite não foi inteiramente tranqüila. Alexandre e Afonso padeciam de dores, a toda hora gemendo e procurando posição menos incômoda no leito de terra úmida e folhas secas. O amanhecer mostrou o sol iluminando um lado da clareira, o que era a referência que permitiria alcançar o mar onde ele nascia. Tínhamos agora uma rota quase certeira em direção à praia, onde poderíamos encontrar melhores condições de sobrevivência. Por acaso aquela era mais ou menos a mesma direção que vínhamos trilhando e assim não precisei passar pela vergonha de confessar aos meus companheiros que andávamos num rumo equivocado.

A caminhada pela mata, no entanto, não era tão simples, pois o sol, no emaranhado das árvores, nem sempre se mostrava visível como na clareira, poucas vezes permitindo ver sua posição. Corríamos o risco de andar em círculo ou numa rota que poderia nos afastar cada vez mais do nosso objetivo. A única referência que nos guiava era a tosca trilha aberta a golpes de *taka'pe*, que procurávamos seguir em linha a mais reta possível, sempre olhando para trás, observando se não estávamos nos desviando para a esquerda ou para a direita.

Devidamente abastecidos pelas frutinhas vermelhas, em boa hora achadas por Felipe, continuamos a lenta caminhada com Alexandre ainda exigindo amparo, obrigando-nos a um progresso mais lento que o desejável. Seguimos assim durante todo o dia, fazendo pequenas paradas para retomada de forças em locais onde a vegetação se mostrava menos densa. Ao cair da noite ainda não tínhamos alcançado nem a praia nem qualquer outro sítio que nos permitisse pernoitar em segurança, como a clareira que deixáramos atrás.

Encontramos uma árvore, não rara naquelas matas, de tamanho que eu jamais havia conhecido, maior mesmo que o mais alto e corpulento carvalho que eu já vira em minha terra natal. Suas raízes saíam da terra bastante afastadas do tronco e o alcançavam em alturas que chegavam até a de dois homens de pé, estendendo

224

como que uma manta delas até o chão. Assim, formavam reentrâncias que constituíam um ótimo abrigo natural, bastando cercar sua frente com os galhos mais grossos que conseguíssemos quebrar. Ali nos abrigamos e tentamos dormir.

Da mesma forma como as trevas eram povoadas pelos pios soturnos de aves da noite e vozes as mais estranhas e assustadoras de outros animais, a manhã era orquestrada pelo cântico suave e mavioso dos inúmeros pássaros que anunciavam a luz, sempre contraponteados pelos gritos estridentes das araras e papagaios e o matraquear das batidas dos grandes bicos daquelas exóticas aves que os tinham maior que o corpo.

Muitos pássaros podiam ser vistos, quando desciam do alto dos galhos em busca de insetos ou sementes no chão da mata. Nunca vi ou ouvi falar de aves mais belas. Algumas grandes como pombas, outras miúdas, mas todas vestidas de plumagem a mais diversa e encantadora. Asas pardas e peito alaranjado; corpo amarelo pardacento, com a cabeça coroada por penugens de coloração que fazia pensar estar em fogo; o corpo todo rubro, mesclando penas mais escuras, quase pretas, nas asas e na cauda; de penugem marrom e parda no corpo e nas asas, com a cabeça vermelha, como que coroada por um solidéu cardinalício; totalmente azuis, quase se confundindo com o céu, ou verdes, ou vermelhas; enfim, contempladas com toda a gama de cores e combinações que a infinita arte da natureza é capaz de criar.

Fui o primeiro a acordar, despertado pela sinfonia dos pássaros, o que me fez mais alegre e refeito para os desafios que o novo ddia prometia. A ferida de Afonso não mais sangrava, mas não mostrava aspecto que permitisse ver o início de um processo de cura; ao contrário, estava agora intumescida, arroxeada e purulenta. A perna de Alexandre, por outro lado, mostrava-se menos dolorida,

225

permitindo-o caminhar apoiado em uma muleta improvisada da forquilha de um galho grosso. Retomamos, assim, nossa marcha, procurando seguir sempre na direção apontada pela trilha aberta atrás de nós.

A sorte — como já explanei ao prezado leitor que me acompanhou até aqui — é a melhor companheira da audácia e da coragem. Brindados por ela e confirmando tal crença, antes do meio-dia observamos que uma luz mais intensa filtrava pelas árvores, demonstrando que o encontro da floresta com a praia, ou pelo menos com alguma grande clareira, não estava longe. Vencida a distância desde aquele prenúncio de fim da caminhada, chegamos ao alto de uma falésia, não muito abrupta e de encosta arenosa, que se debruçava sobre o mar e dividia duas praias, sendo uma ao norte, extensa e contínua até onde a vista alcançava, e outra menos extensa, que avançava para o sul até um rio bastante largo, como aquele onde tivemos nosso primeiro abrigo.

Comemoramos todos a chegada ao mar, até mesmo Afonso, apesar do seu ferimento que continuava a arruinar. A manifestação de júbilo só não foi benéfica para Alexandre, que ao largar as muletas e também pular de alegria deu um urro de dor ao voltar ao chão, postando-se gemendo, enquanto nós outros tirávamos os frangalhos de roupas que ainda cobriam nossos corpos, escorregando pelas encostas da falésia, avançando em infantil correria pelas areias da praia em direção às águas tépidas do mar.

O reencontro com o oceano trazia a alegria da promessa de redenção, que no íntimo sabíamos distante e quase ilusória. Apesar de sua infinita imensidão, o mar era a única referência que nos permitia pensar em salvação, pois por ele viemos e somente por ele poderíamos nos safar de terminar nossos dias naquela terra paradisíaca, mas selvagem e desconhecida.

A vida entre os índios que chegara a me atrair, enquanto vivida nas amenidades de uma paz que eu julgava perpétua, revelara-se uma ilusão, sobretudo uma incógnita, pois não haveríamos de conhecer totalmente sua verdadeira índole senão conquistando sua plena confiança e vivendo muitos anos entre eles, possibilidade que se mostrava remota, pois teríamos sempre contra nós os inimigos daqueles de quem nos tornássemos amigos. A morte, portanto, estaria sempre à nossa espreita.

Os índios não formavam uma só nação, mas várias, oriundos de grupos distintos e quase sempre inimigos entre si, vivendo em constantes guerras por espaços territoriais. Nossa sobrevivência neste ambiente, sem armas que soubéssemos manejar, não nos oferecia muitas condições de travar lutas onde a força física e a destreza no manejo de *taka'pes* ou do arco eram fundamentais. Sem armas de fogo os homens brancos se tornavam para os índios tão frágeis como os animaizinhos que eles caçavam.

Gritos chamaram nossa atenção para o companheiro que deixáramos gemendo sobre o barranco. Fomos encontrá-lo ainda sofrendo e nos amaldiçoando por havê-lo abandonado. Pegamo-lo nos braços e o levamos até o mar, deixando-o sentado na altura da arrebentação das pequenas ondas que massageavam agradavelmente o corpo, como um bálsamo lavando e limpando as feridas e amenizando as dores que sacrificavam a carne e atormentavam a alma.

Assim ficamos por muito tempo, ora no mar, ora deitados sobre a areia fina e macia da praia, como lagartos ao sol, até que a fome foi despertada, obrigando-nos a procurar alimento.

Nos descampados que levavam das praias à selva, povoados de pequenas árvores, arbustos e grande variedade vegetal de menor porte, a fartura e a facilidade de encontrar comida — desprovidos que estávamos de armas para caça que não os *taka'pes* — eram bem maiores do que na orla da floresta, diante dos inúmeros coqueiros e árvores de *akaiús*, além das mesmas frutinhas vermelhas que vimos na floresta e também outras que já havíamos experimentado entre os índios. Uma, chamada por eles de *nanás*, brotada do chão, recoberta por uma casca espinhenta e por isto difícil de ser aberta, era deliciosamente doce e refrescante, e uma outra alongada e amarela, denominada *pa'kowa*, nascida em grandes cachos, cuja polpa é comestível, mostrava-se também bastante saborosa e nutritiva.

Passamos assim o resto do dia, construindo novamente com galhos e pequenos troncos uma nova paliçada que nos abrigasse durante a noite que já se aproximava, usando como cobertura as folhas longas e largas da planta da *pa'kowa*.

O dia seguinte, além do sol, trouxe novamente a angústia das dúvidas do que fazer, para onde ir. Do alto da falésia era possível avistar, bem distante, a grande cruz deixada por dom Cabral destinada a servir de guia para futuros navegantes. Não estávamos, portanto, tão afastados do ponto inicial de nossa fuga como a caminhada de três dias e duas noites pela mata fazia supor.

Como a aldeia não estava distante, seria fácil reencontrar a trilha que levava até ela e poderíamos alcançá-la para reaver nossas machadinhas. Ficaríamos, no entanto, ao alcance dos índios inimigos que certamente não nos poupariam, caso ainda estivessem por lá. Além disso, se não tivessem sido rechaçados pelos nossos amigos, o que era duvidoso diante da surpresa do ataque e do número dos agressores, provavelmente já teriam se apossado das machadinhas e todos os outros utensílios poupados do fogo e de sua sanha destruidora, pois ataques como aqueles tinham também a pilhagem entre seus objetivos.

Na falta de disposição de correr o risco de ir até a aldeia, nenhum de nós foi capaz de enunciar outra proposta aceitável, senão continuar ali até que algo novo e favorável acontecesse. Tratamos então de reforçar a paliçada já iniciada e ampliar a cabana, esta feita à moda dos índios, ainda que menor, onde ficaríamos mais bem abrigados do sol, da chuva e do sereno da noite.

O que poderia acontecer de favorável para nós então? Qual seria nosso futuro próximo? As naus que nos abandonaram ressurgiriam no horizonte para nos resgatar, com a marujada dando vivas? Dom Cabral voltaria arrependido, pedindo-me desculpas pelo excesso da pena imposta e concedendo perdão a Afonso e aos dois desertores? Outros índios amigáveis viriam em nosso socorro, levando-nos para sua aldeia, onde viveríamos felizes? Acabaríamos por encontrar outras tralhas de sobrevivência, como as trazidas por Felipe e Alexandre, ou as deixadas com Afonso pelos companheiros apiedados? Que milagre, enfim, dentre os que as fantasias da mente eram capazes de criar, modificaria para melhor nossa condição tão incerta? A situação só permitia vislumbrar a sobrevivência se conseguíssemos viver com os mesmos meios primitivos que atendiam os índios, fabricando os mesmos utensílios e as mesmas armas, embora nos faltasse até mesmo o saber como fabricá-los.

Já estávamos no quarto dia desde a fuga da aldeia e até então só havíamos nos alimentado de cocos e frutas e nosso organismo começava a clamar por carne. Após infrutíferas tentativas de capturar peixes com as lanças, à moda dos índios, mas sem sua habilidade, resolvemos sair à caça munidos de um *taka'pe* e de uma lança mais grossa fabricada por Felipe, com a ponta arduamente afiada a custo de esfregá-la por horas numa pedra.

Afonso e Alexandre ficaram na paliçada, em vista deste não poder ainda se locomover com agilidade e aquele porque seu ferimento, ainda dolorido, mostrava-se com aspecto cada vez pior, mais purulento, já provocando a febre que caracteriza as infecções das feridas abertas para os miasmas do ar e da terra.

Afastada de pronto por mim a idéia de matar alguns macacos, o que seria relativamente fácil dado o grande número deles pelas árvores e às vezes pelo chão, passamos a procurar por outros animais cujo porte nos permitisse enfrentá-los, porém mansos o suficiente para permitir nossa aproximação, nem um pouco sutil e imperceptível como a dos índios. Passamos assim toda a manhã, após vários insucessos com a péssima pontaria de Felipe tentando fisgar araras e outras aves maiores com sua lança, e com minha pouca habilidade para atingir animais rasteiros com meu *taka'pe*.

Já quase esgotados pelas muitas tentativas frustradas de conseguir um almoço diferente, temerosos de um aprofundamento maior na mata espessa, já estávamos prontos a voltar e enfrentar a desilusão dos nossos companheiros, quando um pequeno porco-do-mato, isolado de seu bando, mostrou a cara peluda entre algumas ramagens. Num ato mais de instinto e reflexo do que de raciocínio lancei sobre ele meu *taka'pe* atingindo a cabeça do pobre animal com força bastante para tonteá-lo, o suficiente para que desta vez finalmente Felipe conseguisse espetar uma caça com a lança, de ponta já rombuda pelos inúmeros insucessos de seus lançamentos.

Voltávamos felizes para nossa paliçada, com o porco-do-mato aos ombros, pensando em como cortá-lo sem facas ou outro instrumento que permitisse tal operação, além de lascas de pedra e paus apontados por esfregação nas pedras, quando percebi assustado que Afonso e Alexandre estavam acompanhados de uma terceira pessoa à entrada da paliçada. O susto inicial, no entanto, foi logo superado pela curiosidade de saber quem seria, pois a postura dos três não denotava animosidade entre eles. Ao nos aproximarmos vi, com surpresa e alegria, que o terceiro homem era ninguém menos que um dos nossos amigos índios, Yawararê.

Correndo as últimas braças que nos separavam da paliçada, logo joguei a caça ao chão e fui abraçar o amigo que surgia ali como que por força de nossas orações por proteção e amparo. Diante da nossa aproximação Yawararê levantou-se, e pude ver que com dificuldade, tornando visíveis feridas e manchas de contusão por todo o corpo, causadas pela luta sangrenta travada com os inimigos de seu povo.

— Yawararê contou-nos — adiantou-se Afonso às questões que eu por certo iria apresentar — que a tribo foi quase toda dizimada. Os que não morreram foram levados como prisioneiros para serem futuramente devorados, se homens, e para servir aos vencedores, se mulheres. Algumas mulheres e crianças, poucas, conseguiram fugir pela mata e devem ainda vagar por aí.

— E ele, Yawararê — perguntei —, como conseguiu escapar? E nossos outros amigos, Kaluana e Uaná?

Yawararê como que entendeu minha pergunta quando pronunciei os nomes dos outros dois e tentou responder, inicialmente apenas com as expressões da sua língua e depois, percebendo minha perplexidade, repetindo as mesmas palavras, fazendo-as agora acompanhadas por mímicas que completavam seu sentido, conforme já fizera com Afonso.

"Foram atacados de surpresa por uma tribo de outra nação, os ferozes *kaiuités*, cruéis e impiedosos, que buscavam conquistar a terra deles, *tup'ñkins*. Nosso bravo amigo Kaluana morrera combatendo, após abater muitos inimigos, e Uaná fora levado como prisioneiro. Ele próprio, Yawararê, lutara com toda a ferocidade, mas um golpe o acertara em cheio, deixando-o desacordado e dado como morto. Ao acordar e ver sua *taba* destruída e ainda fumegante, agora povoada somente pelos mortos e urubus, tratou de esconder-se na floresta e ter a certeza de que os inimigos já haviam se retirado. Estava assim, vagando desde então pela mata e pela praia, em busca de uma de suas mulheres que não estava entre os mortos, quando viu nossa paliçada."

A notícia da morte de Kaluana e do aprisionamento de Uaná entristeceu-me, como se fora algo passado com qualquer dos meus irmãos, pois já começava a tê-los como tal.

— Você está muito ferido — dirigi-me a Yawararê, apontando suas feridas.

Entendendo minha preocupação, o índio tomou de um pequeno bornal de palha que tinha pendurado ao ombro e dele retirou uma grande quantidade de várias folhas, tomando algumas e aplicando sobre suas feridas, como a demonstrar que elas eram curativas. Apontou da mesma forma para a ferida na barriga de Afonso e tomando alguns pedaços da casca de uma árvore que ele disse chamar-se *amapá*, espremeu-os até que um caldo leitoso encharcasse suas mãos, aplicando-o em seguida sobre o arroxeado purulento da barriga de Afonso, não sem que este afastasse o corpo instintivamente temeroso, mas logo consentindo na aplicação do remédio.

— E nossos facões, machadinhas e outros utensílios — voltei a perguntar —, será que ainda podemos reavê-los?

O índio levantou os ombros, e sua expressão era de dúvida quanto às possibilidades de encontrar alguma coisa nos escombros queimados das *ocas*.

— Podemos ir até lá para tentar encontrá-las?

Nosso amigo índio não deu mostras de entender ou se interessar pela pergunta, lançando olhos gulosos sobre o suculento porco-do-mato que ali esperava para ser destrinchado e assado. Sensação que me pareceu ser a mesma de todos os outros, pois

Alexandre, mesmo manquitolando, logo tratou de sair em busca de lenha para a fogueira que propiciaria nosso banquete.

Armada uma grelha com a ciência indígena aplicada por Yawararê e acesa a fogueira, desfrutamos de um verdadeiro banquete, bem temperado pelos apetites mal saciados, onde não faltou sequer o luxo de frutas como sobremesa.

A disposição de reaver nossos utensílios, principalmente os facões, machadinhas e se possível a pistola, continuou espicaçando os ânimos, mesmo diante das informações de Yawararê de que não os encontraríamos mais. Ainda assim insistimos com o índio para que nos guiasse até a aldeia, para tentar encontrar algumas de nossas coisas, ou pelo menos conseguir arcos, flechas, lanças e *taka'pes*, além de outros utensílios que pudessem nos ser úteis — e tudo seria útil para ampliar o parco tesouro de dois *taka'pes* e uma lança malfeita, pois as duas que tomáramos na aldeia se quebraram por nossa inabilidade em usá-las.

No princípio o índio relutou em nos guiar, não por medo de reencontrar seus inimigos, mas pelo compreensível receio de rever as cenas tristes de destruição e morte de sua tribo, mais que tudo julgando-se incapaz de não trair sua necessária postura de frio guerreiro e disfarçar a dor que por certo o acometeria diante dos cadáveres de qualquer de suas mulheres e seus filhos.

Lembrando-me do que dissera Kaluana, quando perguntei sobre as peças mortuárias que serviam para enterrar os mortos, para que suas almas alcançassem outra morada, em vez de ficarem vagando pela floresta quando não enterradas, argumentei com Yawararê sobre a necessidade de irmos até a aldeia para atender as necessidades dos mortos, o que pareceu sensibilizá-lo. Resolvemos, no entanto, permanecer no nosso pouso ainda por aquele resto de dia, decidindo iniciar a nova expedição somente no dia seguinte.

CAPÍTULO XIX

PRIMEIRA PERDA

PELA MANHÃ TOMAMOS o caminho da *taba*, caminhando entre a praia e a orla da mata a fim de não nos expormos em demasia, no caso de haver inimigos ainda por ali. O percurso durou quase toda a manhã e o sol já ultrapassava o ponto mais alto no céu quando alcançamos o início da trilha, próximo ao rio.

Ao tomarmos o caminho, já dentro da selva, Yawararê fez sinais para que andássemos o mais silenciosamente possível, o que era fácil para ele, acostumado a caçar animais de ouvidos mais aguçados que os humanos, mas difícil para nós, vividos em ambientes onde o silêncio fora das igrejas não era cultivado sob qualquer pretexto. Além da necessidade do andar cauteloso, nossos passos, como que inconscientemente, eram ainda mais retardados pela expectativa da indesejada visão dos horrores que aguardava nossos olhos.

Vencida a metade do caminho começamos a sentir o mau cheiro que se espalhava pela mata, encobrindo seus frescos odores naturais, prenunciando a aproximação do local, que a cada passo pedíamos a Deus estivesse mais longe. O cheiro nauseabundo crescia à medida que avançávamos, tornando-se cada vez mais insu-

235

portável. Alexandre e logo depois Felipe, não suportando o fedor, tiveram que parar para vomitar, provocando-me também engulhos que levantaram dúvida se valia a pena prosseguir. A utilidade dos utensílios parecia diminuir à medida que aumentavam a náusea e o mal-estar produzidos pelo cheiro da decomposição de mais de uma centena de corpos mortos.

A tentação de dar meia-volta, abdicando da pistola, dos facões e machadinhas que eram importantes como meios de sobrevivência, mas que nos distanciaria daquele cemitério aberto de horrores, confrontava-se com um dilema: Yawararê concordara em nos guiar até a *taba* diante do argumento que havia necessidade de enterrar seus mortos. Abandoná-lo, portanto, neste momento seria um ato de traição, totalmente incondizente com a confiança depositada em nós e com os favores que devíamos a ele e, sobretudo, em pleno desacordo com os deveres da caridade cristã, sabedores que éramos da existência de cadáveres humanos insepultos.

Yawararê parou em certo momento junto a uma planta não muito alta, de folhas longas e largas como uma mão aberta, e tomando uma delas cobriu seu nariz, indicando-nos fazer o mesmo para aliviar o mau cheiro, tornando-o quase suportável, pois a folha desprendia um cheiro agradável e forte o bastante para atenuar outro.

Ao atingirmos a clareira, onde antes existia uma comunidade feliz e harmoniosa, vimos os escombros e cinzas das *ocas* queimadas, corpos de homens, mulheres e crianças espalhados por todos os lados, de *tup'ñquins* e *kaiuités*, estes perfeitamente reconhecíveis pela pele mais queimada e pelas pinturas de guerra que davam ao corpo a aparência da ferocidade que lhes ia na alma.

O cheiro das carnes apodrecidas, agora mal atenuado pelas folhas que trazíamos junto ao nariz, misturava-se ao cheiro acre de corpos queimados no meio das madeiras e palhas das *ocas* consumidas pelas chamas. A aldeia estava completamente destruída, dela nada mais restando senão o regalo do grande número de urubus que por ali ainda se empanturravam ensombreados por muitos outros que esvoejavam já saciados ou aguardando sua outra vez.

Naqueles escombros e restos, entre cadáveres nauseantes até ao olhar, só por milagre encontraríamos nossas coisas, caso ainda estivessem por ali, pois não era mais possível distinguir qual era a *oca* que nos abrigara, todas igualadas nos restos carbonizados. Até mesmo o reconhecimento dos corpos das mulheres e dos filhos perdidos por Yawararê e o do nosso amigo Kaluana, para dar-lhes a desejada sepultura, se tornara impossível, em vista do tempo que estiveram à mercê da rapina dos urubus. Conceder enterro cristão a todos, mesmo que só aos *tup'ñquins*, era também impossível. O grande número de mortos tornava a missão impossível de ser cumprida por apenas cinco pares de mãos.

Nossa viagem tinha sido em vão. Não conseguimos os objetos que buscávamos nem encontramos os mortos que esperávamos enterrar. Yawararê ainda tentou, numa breve busca, identificar alguém da sua família, logo, no entanto, desistindo diante da dificuldade de identificação e do cheiro que a folha aromática já não era capaz de neutralizar.

Nada mais havia a fazer ali, senão dar meia-volta e fugir o mais rápido possível daquele ambiente macabro. Não tínhamos outro caminho além de buscar distância daquele teatro de morte e podridão, onde os atores eram os urubus, insetos e outros comedores de carniça e que para nós, aterrorizados espectadores, não apresentava outro interesse que não a saída e a distância.

Yawararê ao meio do caminho nos fez compreender, por gestos mesclados com expressões e palavras de tristeza, que iria tentar a busca das gentes do seu povo que tivessem escapado da fúria dos *kaiuités* e ainda vagassem por ali procurando reagrupar-se. Tentaria encontrá-los, talvez abrigados por outra tribo de *tup'ñquins* que viviam mais além, numa direção apontada por ele correspondente ao sul e que bem poderia ser a tribo com que a frota fizera o primeiro contato. Homens, guerreiros como ele, era pouco provável, pois os que não tombaram lutando teriam sido aprisionados, mas mulheres e *curumins* era certo que encontraria muitos. Quem sabe voltariam a se agrupar para construir outra *taba*?

A despedida foi quase chorosa da nossa parte, porém desprovida de qualquer emoção aparente do índio, raça pouco afeita a demonstrar os sentimentos da alma, diante dos permanentes desafios do corpo que a contém. A perda da companhia desse amigo foi ainda mais lamentosa pelo grande auxílio que nos proporcionava o domínio que ele tinha dos muitos segredos que a floresta guarda, garantindo a sobrevivência dos que os conhecem.

Com o desânimo marcado pelo mutismo de cada um e pela hora que já prenunciava a escuridão, decidimos buscar algum abrigo para passar a noite e no dia seguinte voltar para nossa improvisada paliçada, distante quase meio dia de caminhada.

No outro dia, ao chegarmos ao nosso refúgio, ainda sob o impacto dos tantos inesperados acontecimentos desde apenas poucos dias, quedamo-nos, atônitos o bastante para não conseguir pensar no que fazer daí em diante. Continuar na praia indefinidamente, ou procurar algum outro sítio onde nos pudéssemos fixar? Neste caso, que rumo tomar, para que lado ir, norte ou sul, descartada em definitivo a hipótese do oeste, adentrando a terra? Que armas e utensílios poderíamos fabricar, dispondo apenas de dois *taka'pes* e oito mãos?

O entardecer colheu-me na beira da praia, os pés afundados na areia molhada que recebia os lânguidos estertores das pequenas ondas. Olhava o horizonte embaçado do grande oceano, levando para além dele o que os olhos não podiam ver, mas que os pensamentos podiam trazer em vôos instantâneos. Do outro lado estava a terra que eu espontaneamente abandonara, recusando a promessa da garantia enfadonha do pão cotidiano e da segurança do abrigo, pela aventurosa esperança produzida nos sonhos juvenis da busca das falsas riquezas e da ilusória felicidade que elas prometem trazer. Agora, abandonado numa terra estranha, trazido até ela por força do encadeamento de ocasiões que nem sempre resultaram de meus atos e vontades.

Como são distintas as percepções e diferentes as possibilidades de resolução de problemas passados, quando avaliados com a maturidade acrescentada pelo tempo que os sucedeu. Um homem não é apenas o resultado dos erros e acertos de suas decisões, é também o fruto das muitas circunstâncias que o acaso vai lhe jogando pelo caminho e que o vão empurrando para direções nem sempre ditadas por sua capacidade de bem tirar delas os proveitos que possam conter.

Todas essas elucubrações as faço agora, do alto de todos os meus anos já vividos e de todo o tempo que me foi dado meditar sobre as vidas de um homem: a que foi sonhada, as que teriam sido possíveis e a que se tornou real. Naquele momento, os pés molhados nas águas mornas do entardecer, na pequena praia que era então todo meu mundo, eu me ocupava apenas em lamentar os infortúnios que me levaram até ali e imaginar o que me aguardava no futuro.

No dia seguinte, restabelecidos os ânimos abatidos, decidimos que por ora nada havia a fazer senão buscar ampliar e melhorar nosso abrigo, tornando-o mais seguro e confortável. Tratamos de pôr mãos à obra com os dois *taka'pes* e improvisando machadinhas com lascas de pedras existentes no local.

Uma ferramenta, mesmo rudimentar, é sempre capaz de possibilitar a confecção de outra um pouco melhor, pois elas não são mais que ampliação dos movimentos dos dedos e das mãos, e afinal são estas que de fato fazem as coisas. Desta forma conseguimos, ao cabo de um par de dias, ampliar nossa "fortaleza", construindo uma paliçada de altura que ultrapassava à de um homem, montando no interior uma pequena cabana à moda dos índios, isto é, uma armação leve de galhos e troncos finos, porém resistentes, amarrados com as fibras trançadas obtidas da casca de uma árvore que os índios chamam de *embiruçu*, revestindo as paredes e cobrindo o teto com folhas de palmeiras e de *pakowas*.

A comida não chegava a constituir problema maior, em vista da fartura de frutas e das raízes comestíveis, como a *manioca* e uma espécie de inhame, cujo trato aprendemos com os índios. Também participavam com freqüência do nosso cardápio a carne de pequenos animais, como veados, porcos-do-mato e um estranho animal, de porte igual a um porco médio, de pêlos curtos e cara muito semelhante à de um rato, além de peixes e siris.

Nosso temor inicial de um possível retorno dos *kaiuités* não se confirmou e aos poucos fomos abrandando nossas cautelas quanto a possíveis investidas daqueles selvagens. O mais provável é que tivessem voltado para o norte, satisfeitos com a destruição provocada e com os prisioneiros conseguidos. Não negligenciamos, porém, quanto às feras, principalmente as grandes panteras pintadas, como a que fora vista por Afonso, cujos miados e urros ouvíamos com freqüência de dentro das noites da mata.

A ferida de Afonso, após algumas noites e dias preocupantes, em vista de uma febre que o levou várias vezes ao delírio, acabou por cicatrizar, graças ao tratamento com as cascas de *amapá,* a árvore indicada por Yawararê, de resto o único tratamento ao nosso alcance, sem o qual possivelmente viesse a morrer. Ao fim de um tempo, que pelas observações da lua calculei em quatro meses, desde nosso abandono, estávamos todos sadios, razoavelmente bem instalados e seguros.

Durante todo este tempo a vida transcorreu calma e tranqüila, com alimento fácil, sem ataques de índios ou feras, os dias cada vez mais quentes e modorrentos acompanhados por noites sempre agradáveis e convidativas à contemplação. Podíamos quase nos considerar felizes, não fora o sentimento de solidão que sempre cobrava a presença de outros seres humanos, sobretudo mulheres, além dos três que completavam o mundo de cada um.

A nenhum de nós, no entanto, ocorria a idéia de aceitar a permanência em definitivo naquele lugar, continuando todos a alimentar a esperança, que recusávamos dar como perdida, de virmos a ser resgatados por naus não portuguesas, embarcados e levados para terras civilizadas, onde poderíamos reiniciar nossas vidas. A chegada ou passagem de navios de outra bandeira que não a portuguesa por aquela costa era pouco provável, pois os segredos da sua existência e rota para alcançá-la mostraram ser guardados com cuidados tais que exigiam a morte ou o degredo de quem os conhecesse, como foi meu caso.

De tal sorte, as maiores possibilidades eram de que somente naus portuguesas por ali se aventurassem, e a hipótese remota de virmos a ser resgatados sob perdão pelos navios de Dom Cabral era pouco plausível. Por outro lado, o fato de a esquadra haver chegado naquele ponto da costa não significava ser ele particularmente conhecido, pois el-rei, informado da existência de terras a Ocidente, ordenara encontrá-las, pouco importando em qual local preciso. Logo, o retorno da frota, caso tivesse ainda a missão de voltar à nova terra, poderia se dar em qualquer outra parte, o que seria até

241

mais provável diante da necessidade de exploração de um litoral que tudo levava a crer marcava os limites de uma ilha muito grande, mais provavelmente um continente.

A grande cruz afixada na outra extremidade da praia havia sido ali assentada por ser aquele um local visível do alto-mar, chamando atenção de qualquer nau que navegasse por aquelas águas, mesmo perdida ou desgarrada. Desta forma, a opção de permanecer naquele ponto do litoral, ou buscar outro, nos colocava diante do dilema, que consistia em apostar em que ponto da costa chegaria mais rapidamente a salvação.

Os náufragos não podem nunca deixar de contar com a sorte madrasta de estar dormindo, distraídos ou afastados da costa no instante que por ali passa o navio que pode resgatá-los. A angústia de fazer a aposta certa se transformava à noite nos pesadelos que vinham me assaltando com freqüência: figuras de faces angelicais e atraentes chamando com vozes ternas e cantantes que se transformavam em assustadores demônios com bocas fumegantes à medida que eu me aproximava de qualquer uma delas.

Ficamos, assim, indecisos diante do medo de fazer a escolha errada, permanecendo no mesmo lugar, vendo chegarem a estação das chuvas e o calor mais intenso, o que não causava estranheza, pois devíamos estar pelos meados do mês de novembro, quando o frio outonal, na outra metade do globo, já se preparava para ceder lugar ao seu irmão mais sisudo, o inverno.

A obtenção de alimentos da terra ou da caça ia se mostrando crescentemente difícil, pois éramos levados a buscá-los em pontos cada vez mais distantes da "fortaleza", para não ficarmos restritos a uma dieta de alimentos do mar, o que muitas vezes nos obrigava a perigosas penetrações pelo interior da mata.

Afonso propôs que fôssemos sempre nos deslocando em direção ao sul, sem abandonar o litoral, parando em cada uma das outras praias que se sucediam àquela em que estávamos, tal como os nômades que se deslocam para onde está o alimento. A idéia não me pareceu boa e contra-argumentei:

— Estamos próximos do melhor ancoradouro que Dom Cabral encontrou desde mais de dez léguas vindo do sul, sendo, pois, aqui um local propício à chegada de qualquer outra nau.

— Continuo pensando — insistiu Alexandre — que devemos ir para o sul, no mesmo sítio onde a frota chegou e aportou pela primeira vez, próximo daquele monte que Dom Cabral denominou de Pascoal. Os índios dali também são *tup'ñquins* e, portanto, pacíficos. Nosso amigo Yawararê foi para lá.

— Teremos que andar mais de dez léguas — continuei refutando a argumentação — e isto nos manterá afastados por muitos dias desses dois únicos pontos de abordagem da costa nesta extensão, além de nos deixar ao desabrigo, pois não é possível que façamos paliçadas e cabanas a cada dois ou três dias.

— Este é um pequeno risco que podemos perfeitamente correr — continuou Afonso —, pois tenho sérias dúvidas de que esses mares possam ser alcançados por quem quer que seja. Apesar de tudo, acho que a esquadra chegou a estas terras por acaso.

— Já não demonstrei — retruquei impaciente — que as cartas, mapas e portulanos que vi na cabine do almirante indicam que por cá já passaram outros navegantes? Como, então, afirmar que outros não passarão?

— Havia um marinheiro na *São Pedro* — retrucou Alexandre — que dizia já ter sido embarcado numa nau espanhola que navegou por estas águas, mais ao norte, porém abaixo da linha que divide o norte do sul.

Felipe resolveu enfrentar a gagueira e entrar na discussão:

— Ne...nesse ca...caso, podemos também tentar seguir para o norte... o...onde...

— Ô gaguinho — interrompeu-o Alexandre, impaciente —, não digas asneiras. Para o sul sabemos o que encontrar. Ou estás disposto a dar de cara com os *kaiuités,* que Yawararê disse serem aquela região?

As idéias de tomarmos esta ou aquela direção iam ganhando corpo, cada vez mais impulsionadas pelo desejo de vencer a solidão, que contraditoriamente atacava os quatro. Por fim, conseguimos reduzir nossa indecisão apenas quanto ao rumo, eis que eu próprio ia sendo aos poucos convencido da necessidade da locomoção. Havendo por fim a concordância de todos, resolvemos partir para o sul no dia seguinte, tratando logo de começar os preparativos para a viagem.

No outro dia, quando o sol ainda espreguiçava no horizonte leste, tocando a mim e a Felipe a vez de ir à caça e à coleta, tomamos de um dos arcos e das flechas fabricadas pelo gago com o esmero de um nativo e saímos à cata de frutas e caça que garantissem nossa alimentação por pelo menos dois dias.

Por estranhos desígnios dos céus — ou do inferno, o que é mais provável — resolvemos nos separar, contrariando todas as regras de cautela que vínhamos adotando até ali. Esperando ganhar tempo, resolvemos que eu trataria de caçar, e para tanto deveria penetrar um pouco mais dentro da mata, enquanto Felipe trataria de colher inhames, *manioca* e frutas, possíveis de serem obtidas sem necessidade de avançar além da orla da floresta. Após um par de horas, com a sorte de haver abatido um pequeno daqueles animais com cara de rato, voltei à paliçada, imaginando que Felipe já houvesse retornado, pois sua tarefa poderia ter sido cumprida em menos tempo.

Antes de sairmos deliberamos que seria prudente deixar a "fortaleza" de pé e intacta, para eventual necessidade de termos que voltar. Mas para isto deveríamos reforçar alguns de seus pontos, principalmente os paus que lhe serviam de porta, a fim de evitar que feras ou outros animais viessem a adotá-la como moradia. Este trabalho ficou a cargo de Afonso e Alexandre e não os ocupou mais que o tempo que levei para completar minha tarefa e retornar.

O atraso de Felipe só começou a nos preocupar quando o sol atingiu o apogeu, meio encoberto por grossas nuvens que prenunciavam chuva. O trabalho do gago poderia ter sido cumprido sem necessidade de entrar na mata. Porém, como ele não estava à vista, nem seria cabível que tivesse se perdido na área descampada, só cabia supor que ele se perdera no interior da floresta. Decidimos, eu e Afonso, sair à procura do nosso amigo, deixando Alexandre aguardando no local para o caso de ele retornar e, não encontrando ninguém, julgar que já havíamos partido.

Afonso muniu-se de outro arco e de flechas, enquanto eu empunhei um *taka'pe* e tomamos a direção que julgávamos Felipe devia ter tomado. Para ampliar a área de busca, propus que entrássemos na mata procurando descobrir pelo mato pisado e galhos quebrados o caminho porventura percorrido por ele. Avançamos em distância além mesmo do que recomendava a prudência e retornamos à praia, voltando a entrar na floresta alguns passos adiante, sempre chamando por seu nome, de forma que fosse audível por ele, caso estivesse nos arredores, mas não tão alto que alertasse índios hostis que por ali estivessem.

Felipe ter sido morto por feras ou pelos *kaiuité* eram as hipóteses que atormentavam minha alma, ao lado da outra, que eu rezava para ser a real: ele haver se perdido, pois aí sempre haveria a chance de reencontrar a praia. A hipótese de nosso amigo ter sido vítima do ataque de alguma fera não estava afastada, embora a forma como fazíamos a busca permitisse encontrá-lo morto, ou ouvir seus gemidos, caso ferido, mas ainda capaz de atender nossos chamados.

Se morto ou aprisionado por índios hostis, então nós corríamos o grande risco de também sermos pegos numa emboscada, o que nos obrigava a desdobrar os sentidos entre os sinais da presença do amigo e a cautela ante os mesmos perigos que poderiam tê-lo vitimado. O pavor da perda de um membro do grupo, entretanto, superava todos os outros temores e continuamos a busca ainda por todo o resto do dia, vasculhando área muito maior do que julgávamos que Felipe poderia ter alcançado.

Ao fim da tarde interrompemos as buscas e retornamos à "fortaleza", onde passamos a noite na vigília da angústia de sentir que a morte podia estar mais próxima de nós do que vínhamos supondo. Sempre, no entanto, com a esperança de que a qualquer momento o gago surgisse clamando para que lhe abrissem a porta da paliçada.

Resolvemos na manhã seguinte ampliar as buscas, adotando o mesmo método anterior, mas agora com o reforço da presença de Alexandre, procurando encontrar pelo menos pistas sobre o desaparecimento do companheiro. Repetimos durante toda a manhã os mesmos caminhos trilhados na véspera e percorremos à tarde uma área que quase duplicava a anterior, sem qualquer sucesso.

Felipe fora levado prisioneiro por índios, que estranhamente não se preocuparam em também nos levar para ampliar as ofertas alimentares de suas mesas; fora devorado por feras que dele não deixaram qualquer resto, sequer os ossos; perdera-se por caminhos muito além de toda a extensão que exploramos, apesar de sua já relativa experiência com os segredos da floresta; simplesmente evaporara no ar quente e úmido da mata; fora quiçá resgatado por algum anjo apiedado de sua triste sina; ou carregado pelos muitos espíritos que os índios diziam habitar a selva. Todos os pensamentos, advindos da razão ou da fantasia, permearam nossas cabeças, diante dos temores e incertezas que o desaparecimento de Felipe trazia, prenunciando o que poderia vir a acontecer com todos nós.

Alexandre e Afonso queriam desistir das buscas, afirmando que elas continuariam infrutíferas e nós estaríamos nos expondo demais ao perigo de feras ou índios inimigos, enquanto eu insistia que não podíamos abandonar o amigo, mesmo diante das possibilidades cada vez mais remotas de encontrá-lo com vida. Muito a contragosto acabei por aceitar a argumentação dos dois, exigindo em troca que ficássemos ali ainda por mais um dia, dando-lhe uma última chance.

— Caso Felipe ainda esteja vivo — ponderou Alexandre —, vindo aqui saberá que fomos para o sul e irá ao nosso encontro.

— E se estiver ferido e não puder nos seguir? — tentei convencer os dois pela compaixão —, vamos deixá-lo morrer à míngua de todo amparo?

Após longo silêncio, indicando que minha dúvida lhe calara na alma, Afonso interveio:

— Está bem! Mas depois de amanhã cedo partiremos. Não concordo em ficarmos aqui como cordeiros, aguardando o mesmo destino do pobre gago.

Alcançado o acordo, só nos restava quedar ali, esperando a cada vez mais remota volta de Felipe, ocupando o dia seguinte com os preparativos da viagem, ajuntando nossas toscas ferramentas e armas e desta vez provisionando apenas frutas, *manioca* e inhames, uma vez já devorado o "ratão" — como Alexandre denominara o animal que cacei —, pois queríamos fugir do risco da busca de outras caças na mata, o que poderia vir a significar o mesmo destino do nosso perdido amigo.

Cumprimos, assim, mais aquele dia de frustração e tristeza e à noite já dávamos nosso companheiro como definitivamente per dido. Alexandre conseguiu sobrepor sua emoção ao ceticismo e chamou-nos a uma oração pelo descanso da alma de nosso amigo, ao fim da qual decidimos montar e deixar na paliçada uma cruz que marcasse nossa homenagem àquele que o infortúnio comum tornara como um irmão, querido como se com ele houvéssemos partilhado toda uma vida. Com muita dificuldade consegui marcar na cruz, com uma lasca de pedra, o nome dele e o ano que julguei já devíamos estar: 1501.

Antes do sono entrecortado pela angústia da dúvida quanto à decisão tomada, pensei em toda a trajetória que cumpri ao lado de Felipe, desde nosso primeiro e cômico encontro naquele grupo de miseráveis retirados das masmorras de pedra para a prisão de madeiras das frágeis caravelas, passando pelos tormentos divididos em um naufrágio e o retorno a Lisboa para novo embarque. O coincidente reencontro, em circunstância advinda de diferentes origens, mas que trouxera alegria a nós dois. O sentimento fraternal que nos ligava pelas vicissitudes compartilhadas era maior do que seria se apenas por laços familiares.

Em todos os percalços e perigos que vivemos juntos seu caráter sempre se mostrara forte e leal, com a nobreza que seu nome parecia denotar existir no sangue. Sua personalidade frágil e tímida, resultante mais de sua gagueira do que de seu físico, levava cada um de nós a tratá-lo com superioridade, porém, não a do mais forte, mas a que vem do sentimento do irmão mais velho para com o menor.

Triste a sina de Felipe, se pensada sob a avaliação emocional daqueles primeiros e sofridos momentos, que apesar de tudo permitiam manter viva a esperança do resgate. Feliz a sina de Felipe, quando vista sob o razoável entendimento de ter sido ele apenas o primeiro a cumprir o destino ao qual estávamos condenados, tendo ainda, cada um, de chorar a perda daqueles que o precedessem.

CAPÍTULO XX

OUTRO RECOMEÇO

INICIAMOS NOSSA CAMINHADA logo ao amanhecer, transpondo algumas pedras que limitavam a praia que havia sido nossa casa por cerca de quatro meses, não sem nos voltarmos a cada instante, movidos pela chama da dúvida quanto à decisão tomada, e mais que tudo, pela efêmera esperança de ver nosso companheiro desaparecido surgir às nossas costas gritando para que o esperássemos.

Não muito distante do ponto de partida alcançamos um rio muito largo, que na baixa da maré apresentava bancos de areia e apenas um canal mais profundo no meio, exigindo que sua travessia fosse a nado ou com um barco. Não foi difícil encontrar nas margens troncos caídos que nos permitiram improvisar uma rústica jangada e logo estávamos na outra margem.

A partir dali as falésias se aproximavam mais das praias e a floresta se tornava menos cerrada, levando suas grandes árvores mais para o interior, cedendo lugar para os coqueiros e árvores menores que se apresentavam à frente. Vez ou outra a selva retornava por extensões não muito grandes, como se nostálgica do mar que abandonara.

Novas paisagens se desenhavam pelas praias extensas cujas areias avançavam, ora mais ora menos, conforme lhes permitiam a barragem das falésias. Os cenários se exibiam aos olhos quase uniformes entre os dois pontos de abordagem da frota, formando, no entanto, panorama bastante distinto daquele que podia ser visto do mar, ainda que fosse impossível precisar qual o mais belo.

Nossa boa disposição física e a leve carga de suprimentos que levávamos permitiam avançar num ritmo bastante satisfatório. Ao fim do primeiro dia, quando só fizemos uma breve pausa para alimentação e um curto repouso, já tínhamos caminhado, em grosseira avaliação, mais que três léguas, o que nos permitiria, mantido o mesmo ritmo, em mais dois dias alcançar a praia pela primeira vez pisada pelos homens da frota portuguesa. Ali pretendíamos estabelecer novo contato com os *tup'ñquins*, que esperávamos fossem aparentados com a tribo dos nossos amigos. Neste caso, seria mais fácil convencê-los a nos aceitarem com a intenção de viver entre eles, usufruindo da segurança e dos demais benefícios da vida em um grupo maior.

Nada, entretanto, indicava que aquele pouso seria definitivo, pois circunstâncias, como as guerras entre as tribos, poderiam nos levar a outra movimentação. Tudo parecia indicar que estávamos destinados a perambular por aquela terra até o fim de nossos dias, que eu a cada momento e a cada lembrança de Felipe era levado a pensar que não seriam muitos.

A primeira noite passamos nas areias de uma pequena praia, sob uma tosca coberta improvisada com galhos e folhas de palmeiras. Nossas provisões ainda atenderiam nossa fome por mais um ou dois dias, o que, aliás, não se constituiria como problema diante da mesma fartura de cocos, frutas e eventualmente bons locais de pesca, que íamos encontrando pelo caminho, ainda que vez ou outra tivéssemos que buscar na orla mais afastada da floresta, as muitas árvores de frutas que por lá vicejavam.

Somente pelo entardecer do quarto dia — a fadiga do caminhar constante diminuíra nosso ritmo — avistamos bem ao longe, no horizonte sudoeste, a forma arredondada e azulada do que parecia ser aquele monte que Dom Cabral denominara Pascoal. Andamos dali cerca de mais meia légua, até alcançar a foz de um rio que chegava ao mar em frente a uma longa barreira de arrecifes que se estendia para o norte, o que nos obrigava a permanecer naquela margem até que conseguíssemos construir uma jangada que permitisse cruzá-lo, o que só foi possível no entardecer do dia seguinte.

Já do outro lado, encontramos um local bastante propício ao estabelecimento de uma nova "fortaleza", ainda no início da praia que se estendia pelo horizonte sul emoldurando elevações mais ou menos escarpadas, falésias avermelhadas, revestidas no topo pela mesma densa vegetação rasteira, mesclada de arbustos, plantas de flores, coqueiros e palmeiras, que repetiam as paisagens que eram uma constante naquela costa. A floresta ali também se estendia até o fim do horizonte visível para o interior.

O lugar escolhido, mais afastado das águas do mar, formava uma reentrância nas rochas, protegido nas laterais e na retaguarda pelas paredes de uma escarpa não muito alta e bastante íngreme apenas naquele ponto. Pareceu-nos o sítio mais adequado para instalação de nossa nova morada, pela necessidade de cercá-lo somente pela frente e principalmente pela proximidade de um regato que descia da escarpa em formosa e delicada cachoeira.

O sol do dia seguinte já nos encontrou na faina da procura e corte de troncos e galhos adequados à construção da nova paliçada e da cabana que seria nosso lar pelos próximos tempos. Tratamos desta vez de fazer o cercado ainda mais alto e reforçado que o anterior, pois se antes temíamos mais as feras que os *kaiuités*, que já teriam voltado para suas terras ao norte, nossas esperanças de encontrar ali índios amistosos podia não se confirmar. Apesar de serem os mesmos com quem foram mantidos breves contatos no primeiro desembarque da frota, sua animosidade poderia perfeitamente ter sido ocultada pela surpresa diante da presença dos grandes navios e da gente estranha que deles saiu.

O objetivo de sermos resgatados do paraíso selvagem que era agora nossa pátria só podia ser superado pelo esforço de permanecermos vivos. Parcialmente atendido o requisito da defesa, pois a paliçada atual era bem mais segura que a anterior, cuidamos de montar no alto da escarpa às nossas costas, usando paus e pedras, uma torre onde a visão do horizonte se ampliava mais do que do alto de uma gávea, capaz de permitir a montagem no seu topo de uma fogueira que sinalizasse nossa presença a naus que passassem ao largo da costa. Decidimos também que nos revezaríamos em vigia, perscrutando o mar na esperança sempre viva de avistar uma vela salvadora, enquanto os outros dois cuidariam dos trabalhos rotineiros de abastecimento e manutenção do abrigo.

Menos de uma semana depois de completada a construção da nova "fortaleza" e da torre de vigia, já estávamos bem instalados e dispostos a nos entregar à rotina de colher, caçar, pescar, vigiar e dormir, onde o vigiar assumia importância maior do que qualquer outra atividade.

Embora não tivéssemos visto nenhum selvagem até ali, voltei a ser perseguido pela mesma sensação de estar sendo observado por olhos invisíveis, já experimentada antes. Apesar de afastados da floresta mais densa, as palmeiras, coqueiros e outras árvores não eram ali tão raras e distantes umas das outras que impossibilitassem um homem de ocultar-se entre elas, principalmente tratando-se de gente que se esgueirava dissimuladamente até mesmo em campo aberto. Ironicamente era na torre de vigia que a sensação de estar sendo vigiado era mais sentida.

Certo dia, quando o calor úmido da tarde convidava insistentemente a uma modorra, e enquanto corria o turno de Alexandre, vimos este descer a escarpa em desabalada carreira, aos gritos:

— Índios, índios! Surgiram de repente, a cerca de duzentos passos da torre, ficaram de lá me olhando e agora parecem estar vindo em nossa direção.

— Calma! — disse-lhe eu. — Se estavam apenas observando e vêm sem parecer agressivos, é bom sinal. Quantos eram?

— Não sei bem. Uma dúzia, talvez mais. Não cheguei a contá-los, pois logo corri para cá.

— Vamos com calma. Já sabemos como lidar com eles. Não podemos demonstrar medo. Vamos todos voltar para a torre e esperá-los, para que não pensem que você fugiu.

Assim dito, subimos em direção à torre, não descuidando, porém, de levar nossos *taka'pes*, arcos e flechas, mas portando-os de forma a não parecer hostis, mas para demonstrar que não estávamos desprovidos de armas de defesa.

Alcançado o topo vimos que os índios já estavam bem próximos e continuavam vindo lentamente, sem aparentar qualquer outra intenção senão a de nos observar mais de perto. O grupo era formado de uns quinze selvagens, dentre eles duas mulheres e um *curumim*. Os homens exibiam cocares e pinturas pelo corpo, pouco diferentes das usadas pelos nossos antigos amigos *tup'ñquins*, munidos de arcos e flechas ou lança, também igualmente ornamentados, dando a tranqüilidade de ver que tratava-se também de *tup'ñquins*, ou outra tribo aparentada destes e não dos temíveis *kaiuités*, o que trouxe certo alívio.

Eram de fato da mesma tribo que recebera a esquadra quando ali estivera, o que não significava segurança total quanto à boa intenção deles, mas permitia vislumbrar a possibilidade de diálogo, sobretudo porque agora já conhecíamos algumas palavras e formas de comunicação que nos permitiriam entabular uma conversa mais fluida, esclarecendo nossa situação, nosso desejo de uma relação amistosa e nossos propósitos de permanecer ali apenas enquanto não fôssemos resgatados.

À medida que os índios se aproximavam lembrei-me da atitude do capitão Nicolau Coelho, quando do primeiro encontro com aqueles mesmos selvagens, abaixando suas armas e indicando aos índios fazerem o mesmo, numa clara demonstração de intenções pacíficas. O gesto de fato deu resultado, pois logo que depositamos nossos arcos e *taka'pes* no chão, ao mesmo tempo em que, falando algumas palavras na língua deles, dei a entender nossos propósitos pacíficos, um ar de descontração tomou conta de todos.

Um deles, fazendo lembrar Kaluana, pelo porte e liderança que parecia ter sobre o grupo, adiantou-se e apontou para nós três, perguntando como tínhamos voltado sem os grandes navios que ali haviam chegado muitas luas atrás.

Ao observar os *taka'pes* que depositamos no chão um dos índios apontou-os murmurando algumas palavras das quais pude ouvir claramente o termo *"tup'ñquim"*, provavelmente indicando aos outros que pela ornamentação tratava-se de arma daquela tribo. Temendo que eles pudessem interpretar que havíamos obtido os *taka'pes* matando seus proprietários, apressei-me a explicar que vivemos muito tempo com aquela tribo, bem ao norte, até a *taba* ser assaltada por *kaiuités*, e todos terem sido mortos ou aprisionados, e que havíamos escapado fugindo pelas matas, chegando até ali, onde pretendíamos esperar a volta dos grandes navios que viriam nos resgatar. Esta última parte era uma justificada mentira que afirmei, sem deixar transparecer tratar-se de mera esperança, para fazê-los crer que qualquer mal que nos fosse feito poderia ser vingado mais tarde por outros companheiros.

Afonso interveio lembrando-me que Yawararê, quando nos deixou, disse que iria em busca de outra tribo de *tup'ñquins,* que, talvez, fossem aqueles. Perguntei-lhes por nosso amigo índio, mas eles responderam nada saber, pois desde a chegada dos portugueses ninguém, *avá* ou *cari*, havia passado por aquela região.

O índio que primeiro nos argüiu, após a breve resposta, mostrando que eles estavam desinteressados de qualquer outro assunto, perguntou por presentes, se também tínhamos facas, contas, espelhos e todas aquelas bugigangas, como as apresentadas pelos homens do capitão Nicolau Coelho quando do primeiro contato dos portugueses com eles.

Respondi-lhe que as coisas que poderíamos presentear a eles tinham sido levadas pelos *kaiuités.* Ouvimos em resposta uma série de impropérios — deduzi que os fossem, pois ainda não tinha da língua indígena tão grande conhecimento —, denotando o quanto os *kaiuités* eram odiados pela outra nação e temidos como inimigo.

Uma das índias, de grande beleza, marcada por longos cabelos negros e grandes olhos da mesma cor, de aparência muito jovem, aproximou-se de Alexandre e sem qualquer constrangimento passou a tocar-lhe a barba, ainda rala, mas bastante crescida, estranhando aqueles pêlos negros e crespos crescidos no rosto de um homem, pois os índios além de quase imberbes nunca deixavam desenvolver qualquer resquício de barba. A outra índia e o *curumim* olhavam e tocavam com mais curiosidade nossas roupas, ou o que restava delas, ensebadas e rotas que estavam após todo o

255

tempo submetidas ao sol, à chuva, às quedas, farpas e galharada das matas.

O diálogo iniciado de forma amistosa e os gestos de curiosidade das índias e do *curumim* pareciam transparecer que não devíamos temer aqueles selvagens, acenando com a possibilidade de virmos a ter na sua *taba* o mesmo acolhimento que tivéramos dos outros *tup'ñquins*.

Quando dei a entender, no entanto, que gostaríamos de ir até a aldeia deles recebi uma ríspida negativa, acompanhada de outras expressões e gestos indicativos de que nos conformássemos em ficar ali, sem perturbá-los, se também queríamos não ser perturbados. Nossa presença seria tolerada, mas não queriam compartilhar nossa companhia.

Foi um duro golpe na breve chama de esperança que começava a se avivar diante do contato inicial amistoso, que prometia a guarida e o amparo daquela gente. Se os índios não se mostraram dispostos a nos tomar como alimento, também não manifestaram simpatias que nos levassem a não temê-los. Mais que tudo nos fizeram ver que teríamos que agir com toda a cautela necessária a não deixar transparecer qualquer comportamento agressivo, ou mesmo qualquer atitude que viesse a desagradá-los.

A índia que tocara o rosto de Alexandre continuou sua exploração dos atributos físicos do nosso amigo, acariciando-lhe o peito e os braços musculosos, com sorrisos e expressão que denunciavam apetites distintos dos advindos do estômago.

Alexandre, pela exuberância que foi aos poucos se demonstrando sob o que restava de seus calções, pareceu corresponder às simpatias da índia e passou também a afagar-lhe os braços com as costas da mão, sem ousar, no entanto, ir além, diante da sua desastrosa experiência anterior no trato amoroso com índias.

O comportamento insinuante da jovem e a receptividade de Alexandre não passaram despercebidos a um dos índios, que chegando-se ao enlevado enamorado deu-lhe um forte empurrão com o ombro, fazendo-o afastar-se vários passos da jovem, que das admoestações do seu protetor vimos chamar-se Jadinawã.

A atração entre os dois, no entanto, não pareceu arrefecer com o gesto do índio, pois cumprido o objetivo que os trouxera até ali — sondar nossas intenções e advertir-nos sobre os limites da nossa permanência — deram meia-volta e se afastaram, deixando para trás a índia que tinha seus passos retardados pelos constantes volteares de cabeça que a permitiam manter os olhos no seu objeto de desejo. Alexandre, da mesma forma, pareceu bastante afetado pela visão graciosa e o breve contato com a índia, não conseguindo disfarçar seu esforço em conter o ímpeto de correr para a bela jovem.

A índia era, de fato, uma tentadora figura de mulher, sobretudo porque aliava a beleza incomum do rosto de traços exóticos e delicados às linhas harmoniosas do bem esculpido corpo nu, vestido apenas nas costas pela basta cabeleira. Não só Alexandre, mas também eu e Afonso ficamos tocados pela beleza da selvagem, mantidos, no entanto, nos limites da atração física, ao contrário do nosso amigo que fora atingido também no coração. Conclusão fácil de alcançar pela simples observação de sua expressão abobalhada.

Aturdidos pela manifestação pouco amistosa dos índios, que em Alexandre somava-se ao êxtase da súbita paixão, ficamos ainda ali por muitos minutos sem qualquer reação, além de aprofundar os olhares na direção do horizonte, em busca da improvável vela salvadora que subitamente poderia acenar-nos com a esperança destroçada pela áspera receptividade.

Retornamos à paliçada quando a tarde já começava a ceder suas luzes coloridas ao negror da noite, que passamos no eloqüente silêncio de um intenso cansaço, menos causado por qualquer esforço físico do que pela tristeza, desamparo e resignação diante de um destino que se recusava a ser menos cruel.

Voltávamos às mesmas condições em que fôramos deixados, agora, no entanto, com nossas forças reduzidas de um quarto pela ausência de Felipe. Tínhamos a nosso favor apenas alguma experiência e os parcos conhecimentos até então acumulados. Apenas o suficiente para minimamente sobreviver, isto é, não morrer de fome ou sede, mas sujeitos a todos os outros percalços de uma vida entre um mar que não permitia avançar sobre ele mais que poucas braçadas e uma floresta de difícil penetração e inúmeros segredos, que feriam ou matavam, por suas feras, cobras, insetos e plantas venenosas, ou salvavam e davam vida a quem tivesse pleno conhecimento do uso adequado de suas plantas, ervas e folhas que alimentavam e curavam.

O turno de vigia da manhã seguinte pertencia a mim, que logo cedo me preparei para subir até a torre, quando Alexandre se adiantou e se dispôs a tomar meu lugar, justificando que eu deveria dedicar-me a ampliar o estoque de alimentos, em vista da maior experiência no conhecimento de plantas e ervas, de fato já necessitando de reabastecimento.

A súbita disposição de Alexandre em organizar tarefas — no que nunca se mostrou ser o mais hábil — não conseguia disfarçar sua ânsia de voltar ao posto de observação, de onde poderia — quem sabe? — voltar a ver a bela índia que por certo devia ter participado de todos os seus sonhos na noite anterior. Rimos, eu e Afonso, diante da ânsia do apaixonado companheiro, mas acabei concordando em ceder-lhe meu turno, que seria sucedido por ele

258

próprio. Não deixei, no entanto, de recomendar-lhe sorrindo que vez ou outra olhasse também o mar.

A lua mudou de fase sem qualquer nova manifestação dos índios, embora vez ou outra fossem vistos a distância, em movimentos aparentemente de caça, mas que também poderiam sugerir uma sutil forma de vigilância sobre nós. Não voltaram a se aproximar, o que nos acalmou quanto às possíveis conseqüências do desagrado manifestado com nossa presença, pois pareciam tê-la aceitado, sem prazo para que fôssemos embora.

O que para mim e Afonso era um alívio, para Alexandre tornava-se um tormento a cada dia, diante da ausência de iniciativa de Jadinawã de se mostrar e voltar a vê-lo, visto que somente ela poderia tomar a iniciativa, diante da nossa impossibilidade de avançar sobre os limites do território dos selvagens.

A paixão de Alexandre manifestava-se cada vez mais intensa, sob a forma de longos silêncios e dos lânguidos suspiros que sonorizavam seus sonhos. Afonso chegou a alertá-lo sobre as impossibilidades de tal amor, destinado ao desencanto e outros sofrimentos, como os que vitimaram Felipe no passado e que resultaram na grande reviravolta de seu destino. Mas de que valem advertências aos apaixonados, quando a paixão que lhes chega ao coração o faz através dos olhos, tornando-os cegos para qualquer outra luz que não a que vem do objeto amado, destruindo, daí até o âmago da alma, todos os bastiões que defendem a razão e o bom senso?

Coube a mim, porém, num turno de vigia matinal, em que convenci Alexandre a descansar um pouco, por haver feito todos os turnos da véspera, observar que várias índias se aproximavam, entre elas uma que pareceu ser Jadinawã, trazendo consigo frutas e cabaças que poderiam conter alimentos. Pararam a cerca de cinqüenta passos da torre de vigia, depositaram sua carga no chão e afastaram-se alguns passos, numa clara demonstração de que tratava-se de uma oferenda.

Tratei de logo gritar por Afonso e Alexandre, sem descer da torre por temor de perder de vista qualquer outro movimento das índias, ou de guerreiros inamistosos que por ali estivessem usando-as como chamariz, não me dando conta, no momento, de que se quisessem nos assaltar os selvagens não precisariam de qualquer estratagema.

Os dois chegaram até o alto sobressaltados por meus gritos, julgando que finalmente haviam sido avistadas as velas alvas da salvação. A frustração de Afonso, no entanto, não se manifestou em Alexandre, que, diante da visão do grupo onde se encontrava sua amada, abriu um iluminado sorriso e fez menção de correr até ele, obrigando-me a segurá-lo pelos braços. Jadinawã também se adiantara em relação ao grupo de índias, como que tomada pelo mesmo ímpeto de Alexandre.

— Calma, calma, amigo. Primeiro vamos ter certeza de que não se trata de uma cilada.

— Mas que cilada, homem de Deus! — retrucou Alexandre furioso, tentando se desvencilhar. — Onde estão os guerreiros? Só vejo mulheres. Deixe-me ir até lá.

— Espere — insisti —, vamos todos, mas cuidadosamente, para termos certeza das boas intenções delas.

— Espero que tenham trazido carnes — interveio ingenuamente Afonso, sem perceber a ânsia do companheiro. — Já não agüento mais comer só frutas e ervas, inhames e talos de *juçara*.

De fato, o medo de ultrapassar os limites imaginários traçados pelos índios para nossa permanência nos impedia de caçar além da orla da floresta, racionando, assim, nossa dieta de carnes, atendida apenas vez ou outra por alguma gaivota mais distraída, por algum porquinho-do-mato desgarrado, ou por pequenos peixes ou siris.

Não foi mais possível conter Alexandre, que avançou quase a passos de corrida em direção ao grupo, diminuindo aos poucos a velocidade à medida que se aproximava de Jadinawã, que também avançara alguns passos em sua direção. As outras índias, numa reação própria de qualquer grupo de jovenzinhas, logo manifestaram com risos discretos e expressões de troça o esperado feliz encontro do casal amoroso.

Os enamorados quedaram-se em silêncio, um diante do outro, como a estudar o que falar, o que fazer, buscando como expressar um sentimento mais fácil de ser concretamente manifestado por gestos, olhares, carícias e beijos do que por palavras, ansiosos que estavam por jogar-se um nos braços do outro.

Passaram ambos a falar ao mesmo tempo, pronunciando palavras que nada expressavam para o que ouvia: Jadinawã na sua própria língua e Alexandre misturando palavras portuguesas com expressões da língua indígena que ele pouco dominava. De toda sorte, ao fim eles se entenderam, pois o amor se encarregou de traduzir todas as frases.

Tal como na nossa cultura cristã, a iniciativa da mulher em manifestar abertamente interesse por um homem não era comum entre os índios, pois a primazia da ação cabia normalmente ao homem, que tinha até mesmo o direito de esposar várias mulheres. Mas é certo e válido para qualquer civilização ou época que as mulheres, pelos atributos próprios da sua natureza, são sempre capazes de expressar e quase sempre garantir e atrair suas preferências, por meio das sutis e eficazes artimanhas das fêmeas. Deste modo fora possível, mas não fácil, a Jadinawã obter de seu pai autorização para vir ao encontro de Alexandre, e por isso o longo tempo decorrido desde o primeiro encontro dos dois.

Ao me aproximar do casal, atendendo as súplicas de meu amigo angustiado por não poder manter um diálogo pleno de palavras com sua amada, passei a atuar como intérprete, pois meu domínio da língua indígena, mesmo que ainda fraco, era maior do que o dele. Para sua grande felicidade, traduzi as palavras que expressavam que ela estava disposta a ser tomada como esposa, se ele também assim quisesse, e que o *morubixaba* da tribo e seu pai, após muita resistência e relutância, haviam dado consentimento para a união, desde que Alexandre viesse a viver dentre eles, não levando Jadinawã quando fôssemos resgatados.

O que pareceu, a princípio, como uma reviravolta nos rumos de nossas vidas, pela possibilidade de voltar a viver sob o abrigo da proteção de indígenas, mostrou-se, no entanto, uma expectativa frustrada, pois o consentimento do *morubixaba* não nos alcançava. Apenas aceitavam Alexandre, que daí em diante, esposando uma dos seus, seria como que "batizado" para viver com eles e como eles, renunciando a seu passado.

Alexandre tremeu ao ouvir suas opções: ficar ao lado da mulher que conquistara seu coração de forma tão intensa, abandonando seus amigos e as idéias de retorno a uma vida civilizada, ou renunciar à felicidade que o amor promete, mantendo os vínculos com um passado que o atrelava apenas às incertezas do futuro.

Dado que ele, junto com Felipe, desertara da caravela *São Pedro* buscando fugir dos horrores do tratamento de Pero de Ataíde, o Inferno, mas também atraído pelas delícias visualizadas da nova terra, não lhe foi difícil optar. Olhou-nos longamente, como a desculpar-se pela decisão tomada, e tomou Jadinawã num longo abraço, que recebeu exclamações de júbilo das demais índias, uma expressão embasbacada de Afonso e um resignado dar de ombros da minha parte.

Após abraçar-nos longamente, com expressão ao mesmo tempo chorosa e feliz, prometeu tentar por todos os meios convencer os índios a também nos aceitar na tribo, e juntando-se ao grupo, com o braço sobre os ombros de sua futura esposa, tomou o rumo da *taba*.

Naquele momento nada o demoveria de sua intenção. Tampouco nos seria lícito exigir que renunciasse ao que se lhe apresentava como redenção, em troca de continuar lutando conosco pelo salvamento; difícil para três e apenas um pouco mais difícil para dois. Sua opção concretizava um sonho já manifestado na aldeia *tup'ñquim* de vir a viver entre os índios, cercado de mulheres, embora desta vez o plural estivesse afastado de suas cogitações.

Nenhum argumento, fosse a favor da manutenção do grupo ou outro qualquer, permearia a grossa couraça que envolvia seu coração, vulnerável apenas às flechas de cupido, que ferem da mesma forma o raciocínio, confirmando o dito de que o amor é cego, incapaz que é de ver as luzes da razão.

Os amores, tal como a própria vida, são também transitórios e um dia também se findam. Aí então os olhos de Alexandre se abririam, permitindo-lhe ver afinal que os amantes desde o primeiro momento da entrega tornam-se prisioneiros: primeiro do objeto amado, depois das circunstâncias decorrentes do amor, até o dia da inevitável e sempre dolorosa perda de um pelo outro. Enfim, certos convencimentos humanos não são capazes de se firmar senão na experiência vivida na própria carne.

CAPÍTULO XXI

RESGATADO ENFIM

QUEDAMO-NOS, EU E AFONSO, atônitos e sem qualquer reação ou ação diante do golpe um tanto inesperado da perda de mais um companheiro, reduzindo à metade nosso grupo inicial. Os mesmos temores de insegurança sentidos quando ouvi a sentença de degredo pronunciada pela voz grave e decidida do almirante voltaram a me assaltar, recuando ao momento em que meu ânimo abalado só aumentou diante da perspectiva de vir a ter a companhia de Afonso Ribeiro. Retornávamos à situação inicial em que apenas nós dois devíamos cuidar de sobreviver naquele mundo estranho e inóspito que se descortinou com o degredo, deixando para trás todo o tempo em que convivemos também com a companhia e a ajuda de Felipe e Alexandre.

Com a partida inesperada do amigo, não cuidamos sequer de manter a vigia no resto daquele dia, o que aliás se tornaria daí em diante uma tarefa difícil de ser atendida de forma constante por apenas duas pessoas. Afonso sugeriu que mudássemos nosso abrigo para o alto, ao lado da torre de vigia, idéia que não considerei boa diante da dificuldade de construir lá um novo abrigo tão seguro como o atual, pois estaríamos expostos dos quatro lados. O argumento convenceu-o de pronto, sobretudo porque a redução do grupo recolocava a segurança à frente de qualquer outra necessidade.

A sensação de que estávamos condenados a viver naquela terra até o fim da vida, que se mostrava cada vez mais encurtada, tomava vulto em meus pensamentos, já bastante atormentados pelas insidiosas artes de um demônio que parecia agir livremente sobre os destinos, sem que qualquer oposição lhe fosse posta por meu homônimo anjo protetor ou qualquer outro santo.

As esperanças concentradas na possibilidade da chegada de alguma nave por aquelas costas diminuíam cada vez mais. Se a frota de Dom Cabral pretendia retornar após sua missão nas Índias, o tempo decorrido desde sua partida já teria sido suficiente para a volta, eis que já estávamos ali por um tempo que eu estimava em mais de um ano. A chegada de outra frota ou nave era remota diante da grande extensão que parecia ter o litoral daquela terra, dando, assim, seu aparecimento na exata região em que estávamos como mera obra do acaso. Mesmo a passagem, sem desembarque, dos nossos salvadores, teria que se fazer necessariamente além da linha de recifes que acompanhava toda a costa, o que, portanto, não significaria salvamento, pois muito provavelmente não nos avistariam, ou se o fizessem, por certo nos confundiriam com selvagens cujo ânimo nem sempre valia a pena avaliar.

Alexandre visitou-nos poucas vezes após sua adoção pelos índios, em breves aparições, esclarecendo que ainda era mantido sob vigilância, pois temiam sua fuga levando Jadinawã. Suas vindas soavam mais como tentativa de apaziguar a inquietação de consciência que parecia atormentá-lo por haver nos abandonado, do que motivada pelo descostume com nossa ausência ou a preocupa-

266

ção de saber como íamos vivendo sob as novas circunstâncias. De todo modo não eram desprovidas de proveito, pois traziam preciosas informações sobre a tribo à qual agora pertencia.

Eram, de fato, *tup'ñquins* aparentados com os que nos abrigaram e, portanto, também inimigos dos *kaiuités* que ocasionalmente vinham do norte, em expedições de guerra que não visavam senão a pilhagem e a captura de prisioneiros. A narração que Alexandre fizera do ataque dos *kaiuités* que dizimou quase toda a tribo, mesmo grosseira, por sua falta de domínio completo da língua, produziu grande comoção entre os índios, mas ainda assim não foi capaz de sensibilizá-los com nossa sorte e aceitar que fôssemos viver entre eles. A presença de Alexandre havia sido tolerada somente diante do forte desejo de esposá-lo manifestado por Jadinawã a seu pai, um dos guerreiros proeminentes da tribo que dividiam o poder com o *morubixaba*.

A coexistência com *caris*, como eles designavam os homens brancos, não era bem vista porque poderia pôr em risco a pureza da tribo, pois acabariam também tomando outras índias como esposas, gerando muitos *caribocas*, mestiços que eles julgavam não teriam os mesmos valores de guerreiros dos *avás*, seres humanos, como eles se denominavam, pois consideravam os não-índios como seres diferentes, advindos do ventre de outras divindades que não as deles.

Ficou claro da falação de Alexandre que seríamos poupados enquanto permanecêssemos por ali sem outras intenções senão a de esperar resgate e que não seriam toleradas quaisquer tentativas de aproximação da tribo ou contato com seus membros, principalmente as mulheres. Não manifestavam mais por nós qualquer interesse, ao contrário do que acontecera na primeira vez em que viram as grandes naus surgirem do horizonte longínquo do mar.

A primeira visita de Alexandre foi quase toda gasta com a descrição das delícias da vida conjugal com Jadinawã e da forma como rapidamente acostumou-se à nova identidade como índio. Admitido como única exceção de *cari* entre eles, não estava sendo difícil agir como um *avá*, pois os índios o vinham tratando como tal. Participara de várias expedições de caça junto com seu sogro, que relutara em aceitá-lo no princípio, mas agora, a cada dia, mostrava por ele mais simpatia. Chegou mesmo a embebedar-se fortemente numa *cauinage*, promovida na última lua cheia, quando foi até aceito como parceiro entusiasmado da dança ritual que já havíamos presenciado na *taba* dos nossos antigos hospedeiros.

Seu temor maior era de um dia vir a ser forçado a participar de um ritual de antropofagia, mesmo que só com os olhos, pois com a boca era certo que nunca o faria. Nesse momento, talvez, voltassem a vê-lo como um estranho.

Prometendo continuar tentando convencer seus novos compatrícios a aceitarem nossa permanência entre eles, na própria *taba*, Alexandre despedia-se de cada vez sem externar emoção maior do que demonstraria ao sair de uma corriqueira visita a um vizinho. Afonso e eu, da mesma forma, já tendo assimilado a perda do companheiro — agora, felizmente, sem tê-lo como morto —, não manifestávamos qualquer sentimento maior que não fosse a preocupação de voltarmos, apenas os dois, à rotina que nos manteria vivos, alimentando as esperanças de retorno ao mundo dito civilizado, tão inóspito e cruel quanto o mundo da selva, porém, menos capaz de nos provocar surpresas.

Meu espírito já abandonara as primeiras ilusões de que aquele mundo poderia ser uma cópia reduzida do paraíso perdido de Adão, habitado pelos herdeiros diletos do nosso primeiro pai, gerados antes da terrível maldição de Deus. Já não via mais os índios como isentos das maldades e dos pecados que mancharam o caráter original dos desgarrados após a queda, que para encontrar a redenção se jogaram na busca insana de voltar a Deus desvendando os segredos e mistérios da natureza criada por Ele.

A intolerância, como a manifestada para conosco, as ações agressivas de guerras de pilhagem e conquista mostravam que eram, ao final, homens como quaisquer outros, apenas não tocados pelos outros vícios que impelem os povos mais civilizados, como a busca frenética e sem limites da riqueza e do poder.

A ingenuidade e o primitivismo resultante da ignorância das ciências e não a índole natural era a causa da passividade dos índios perante os civilizados, que haveriam de bem saber como aproveitar-se dessas condições para dominá-los. Situação que se invertia agora em nosso desfavor, quando colocados como dois ignorantes das leis e ciências que regem as terras selvagens diante de homens que têm delas o mais completo saber.

O calor da estação e o marasmo dos dias que se sucediam sem maiores alterações da rotina mantinham nossos corpos preguiçosos e nossas mentes cada vez mais vazias, pois até a esperança do resgate ia·minguando dia após dia, abrindo vagos que não eram ocupados senão pela resignação.

Em oportunidades que se espaçavam cada vez mais no tempo, Alexandre vinha até nossa "fortaleza", trazendo farinha de mandioca pura, ou sob forma de uns bolinhos que os índios chamavam *mbe'yu*, um pote de barro, um *taka'pe* adornado, ou qualquer utensílio que julgava poderia aumentar nosso conforto e segurança. Chegou, certa vez, a trazer um pote com *cauim*, que bebemos com o prazer e a ânsia dos que se embebedam buscando produzir no espírito sensações mais agradáveis do que as que o perturbam na sobriedade.

Em algumas dessas visitas Alexandre veio acompanhado de outros índios, que desafiaram as ordens de manterem-se afastados de nós, movidos pelo interesse de nos conhecer mais intimamente, pois Alexandre não era capaz de satisfazer a curiosidade deles, eis que comportava-se cada vez mais como índio.

Depois da quinta lua repetida desde nossa chegada, quando a estação do calor já cedia lugar às temperaturas mais amenas, Alexandre não mais nos procurou. Estranhamente, no entanto, os outros índios mantiveram suas visitas, buscando ampliar seus conhecimentos sobre nossos costumes e nossa língua. Em contrapartida, a presença deles, que a princípio pareceu apenas uma oportunidade de quebrar a enfadonha invariabilidade dos dias, logo mostrou ser de mútua utilidade, pois aproveitei também para aumentar meus conhecimentos sobre aquele povo tão estranho para nós europeus.

A ampliação do vocabulário e expressões da língua, os costumes, novos métodos de caça e pesca, conhecimentos das plantas e ervas que tinham o poder de curar ou matar, e até mesmo suas lendas e crenças iam se acrescentando à medida que as visitas se tornavam quase rotineiras.

Tentei, em vão, falar-lhes sobre nossa religião cristã e a crença num único Deus e seu filho feito homem, buscando cumprir um papel que me parecia ser obrigatório da parte de um cristão, mas tal missão só pode ser bem-sucedida se cumprida por um missionário. Faltavam-me naquela ocasião os conhecimentos mais profundos da doutrina e, mais que tudo, a sólida crença de que o que eu professava era de fato verdadeiro.

Acabei por resignar-me em manter a minha fé e deixá-los com a deles, antes que eu — como disse Afonso, com o ceticismo que seria próprio de Alexandre — acabasse convertido. De resto, se as crenças religiosas deles bastavam para satisfazer suas ânsias de saber do sobrenatural, tudo sempre com vistas a buscar respostas para os mistérios da vida e da morte, por que demovê-los dessa fé, substituindo-a por outra que busca os mesmos propósitos?

Nada mais aconteceu de extraordinário em nossas vidas, desde a chegada ali e até aquele momento, numa duração que estimei em cerca de oito meses. Deveríamos já estar pelos primeiros dias da estação que naquelas plagas seria a da primavera e que corresponderia ao outono na parte de cima do globo, onde situava-se Portugal e o resto da Europa. Não sei se poderia chamar de primavera um tempo que, naquelas terras, somente se diferenciava das demais épocas do ano pela floração mais intensa e pelo maior assanhamento dos pássaros nos seus vôos e cantares, pois mesmo durante o que seria o inverno, não havia frios intensos antecedidos de desfolhamento das árvores.

A natureza, como que buscando arremedar o que teria sido o paraíso, era sempre verde e amena, o que lhe dava uma beleza que seria enfadonha pela constância, não fosse ela tão diversa por sua própria intensidade.

Definitivamente frustradas as expectativas de poder vir a viver no abrigo de uma comunidade, mesmo que de índios, Afonso passou a apresentar dúvidas sobre as vantagens e desvantagens de permanecer naquele pouso. Se por um lado contávamos com a segurança da proximidade de índios não hostis, por outro não tínhamos a simpatia deles, apesar de terem aceitado um dos nossos no seu meio. Manifestou assim a idéia de retorno à "fortaleza" anterior, no mesmo ponto em que havia se iniciado toda nossa desdita.

Em favor disto argumentou que ali existia um marco bem visível da presença de cristãos na terra, a grande cruz plantada por Dom Cabral, com a exata finalidade de orientar futuros navegadores. Era o local propício para aguardar a salvação, ao contrário do que em má hora pensara, quando propusera abandonar. Penitenciava-se reconhecendo seu erro, agravado pela má receptividade dos índios e a perda da companhia de Alexandre.

Para não agravar sua sensação de culpa, concordei com seus argumentos e aduzi que, de fato, se o povo de Yawararê voltasse a se juntar era provável que viesse a fazê-lo no mesmo local anterior, reconstruindo a taba de onde foram escorraçados pelos traiçoeiros *kaiuités*. Ao se afastar de nós o índio já manifestara que iria tentar reunir os remanescentes da tribo e que, caso tivesse sucesso, seria ele o novo *morubixaba*.

Estávamos novamente colocados diante da questão do melhor ponto de espera para o feliz acaso do resgate, uma vez destruído um dos argumentos que nos trouxera até aquele ponto do litoral. O abatimento que começara a ganhar forma no meu espírito com o desaparecimento de Felipe e que se completara com a deserção de Alexandre impediu que a mente trabalhasse para produzir quaisquer argumentos em contrário, caso existissem. Ficar ali ou retornar havia se tornado indiferente, diante da certeza que aos poucos se firmava na resignação, aceitando como definitivo o destino que impunha viver ali até o fim dos meus dias, ainda que fossem muitos. Aceita a idéia de Afonso, iniciamos nosso retorno logo no dia seguinte.

A viagem foi sem tropeços, pois já conhecíamos o caminho e em razão da pouca pressa, fruto inconsciente da falta de certeza da decisão, levamos uma semana para alcançar a antiga paliçada. Esta, podia se dizer, estava quase no mesmo estado em que a deixamos, não fora a voracidade da vegetação, que, impulsionada pelos favores do clima e da qualidade da terra, logo tratou de reconquistar seus espaços perdidos.

Em poucos dias fizemos a necessária limpeza e alguns pequenos reparos em estragos causados pelo abandono, e reassumimos o mesmo ritmo de vida anterior: caçar, colher, comer, beber e dormir, como fazem os animais, que não buscam senão cumprir o que a natureza deles exige: apenas viver. Não cogitamos sequer de erguer uma torre onde pudesse ser assentada uma fogueira, pois a grande cruz no extremo da praia se encarregaria de guiar nossos salvadores, caso um dia Deus os mandasse.

A rotina dos dias só foi quebrada quando decidimos ir até o local da antiga aldeia *tup'ñquim*, na esperança de vê-la reconstruída, com seus habitantes retomando a normalidade da vida, sob a chefia do nosso amigo Yawararê. O pavor de reencontrar a terrível visão de destruição e morte, no entanto, nos fez covardemente recuar para a certeza precária do abrigo, confiando em que acabaríamos sendo encontrados pelos índios, caso tivessem voltado.

Já se passara mais de um mês do nosso retorno, quando, numa dessas manhãs frescas, com o céu tomado de algumas nuvens que prenunciavam um dia chuvoso, saí da paliçada com os olhos ainda relutando em se abrir para a luz intensa que vinha do horizonte do mar, quando a preguiçosa sonolência matinal foi bruscamente vencida por uma visão. O que vi por breve momento levou à minha mente a informação de tratar-se apenas de uma miragem. Não foram necessários, no entanto, mais que alguns poucos segundos para que a vista das velas brancas de três caravelas ancoradas ao largo, em frente à praia onde estava plantada a grande cruz, se mostrasse tão real quanto o próprio oceano que as permitia flutuar.

Convencido de estar diante da visão concreta das imagens que freqüentavam meus sonhos e orações, corri a chamar Afonso, que a princípio preferiu crer que eu ainda sonhava e sonambulava, mas logo se convenceu, diante do que à sua vista também se mostrou real, apesar da distância, pois miragens nunca são simultaneamente iguais para pares diferentes de olhos.

As três embarcações já haviam lançado âncoras, demonstrando que estavam ali desde as primeiras luzes daquele dia, eis que não era possível que tivessem entrado pela baía durante a noite atravessando no escuro a muralha de recifes que protegia a costa.

Passados os momentos de perplexidade começamos a pular e agitar os braços para chamar atenção do pessoal de bordo, custando, estupidamente, a nos dar conta de que a distância não permitiria que nos percebessem. Ancoradas naquele ponto, por certo atraídas pela cruz, não poderia haver dúvidas de que seus tripulantes desembarcariam em exploração, se já não o estivessem fazendo.

Partimos em desabalada carreira para a ponta da praia onde nossos salvadores já deveriam ter desembarcado, impelidos pelo infundado medo de que as naves pudessem partir tão de repente quanto chegaram. Atordoados e ansiosos que estávamos diante da realização de uma esperança já moribunda, sequer raciocinamos que certamente a frota aproveitaria aquele ensejo para refazer provisões de lenha, água e frutas frescas e portanto permaneceria ali pelo menos durante todo aquele dia, quiçá também o próximo.

Deveríamos percorrer uma distância menor que duas léguas, o que num passo rápido tomaria mais de duas horas. A ânsia acumulada, no entanto, nos fez correr como o diabo deve ter corrido antes de ser alcançado pelo arcanjo São Miguel, movidos pelo pavor de perder a única oportunidade de resgate, que talvez nunca mais viesse a acontecer. Estávamos quase a cair de estafa quando nos aproximamos do local onde um batel já chegara à praia.

Alguns marinheiros, notando nossas estranhas figuras correndo em direção a eles, gritaram para o que devia ser o chefe do grupo e este, ainda na dúvida de quem ou o quê poderíamos ser, desconfiado desembainhou a espada e preparou-se para nos dar más-vindas, caso fôssemos hostis. Nossas miseráveis e tristes figuras, os semblantes desgrenhados e os trapos rotos mal cobrindo o corpo, por certo não deviam estar de modo a produzir confiança em quem as visse.

Apesar da intensa alegria que nos dominava a alma pela primeira visão de gente como nós, após mais de ano e meio de abandono, não fomos capazes de outra reação senão os risos nervosos e descontrolados que levaram os marinheiros a pensarem, num primeiro momento, que éramos náufragos enlouquecidos pela tragédia.

— Quem são vocês? — adiantou-se o chefe do grupo, em claro e sonoro português, perplexo diante da nossa inesperada presença.

— Somos portugueses — respondi-lhe, de modo ofegante. — Fomos deixados aqui há mais de um ano pela esquadra de Dom Pedro Álvares Cabral.

— E vocês? — interrompeu Afonso com aflição. — Também são portugueses? De onde estão vindo? Para onde vão?

— Viemos de uma daquelas três caravelas que vocês vêem lá ancoradas, sob o comando do capitão Gonçalo Coelho. Saímos de Lisboa em maio e vimos explorando estas costas desde os primeiros dias de agosto. Mas, vocês, como têm sobrevivido aqui? Não há índios antropófagos nesta costa?

As perguntas iam e vinham de ambas as partes, a cada revelação. Os marinheiros curiosos por conhecer as condições da nossa sobrevivência, eu e Afonso ansiosos por saber em que mês estávamos, quem era aquele capitão Gonçalo Coelho; seríamos resgatados e salvos ou mantidos ali?

O chefe do grupo, um galego de nome Gil Gaspar, piloto de uma das caravelas, parecia não dar muita importância às nossas dúvidas, na maior parte das vezes respondidas por outros mari-

275

nheiros. Seu interesse maior estava em obter informações sobre a terra, principalmente índios hostis que por ali vivessem.

Dada a oportunidade, procurei narrar em breves palavras as agruras iniciais que vivemos desde nosso desembarque até aquele feliz encontro. Destaquei, contudo, a boa convivência que acabamos por ter com os *tup'ñquins*, que só devoravam inimigos abatidos em batalhas, e que bem nos aceitaram e chegaram mesmo a permitir que Alexandre esposasse uma de suas mulheres.

Não pude deixar de me emocionar ao falar sobre o desaparecimento de Felipe, mais provavelmente vítima de alguma fera. Ocultei que os *tup'ñquins* da segunda tribo, apesar de terem aceitado Alexandre, não viam com bons olhos a presença de *caris*, temeroso de que aqueles homens viessem a hostilizar a tribo antes mesmo de uma tentativa de contato pacífico.

Contei que outra tribo, do norte, costumava vir por aquelas bandas em incursões de guerra, os *kaiuités*, que em furioso e traiçoeiro ataque haviam dizimado a *taba* onde chegamos a viver algum tempo. Aqueles, sim, eram índios perigosos. Com vistas a garantir nosso resgate, no entanto, durante toda a narrativa procurei demonstrar a importância que teria nossa presença para quem quisesse explorar a terra e manter contato com os índios que tão bem conhecíamos e cuja língua falávamos.

Como contrapartida, querendo confirmar sua prévia má impressão sobre a índole dos índios, o piloto narrou a história de um ataque traiçoeiro que eles também sofreram no primeiro ponto em que tocaram a costa, bem ao norte dali, quando perderam três homens: dois que desembarcaram para tentar contato com os índios, embrenharam-se terra adentro e nunca mais voltaram; e outro, um grumete que foi morto por mulheres indígenas e devorado por elas diante de todos que das naus assistiam horrorizados ao festim diabólico.

276

Continuou narrando que vieram daí em diante navegando pela costa, tendo passado por vários acidentes geográficos aos quais o capitão ia dando nomes conforme o calendário litúrgico. Um cabo, contornado logo após a primeira passagem pela terra, onde deixaram um marco de sua majestade el-rei, recebeu o nome de Santo Agostinho. No dia de São Francisco passaram pela foz de um grande rio, que Dom Gonçalo batizou com o nome do santo. Dias após, adentraram por uma grande e esplêndida baía que se aprofundava pelo interior abrindo-se em águas calmas como um lago, que recebeu o nome de Todos os Santos, por ter sido visitada no dia primeiro daquele mês de novembro.

A pequena frota havia ancorado na baía onde estávamos atraída pela visão da cruz, pois o comandante Gonçalo Coelho sabia ter sido aquele o ponto em que a esquadra de Dom Cabral aportara, pois encontrara-se com duas naus daquela esquadra que retornavam das Índias, no porto de Bezeguiche, na costa da África, em frente ao arquipélago de cabo Verde. Ali ouviram falar da nossa existência por intermédio de um tal Gaspar da Gama, um judeu, bom conhecedor de línguas do Oriente, que adotara o sobrenome do comandante Vasco quando navegou com ele até as Índias, e que também estivera embarcado como intérprete na frota de Dom Cabral.

Apesar de saberem que havíamos sido deixados na terra, os marinheiros ficaram surpresos de nos ver vivos, pois apesar dos relatos de contatos amistosos entre os homens da frota de Dom Cabral e os índios, a experiência vivida no norte levara-os a acreditar que todos os selvagens eram antropófagos, e assim já teriam nos devorado quando fomos deixados à mingua.

As caravelas ainda permaneceram no local por mais dois dias, em tarefas de exploração dos arredores da área de desembarque e de reabastecimento, levadas a cabo com as devidas orientações e informações que demos sobre os melhores e mais fartos locais para reabastecimento de água doce, de frutas e de caça da abundante quantidade de animais e peixes que poderiam melhorar as dietas de bordo.

Cumpridas as tarefas, foi dada ordem para que voltassem todos para bordo, nós inclusive, pois Dom Gonçalo Coelho, o comandante e o piloto-mor da frota, um italiano de nome Américo Vespúcio, especialmente comissionado por el-rei Dom Manuel para aquela expedição, por certo teriam desejo de melhor nos interrogar sobre a terra e seus habitantes.

A proposta de Afonso de retornarmos à nossa primeira "fortaleza", apesar de movida mais pelo desespero da busca da sorte do que pela certeza racional, acabara produzindo o efeito esperado de estarmos no local mais apropriado e no momento certo para a chegada do resgate. Nossas preces tinham sido atendidas. Meu protetor anjo Gabriel não me abandonara, apenas me fizera passar por provações destinadas a medir o verdadeiro tamanho de minha fé ante seus divinos poderes.

Assegurado nosso resgate, entretanto, a possível volta a Portugal ainda mantinha sobre nossas cabeças o peso da sentença de degredo, cuja revogação não estava assegurada, ainda que atendido um dos propósitos buscados do nosso abandono: bem aprendermos a fala dos gentios e bem os entendermos, para guiar futuros exploradores das novas terras. Poderíamos cumprir corretamente esta tarefa, e ela por certo nos seria demandada. Mas seria o suficiente para que na volta viéssemos a receber o indulto e a liberdade, ou nosso penar continuaria com a destinação a outro embarque, para o degredo em outras terras, que nos manteria afastados da terra-mãe?

CAPÍTULO XXII

DE DEGREDADO A CRONISTA

UMA VEZ A BORDO fomos logo conduzidos à presença do comandante Gonçalo Coelho, um nobre que mais merecera o comando daquela frota por seu prestígio na corte do que por seus conhecimentos marítimos, e do piloto-mor Américo Vespúcio, rico e culto florentino que oferecera a Dom Manuel seus serviços de navegador e que já havia participado de várias expedições com comandantes castelhanos, ao norte das mesmas águas daquele lado direito do mar Oceano.

Nossa história, agora contada com maior riqueza de detalhes, impressionou o comandante e mais ainda o piloto-mor, pois este, durante toda a narrativa, era o que mais perguntava por detalhes. Dom Gonçalo, diante da necessidade de ter-nos como intérpretes junto aos índios que no futuro viesse a contatar, determinou que permanecêssemos na nau capitânia, sem qualquer função específica a bordo, prometendo ainda interceder por nós, quando do regresso a Portugal, para que nossas penas fossem indultadas.

Como advogado de nossa causa junto a el-rei, o nobre comandante buscava na verdade garantir que passaríamos a ele tudo o que sabíamos sobre a terra, seus habitantes e suas riquezas, pois sonegou-nos a notícia de que Dom Manuel havia estabelecido uma gratificação de quinhentos ducados — uma pequena fortuna — a qualquer degredado que retornasse a Portugal com informações precisas e julgadas de interesse sobre a gente e a terra para a qual fora banido, além do perdão da pena.

De toda sorte, fomos bem recebidos e tratados pela tripulação quase que como hóspedes de honra. Nada tínhamos a fazer além de comer, beber, dormir e sermos constantemente chamados por homens da tripulação para narrar nossas aventuras.

Enquanto o comandante, Dom Gonçalo, concentrava suas questões nos índios e nas riquezas e possibilidades da terra, o italiano, que parecia ser o verdadeiro comandante da expedição, mesmo sem desprezar aquelas informações, argüia mais sobre o mar e o litoral ao sul, para onde se dirigia a frota. Nisto pouco pudemos ajudá-lo, além de informar que dali até cerca de dez léguas abaixo a costa pouco se modificava: arrecifes e bancos de corais, perigosamente ocultos durante as marés altas, protegendo as praias que seqüenciavam umas às outras, permitindo algumas vezes que embarcações de menor calado adentrassem para águas mais rasas, porém mais abrigadas de ondas fortes; dois rios, além daquele em cuja margem fora plantada a cruz, de grande largura, permitindo navegar por eles até onde não sabíamos, e inúmeras outras bocas de rios menores; ausência de grandes penedos e existência por toda extensão da costa de falésias de até cinqüenta braças de altura, que ora menos ora mais próximas das praias elevavam o solo terra adentro, onde vicejava uma extensa floresta.

Um dos tripulantes, jovem alto, de nariz adunco, chamado por alguns de Mestre e por outros de Bacharel por seus dotes de muito falar sobre tudo e sobre todos, quase sempre de modo despropositado, ainda que insistisse em afirmar fazer jus ao título por haver cursado a Universidade de Coimbra, mostrava-se o mais atento dentre todos que vinham conversar. Sua curiosidade maior residia em procurar saber como sobrevivemos numa terra de selvagens antropófagos.

— Por que vocês não foram logo devorados — indagou ele —, conforme alguns dos nossos o foram, quando da nossa primeira abordagem destas terras?

— Os índios não são, como parecem, naturalmente hostis — respondi. — Eles se aproximaram de nós pacificamente, buscando nos conhecer, e quando viram que queríamos ser amigos, logo se mostraram dispostos a também o ser.

— Mas em algum momento eles podiam sentir fome e devorá-los. Por que não o fizeram?

Não pudemos, nem eu nem Afonso, deixar de rir diante da questão que para nós parecia agora totalmente descabida, esquecendo ambos que a mesma dúvida já havia nos assaltado.

— Não, meu amigo, eles não devoram homens para matar a fome. Eles só comem os abatidos em batalha e fazem isto como uma homenagem ao inimigo, pois pensam que assim adquirem a bravura do morto.

— Eles são traiçoeiros — insistiu o Bacharel —, conforme demonstraram quando uma índia matou com uma bordoada por trás um grumete que foi tentar obter informações sobre dois homens desaparecidos havia seis dias. Todos vimos, protegidos pela distância, o macabro banquete das mulheres devorando o infeliz.

— Bem, existem nesta terra índios de várias índoles. Os que conhecemos, que se denominam *tup'ñquins*, não foram hostis conosco. Mas existem tribos mais ao norte, os *kaiuités*, extremamente cruéis. Por certo que podem existir outras tribos. Mas conti-

281

nuo crendo que eles são naturalmente bons, ainda que selvagens e desprovidos dos valores cristãos da nossa cultura. É apenas isto que nos leva a vê-los como maus.

— E as mulheres? São tão bem formadas e apetitosas as novinhas — continuou o Bacharel, agora exibindo um olhar mais brilhante e um riso libidinoso.

Contei-lhe do casamento de Alexandre com Jadinawã, como prova de que eles até admitiam que brancos viessem a integrar sua tribo. Não deixei, no entanto, de relatar o incidente do mesmo Alexandre no riacho e como aquilo quase nos levou à perdição, para demonstrar que apesar de andarem nuas, as mulheres índias não eram tão fáceis quanto poderia sua nudez sugerir, principalmente a marinheiros há muitos meses afastados dos prazeres da carne, apesar de cristãos e civilizados.

As argüições do Bacharel, sempre buscando informações as mais minuciosas sobre os hábitos antropofágicos e as mulheres índias, se estenderam muito além daquele momento. Ele passou a ser meu mais insistente interlocutor, depois do comandante e do florentino. Somente em algumas poucas ocasiões suas dúvidas se dirigiam para os meios de subsistência ou abrigo e somente muito tempo depois pude entender o porquê de tão detalhada curiosidade.

As embarcações, três dias após nos resgatarem, devidamente reabastecidas de lenha, água, frutas e a carne fresca de animais que eu e Afonso ajudamos a caçar, especialmente porcos-do-mato, veados e "ratões", prosseguiram a viagem rumo ao sul, em busca de ampliar os conhecimentos das terras que el-rei Dom Manuel já acreditava serem de extensão continental e em grande parte situadas dentro dos limites portugueses do tratado firmado com os reis de Castela.

A vida agora se mostrava segura e prazerosa. Não tínhamos mais que colher, pescar ou caçar nosso alimento e atender trabalhos constantes de manutenção e melhoria da paliçada-fortaleza que nos servira de casa. Podíamos até sonhar com o regresso a Portugal e a retomada de uma nova vida, o que compensava sobejamente os desconfortos da vida dentro de uma embarcação, onde tínhamos que dividir exíguos espaços com quase uma centena de homens. O ano e meio vivido na liberdade de movimentos nos grandes espaços em terra levaram-me a estranhar, no princípio, o confinamento próprio da vida de marinheiro, contrastado com a liberdade do caminhar livre que vinha usufruindo até então.

A tranqüilidade em que transcorreram os primeiros dias da viagem e a segurança do alimento sem esforços e do sono não ameaçado por feras ou mosquitos acabaram por restaurar em mim os sonhos mal adormecidos da vida no mar e da busca de aventuras, como que esquecido que as havia vivido bastante intensamente e que a realidade delas, conforme me fora demonstrado, quase nunca corresponde ao enredo que traçamos idealmente.

Como é frágil nossa memória de sofrimentos e como é largo o espaço dos sonhos. O futuro esperançoso se mostra sempre ao alcance, constantemente se redesenhando e nos atraindo, embora por vezes pareça avançar mais veloz do que corremos em direção a ele. Mas o passado afasta-se dos nossos espíritos em velocidade ainda maior, borrando as imagens com tanto mais força quanto mais sofridas elas são. Felizmente é assim que Deus fez o espírito dos homens, pois o contrário nos levaria a buscar a morte logo ao primeiro revés.

Após um mês de viagem a costa que acompanhava o rumo norte-sul, desviando-se ligeiramente para sul-sudoeste, quebrou-se bruscamente para oeste por um cabo que adentrava o mar até uma ilha montanhosa e que por suas águas muito frias foi chamado pelo navegador italiano de cabo Frio. Nas anotações sobre a geografia daquela costa, manifestou o desejo de um dia voltar a ela, para uma exploração mais meticulosa.

Ao fim do dia seguinte, o primeiro do ano da graça de Nosso Senhor de 1502, entramos e fundeamos numa grande baía, a princípio confundida com a foz de um rio, que por isto recebeu o nome de Rio de Janeiro. Sua entrada era guardada por duas sentinelas de pedra, uma delas muito grande e em forma de cone, como estas formas em que se fazem os pães de açúcar, e no seu interior toda contornada por altas e bem recortadas montanhas recobertas por uma mata exuberante, formando o cenário mais belo jamais presenteado aos meus olhos na minha não tão curta vida.

Apresentando-se do mar como uma estreita boca de rio, ela vai se alargando pelo interior, abrigando inúmeras ilhas também cobertas de densa vegetação e altas árvores. Bem ao fundo uma serra enevoada se recortava no horizonte muito alta e íngreme, de onde se destacava uma montanha cuja forma parecia uma mão fechada com um dedo apontando o céu.

A baía parecia ser o jardim das delícias dos bandos de gaivotas, corvos-marinhos e alcatrazes, que se fartavam dos abundantes cardumes que ali nadavam entre os golfinhos que pulavam alegremente por suas águas de um azul brilhante e profundo, muitas vezes correndo e saltando ágeis na frente dos barcos como a guiá-los mais adentro da baía, como a indicar o caminho para cenários ainda mais deslumbrantes.

As caravelas fundearam não muito distantes da praia de uma tranqüila enseada logo atrás da maior das sentinelas de pedra que guardavam a entrada da baía, mas o comandante não ordenou o desembarque senão de um batel para fazer uma pequena exploração da terra.

Na eventualidade de contato com índios, que tímidos e curiosos mostravam-se na praia de forma arisca, fui mandado junto com o grupo, para falar com eles. Não manifestaram, contudo, qualquer intenção de contato conosco, pois os poucos que se mostraram na praia, enquanto o batel se aproximava, logo fugiram para o interior da mata, de onde, por já conhecer seus hábitos, eu sabia que continuavam a nos espreitar. Extremamente frustrado por não poder demonstrar os dotes que me faziam um privilegiado a bordo, contentei-me em acompanhar os homens no que não foi mais que um breve passeio pelo cenário de calma e beleza daquele jardim do Éden.

A frota ainda permaneceu na baía por mais quatro dias, aproveitando o tempo para restabelecimento das provisões de água doce, frutas frescas e carne da caça farta da terra, sem que houvesse qualquer aproximação de índios. No quinto dia foi dada ordem de levantar âncoras e continuar no rumo sul, margeando várias grandes praias e por fim uma longa restinga que apontava para uma ilha grande e montanhosa que protegia a entrada de outra baía, que o piloto-mor batizou de angra dos Reis. Estávamos no sexto dia do ano, comemorando a data da visita dos magos ao recémnascido Senhor.

As caravelas voltaram a lançar âncoras na baía, que não era menos bela que a anterior. Separada do mar alto pela ilha grande e montanhosa, tinha seu interior povoado por grande número de outras menores e muitos penedos. Era rodeada também por montanhas cobertas por densa floresta, agora, no entanto, formando uma serra alta e bastante próxima do litoral.

Sua extasiante beleza, como a baía do Rio de Janeiro, não passou despercebida ao piloto Vespúcio, pois numa das muitas vezes em que conversávamos sobre a nova terra, pude vislumbrar nas páginas de suas anotações, acerca daquela angra, que ele se extasiara com os odores das árvores e das flores, com os sabores das frutas e raízes, com a quantidade de pássaros, suas cores, plumagens e cantos. Afirmava que tudo ali o levava a pensar estar perto do paraíso. Escrito de suas próprias palavras: "Se o paraíso terrestre está localizado em alguma parte da terra, julgo que não dista muito desta região."

A frota permaneceu ancorada por alguns dias, sob forte calor e um céu que variava rapidamente de um luminoso azul para o cinza plúmbeo de nuvens pesadas que descarregavam refrescantes chuvas, sempre bem-vindas, por lavarem as velas encardidas e as tábuas já enegrecidas das embarcações e os corpos suados dos marinheiros. Como um reabastecimento já fora realizado dias antes na baía do Rio de Janeiro, a permanência da frota ali só se justificava como uma pausa para refrescar, com a beleza das paisagens, os espíritos cansados da monotonia do mar e seus invariáveis horizontes.

Refrescados os ânimos as três caravelas retomaram seu rumo em direção ao sul, explorando a terra que, segundo o piloto Gil Gaspar, não tinha fim, pois já navegavam por sua costa desde o mês de agosto do ano findado, pouco depois de haverem cruzado a linha que reparte o mundo em norte e sul. Navegamos ainda por cerca de mais trinta dias, sob céus sempre oscilantes entre límpidos azuis e acinzentadas nuvens, e sobre um mar incapaz de provocar receios maiores que o desequilíbrio no andar dos instáveis conveses.

Já corriam os primeiros dias do mês de fevereiro quando a frota passou por uma ilha muito longa e estreita cujo extremo sul dava entrada a uma larga baía onde ao fundo outra ilha baixa e recoberta de mata avançava para o norte em paralelo à primeira.

A beleza das paisagens que se apresentava aos olhos, já brindados com tantas outras anteriores, me fez pensar por que Deus havia abençoado aquela terra, já gratificada por sua grande extensão, com tantas belezas que não se contentavam em expressar-se aqui e acolá, mas numa só e ininterrupta seqüência de baías, praias, ilhas, montanhas e exuberância vegetal nunca vista por olhos cristãos. O paraíso, afinal, nunca foi descrito como tão extenso.

Os cálculos de navegação do piloto-mor indicavam que deveríamos estar a 25 graus ao sul e pelas distâncias percorridas para oeste, possivelmente nos limites dos domínios portugueses que na divisão do mundo, contratada em Tordesilhas entre Dom João II de Portugal e os reis católicos de Espanha, davam a Portugal a soberania sobre todas as terras situadas até 370 léguas a oeste do arquipélago de cabo Verde, a partir de onde tudo seria espanhol.

Confirmando este entendimento, o comandante mandou esculpir num grande bloco de pedra o escudo que representava as armas d'el-rei Dom Manuel encimado por uma cruz, e implantou-o como marco dos limites da soberania portuguesa naquela terra, que Dom Gonçalo houve por bem batizar como Cananéa. Não sei se ao denominá-la pelo feminino dos habitantes de Canaã quis louvar sua formosura ou se, por ironia, chamou-a como a terra prometida para os futuros habitantes que ele pretendia deixar naquele sítio como degredados.

A frota permaneceu fundeada na baía por cinco dias, durante os quais o comandante Gonçalo Coelho fez desembarcar o grupo de treze degredados, um deles de nome Cosme Fernandes Pessoa, meu já conhecido inquiridor, o Bacharel. Judeu, sempre perseguido em razão de sua raça, ao que parece, havia sido condenado ao degredo por razões religiosas, apesar de se dizer já convertido e obediente à Santa Madre Igreja Católica.

A idéia de deixar ali os treze degredados e não em outro ponto qualquer da costa parecia ter a finalidade de também marcar com a presença humana os limites do domínio português, ainda que isto envolvesse um audacioso desafio à sorte, pois pressupunha que eles sobreviveriam tempo bastante para receber outras expedições colonizadoras que viessem a acostar por lá.

Fui encarregado de acompanhar os degredados até a praia, onde fomos recebidos por índios que atônitos observavam o desembarque de homens e embarcações que nunca haviam visto. Eles se denominavam *cariós* e sua língua não era a mesma dos *tup'ñquins*, embora apresentasse muita semelhança. O espanto dos índios ao ver que eu falava uma língua nativa, que eles entendiam por ser aparentada com a deles, os fez tratar-nos quase que como deuses, chamando-nos *caraíbas*, "coisa sobrenatural", o que afastou qualquer agressividade que o medo poderia incitar neles.

Os degredados, que apresentei aos selvagens como destinados a ficar ali, foram tratados, num primeiro momento, como prisioneiros, pois as diferenças lingüísticas confundiram nosso início de entendimento. Logo depois da primeira hora de diálogo, no entanto, as virtudes de insinuante falador do Bacharel se fizeram notar, pois mesmo sem conhecer a língua, mas muito gesticulando e com o auxílio das minhas traduções, rapidamente conseguiu cativar a amizade do chefe daquela tribo.

Não pude deixar de me apiedar daqueles desgraçados, sujeitos à mesma sorte que fora destinada a mim e Afonso, revivendo, pela angústia estampada nos semblantes dos abandonados quando da partida da frota, a mesma tristeza que me assolou quando pisei pela primeira vez as areias que seriam meu solo doméstico por mais de ano e meio. Assim, por já bem conhecer a tristeza dos abandonados, estaria fugindo aos mais elementares deveres de um bom cristão se não repassasse para eles, através do Bacharel, os conhecimentos que pude acumular sobre as condições de vida entre os índios.

Procurei ensinar-lhes tudo o que me fora dado aprender sobre as frutas e plantas, inclusive seus poderes curativos, os modos de caça e pesca, os utensílios que deveriam ter à mão para melhor facilitar a vida num território hostil, os comportamentos que deveriam ter diante dos índios — sobretudo das índias —, além de deixar várias folhas escritas com o que me parecia representar o som de algumas palavras indígenas e sua tradução.

Cumpre fazer aqui uma breve pausa para que o leitor não me julgue injusto e rancoroso. Apesar das queixas dos marinheiros quanto aos modos rudes de Dom Gonçalo, visíveis até na sua atritada relação com o piloto florentino, ele não permitiu que os infelizes degredados fossem deixados sem meios de sobrevivência, ao contrário do que fora feito comigo e Afonso, que recebemos apenas o que alguns piedosos companheiros deixaram clandestinamente na praia.

Com o Bacharel e seus companheiros foram deixadas algumas armas, pólvora, facas, machadinhas, panelas e outros utensílios, mais miçangas, espelhos e colares de conta para usarem como moeda de troca com os índios, além de uma quantidade de alimento que os sustentasse até que soubessem como obtê-lo da própria terra. Por certo o gesto generoso do comandante foi de extrema ajuda para o novo início de vida daqueles infelizes, além de ter sido, penso eu, também de grande auxílio para apaziguar sua consciência.

Diante das evidências mostradas pelas medidas dos astros, das rotas e dos tempos, de que haviam sido alcançados os limites das terras destinadas a Portugal pelo Tratado de Tordesilhas, o comandante Gonçalo Coelho, o florentino Vespúcio e os comandantes das outras caravelas reuniram-se para deliberar sobre os rumos da frota: avançar a exploração em terras que já podiam ser espanholas, ou retornar a Portugal? Deliberaram continuar a exploração daqueles mares do sul, mas afastando-se do litoral, tomando o rumo sudeste até a latitude correspondente ao cabo da Boa Esperança, onde então encontraríamos os ventos que nos levariam de volta ao porto de partida.

A frota zarpou no décimo quinto dia do mês de fevereiro, tomando o rumo sul-sudeste, com água e mantimentos suficientes para mais seis meses de navegação, o que denotava a expectativa de que poucas eram as esperanças de encontrar terra antes deste tempo. Abandonava cerca de sete meses de navegação costeira pela sempre incógnita singradura dos grandes vazios do alto-mar. Os semblantes, até então tranqüilos, dos marinheiros, habituados à segurança da terra sempre à vista, voltava a se ensombrecer diante dos infinitos horizontes do mar Oceano, única paisagem externa às amuradas das caravelas durante cerca de cinqüenta dias.

Quando as noites mais longas e os dias mais curtos e frios já indicavam as latitudes extremas do sul, uma terrível tempestade abateu-se sobre a pequena esquadra, levando os comandantes a ordenarem ferrar todas as velas, para que não se rasgassem ou fossem as embarcações levadas para os rumos ditados pelos ventos endoidecidos. Durante três longos dias e noites a fúria das águas celestes aliou-se à dos ventos e das águas do mar para trazer de volta às almas de todos o pavor do naufrágio e da morte sempre iminente.

Andar sobre o convés superior era uma arriscada aventura, que exigia o esforço quase sobre-humano de caminhar sempre firmemente agarrado a um cabo, à amurada ou a alguma peça, para resistir aos fortes sopros do vento e ao arranco das águas que lavavam furiosamente as tábuas do piso, trazidas pelas fortes ondas que batiam o barco por todos os lados.

Apesar de nenhum acidente maior haver se verificado na caravela capitânia, três homens das outras foram arrastados para as águas revoltas, enquanto enfrentavam a quase impossível tarefa de escalar os enfrechates para prender algum cabo ou ferrar alguma vela solta das vergas pelo vento. Preço tido como não muito alto, diante do tempo em que as caravelas ficaram à mercê da força dos elementos, sem sofrer danos mais graves.

Ao fim de três dias a tempestade tornou-se apenas uma chuva mais forte e o mar reduziu seus ímpetos respondendo à tranqüilidade com que os ventos voltaram a soprar. As medidas de navegação indicavam que haviam sido alcançadas latitudes de mais de 50 graus ao sul. Estivemos bem próximos dos confins do pólo antártico, por águas de onde talvez já não fosse possível retornar, pois lá certamente acaba o mundo.

Dois dias depois, quando as águas do céu se esgotaram, um denso nevoeiro envolveu a frota, obrigando que fossem acesos fogos de sinalização durante o dia. A velocidade era bem reduzida, pois a neblina era tanto mais densa quanto mais fracos os ventos capazes de dissipá-la. Um dos vigias no alto da gávea julgou ter avistado terra. Foi dada ordem para aproximação, porém, visto que se mostrava completamente vazia de gentes ou vegetação, apesar de sobrevoada por albatrozes e gaivotas, o comandante desistiu de qualquer desembarque, diante da aparência hostil e fria da ilha, como o ar que torturava os bofes e trazia saudades das terras quentes deixadas ao norte.

No dia seguinte, após breve confabulação com o piloto Vespúcio, Dom Gonçalo deu ordens para que a frota guinasse para nordeste, em direção à costa da África, de onde tomaria o rumo definitivo de Lisboa. A decisão foi intensamente comemorada por toda a tripulação, há quase um ano longe de suas casas.

Navegamos ainda por mais um mês, agora porém sobre águas mais tranqüilas, pois o mar e o vento se mostraram mais calmos, como que ocupados em acumular novas forças para outras investidas sobre outros que ousassem desafiá-los. O ar ia gradativamente se aquecendo, na medida do avanço em direção à linha equinocial. Por volta dos primeiros dias do mês de maio já avistávamos a costa ocidental da África, quase na latitude do arquipélago de cabo Verde.

No pequeno mas bem abrigado e movimentado porto de Bezeguiche, a frota permaneceu por quinze dias, reabastecendo e consertando as caravelas, bastante castigadas por uma viagem que já completava um ano de navegação. Uma delas, constatado que seu casco achava-se irremediavelmente comprometido por carunchos, o que poderia levá-la a se desmanchar em pleno mar, teve de ser queimada e sua carga e tripulação distribuída pelas outras duas. No vigésimo quinto dia de maio foi dada, finalmente, a ordem de levantar âncoras e alcançar os rumos que nos levariam diretamente para Lisboa.

CAPÍTULO XXIII

ENTRE DOIS LADRÕES

NO VIGÉSIMO SEGUNDO DIA do mês de junho do ano da graça de Nosso Senhor de 1502 voltei a pisar as pedras do cais do Restelo, de onde havia partido há oitocentos e sessenta e cinco dias, que são poucos no total de uma vida que alcance a velhice, mas que concentraram na minha a maior parte das emoções que normalmente se distribuem por toda uma existência. Saí de casa em busca do mar para alcançar aventuras e riquezas e consegui ambas.

Aventuras as tive de sobejo: conheci a injustiça e a penúria das prisões; sofri um naufrágio; fui condenado ao degredo em terra estranha; vivi entre selvagens; fiz e perdi amigos; participei de algumas das que, hoje posso ver com clareza, foram as grandes epopéias do meu tempo. Riquezas, não acumulei em ouro, prata ou jóias, mas em vivência, conquistando em pouco tempo a fortuna do saber moral que poucos homens são capazes de reconhecer quando lhes é oferecida, e que é o bastante para o sustento da alma e garantia da sua imortalidade, uma vez atendidas para o corpo mortal as necessidades do pão de cada dia.

Ao voltar a andar pelas ruas de Lisboa, no entanto, uma súbita sensação de melancolia e desânimo perpassou minha alma, uma repentina tristeza e desinteresse por tudo, tomado que fui de intenso desencanto com a própria existência. Cheguei a pensar estar completado ali meu ciclo de vida, sentindo-me como um velho que já cumpriu toda sua sina, desesperançoso e incapaz de enxergar um futuro além do próximo dia. As perspectivas que até então haviam alimentado minha vontade, obrigando-me a constantes definições de metas que envolviam quase sempre a própria sobrevivência, haviam desaparecido num repente, deixando-me diante de uma angustiosa perplexidade. E agora? O que fazer? Para onde ir? Que propósitos perseguir? Por não saber que rumo doravante dar a minha vida, resolvi que o melhor a fazer era ir dormir, alimentando a esperança de não vir a acordar no dia seguinte, desejando ser agasalhado no sono pelo manto da morte.

Ao amanhecer, contudo, o mal-estar de alma que se acumulou das inúmeras fortes emoções vividas durante dois anos e meio, e que ainda habitavam minha memória, começou a ceder, e novos sonhos passaram a ocupar minha mente. Pensava em logo me dirigir a Ferramontes, rever meus irmãos, meu pai, devolver-lhe, com os juros prometidos, os cinqüenta mil réis que tomei como empréstimo e que tão rapidamente me escaparam das mãos e ficar por lá alguns dias e a partir daí pensar nos rumos a tomar.

Antes, no entanto, eu deveria, juntamente com Afonso, dirigir-me à Casa da Contratação onde um tabelião reduziria a termo juramentado nossa história de vida durante o tempo em que vivemos degredados na terra a que el-rei Dom Manuel já mandara que chamassem Terra da Santa Cruz, mas que os homens simples que a conheceram ainda chamavam de Terra dos Papagaios. Ali nos seriam pagos os quinhentos ducados prometidos por el-rei e receberíamos também a carta de indulto de nossas penas: Afonso pela morte do taberneiro; eu pelo crime de haver tomado conhecimento de segredos que pretendiam valer o poderio do próprio reino português, e também pelo roubo que me foi injustamente imputado pelo albergueiro do beco dos Cachorros.

Após registrar nossos depoimentos num Ato Notarial, o zeloso tabelião, de nome Valentim Fernandes, entendeu que o prêmio deveria ser pago somente a um, optando por dá-lo a Afonso, por ser mais velho, pois como havíamos falado quase que das mesmas coisas, não seria justo onerar o tesouro d'el-rei com quinhentos ducados para cada um, embora este total estivesse à sua disposição.

Era bastante clara a desonestidade contida no entendimento do ilustre serventuário real, pois ele não se preocupara sequer em disfarçar que anotara dois depoimentos distintos, sendo que o meu era até mais rico de informações que o de Afonso, pois falava da língua dos índios. A importância das funções do excelso funcionário e a presença dos guardas que o protegiam, no entanto, não permitiam demonstrar maior indignação diante de mesquinharias e contentei-me com a nobreza do gesto de Afonso, que propôs dividir o prêmio comigo.

De todo modo, ainda que ludibriado, a posse de uma quantia de qualquer forma elevada me fez pensar ser um invulnerável e abastado senhor, sensação que domina a alma dos que pensam no dinheiro como um escudo impenetrável pelos males do mundo, levando-me a elaborar novos sonhos, onde me via comprando terras, doando-as a meu pai e meus irmãos, aplicando o restante na armação de um barco, junto com meu amigo Afonso, onde seríamos os comandantes e buscaríamos os caminhos do comércio de tecidos e especiarias que tantas grandes fortunas vinham gerando no reino.

Por certo, o bravo e paciente leitor, por singelas contas, já terá observado que a quantia que me tocava era incapaz de realizar sequer uma pequena parte dos meus propósitos. Apenas a euforia do momento e um laivo de ingenuidade que ainda relutava em abandonar minha alma sustentaram-me os sonhos, que rapidamente se dissiparam, refeitos os cálculos que demonstraram que os duzentos e cinqüenta ducados ainda me mantinham longe da condição de ser rico.

Deixando a Casa da Contratação, logo seguimos à procura de um lugar onde pudéssemos comer algo e comemorar o desfecho de nossas tribulações. Andando meio a esmo, chegamos a um sobrado entre a Alfama e o Largo do Paço, que uma placa destacada e colorida informava ser "O Albergue das Famílias", e nele resolvemos entrar para pousar em nossa primeira noite em terra, pois somente agora, depois de prestado o depoimento, fomos desengajados da esquadra de Dom Gonçalo Coelho e dados como desembarcados.

Como em quase todos os albergues, funcionava ali também uma taberna, freqüentada por pescadores, marinheiros e prostitutas, por isto um local turbulento, contraditório com o nome que ostentava, onde não raro aconteciam desavenças e brigas que vez ou outra terminavam tingidas pelo sangue de um ou de mais contendores. Apesar de termos nas mãos dinheiro suficiente para procurar um albergue mais tranqüilo e seguro, não tínhamos sequer o conhecimento de que eles existissem, pois vindos ambos de terras interioranas, onde casas como aquelas eram raras e quase sempre toscas, não hesitamos em ficar ali mesmo.

Após tomarmos um quarto, no fim de um corredor no andar superior do albergue, fomos nos assentar numa mesa ao fundo do salão, onde se amontoavam homens bêbados e mulheres desgrenhadas e agitadas em constantes trabalhos de esquivar-se de assédios indesejáveis, pois vindos de homens visivelmente sem dinheiro.

O taberneiro, um tipo gordo e untuoso, que disse chamar-se Eduardo, logo pôs diante de nós um bom naco de perna de carneiro assada, batatas, pão e uma botelha de vinho, deixando-me atônito num primeiro instante, pois nunca havia visto semelhante mesa à minha disposição. Afonso já havia se servido de um grande pedaço da iguaria e já sorvera um gole do vinho, após encher minha caneca, enquanto eu ainda admirava a carne fumegante e absorvia o cheiro apetitoso do assado que se misturava aos temperos do alecrim e da menta.

A carne, as batatas, o pão e o vinho que o gordo Eduardo insistia em renovar a cada bilha esvaziada não foram postas de uma só vez à mesa, mas trazidas em vários momentos, quando o untuoso taberneiro aproveitava para insinuar-se em conversas que maldisfarçavam sua bisbliotice em torno de nossas bolsas.

A sofreguidão da fome e do ineditismo do banquete posto à nossa disposição, acrescido dos canecos de vinho advindos das sempre renovadas botelhas, não podia produzir em mim outro efeito senão o do sono que ameaçava prostrar-me mesmo sobre a mesa. Levantei-me com as pernas enfraquecidas pelos esforços da boca e dirigi-me ao quarto, enquanto Afonso, mais afeito aos prazeres da mesa e dos vinhos, decidiu encarregar-se ainda de mais uma botelha.

Minha memória não registra nada do que se passou entre a porta do quarto e a manhã do dia seguinte, além do terrível mal-estar do estômago, como se ainda no tombadilho de uma nau num mar revolto, e uma dor de cabeça, que doía por dentro, por causa dos excessos do vinho, e por fora, em razão da ferida que se abrira nela e empapara meus cabelos e minha roupa de sangue. Afonso também estava deitado no chão, com uma perna atravessada sobre minhas costas.

Zonzo, como se ainda bêbado, consegui com muito esforço sair debaixo das pernas do meu companheiro e sentado no chão sacudi-lo para que acordasse e me explicasse o que fazíamos ambos dormindo no assoalho, diante de um leito grande, macio e aconchegante. Só então me dei conta do sangue já coagulado no meu rosto e nas minhas roupas e assustado sacudi Afonso ainda com mais força, o suficiente para acordá-lo mesmo que estivesse morto.

Ressabiado e resmungando por sido tirado do sono ainda incompleto para curar-lhe a bebedeira da noite anterior e notando minha cabeça ensangüentada, Afonso, arregalando os olhos de espanto, acabou despertando por completo.

— O que houve, homem de Deus? Você caiu e bateu com a cabeça em algum lugar?

— Não sei — respondi, eu também ainda zonzo —, não me lembro de nada desde que saí da mesa.

— Meus Deus, você parece bem ferido. Vamos lavar isto e ver o tamanho do estrago.

Levantamo-nos ambos, a muito custo, um amparando o outro e tentando ao mesmo tempo segurar o mundo que girava a nossa volta. Afonso sentou-me no leito e despejou um jarro d'água sobre minha cabeça, enquanto tentava tirar o sangue coagulado com a ponta do lençol.

— Parece que você levou aí uma forte pancada. Você deve ter caído.

— De cabeça para baixo? — retruquei, sentindo que a cabeça fora ferida no alto. — Mais parece que alguém me bateu.

298

A falar isto, imediatamente minhas mãos procuraram a bolsa com os ducados que eu havia atado à cintura e não a encontrando vi que havia sido roubado, enquanto continuava a apalpar outras partes do corpo, na esperança de, traído pela memória em razão da pancada, haver colocado a bolsa em outra parte do corpo, entre as pernas ou nas costas talvez.

Constatei, sem deixar dúvidas, que havia sido subtraído da recompensa real — isto é, da outra metade dela — depois de vasculhar também todo o quarto, sob a cama e sob o colchão e a mesa e a cadeira que completavam o mobiliário. Retomei a consciência de modo mais rápido do que o teria feito se mergulhado numa tina de água fria.

— Fui roubado! Fui roubado! Meus ducados sumiram. Quem os levou? Foi você?

— Como eu? Não vistes que eu estava dormindo? Foi você mesmo que me acordou.

Penitenciei-me com Afonso da precipitada e injusta acusação, compreendendo que fora movida pela ausência de qualquer outra resposta mais condizente com a esperança de não haver perdido em definitivo meu prêmio. Dei-me conta de que de fato não podia ter sido meu companheiro, pois ele, bêbado, ao entrar no quarto tropeçou no meu corpo caído na entrada e incapaz de se levantar dormira ali mesmo. Afinal, por que ele roubaria as moedas que espontaneamente me dera?

Por certo eu fora atacado logo à porta, por alguém que sabia que eu carregava uma bolsa recheada e me seguira quando subi para o quarto. Mas quem além de Afonso e do tabelião que nos pagara sabia da quantia que portávamos? O dono do albergue? Talvez, pois não fizera outra coisa senão tentar, todo o tempo, descobrir o tamanho de nossas bolsas, diante da afirmação de que tínhamos mais que o suficiente para pagar pelo quarto e pela refeição. Vira, finalmente, que tínhamos muito dinheiro quando abrimos a bolsa para pagá-lo.

Mas não estaria ele por demais ocupado com seus fregueses para ficar de tocaia no corredor, aguardando minha chegada? Um cúmplice seu? Podia ser, mas agora impossível de prová-lo. Meu prejuízo parecia definitivo.

A manhã mal iluminara o albergue que, afora o barulho da vassoura que alguém passava no piso inferior, ainda estava rodeado do silêncio que permitia ouvir os muitos roncos que vinham dos outros quartos. Nem por isto, ao ver que fora roubado, hesitei em manifestar minha indignação e raiva, inconformado com a perda da única fortuna que jamais tivera, e desandei a gritar, clamando por "aqui-d'el-rei", despertando todos os assustados hóspedes.

A perda não era pequena. Minha parte no prêmio oferecido aos que trouxessem informações sobre a nova Terra de Santa Cruz, ainda que distante de satisfazer meus sonhos, correspondia a mais de um ano de trabalho do meu saudoso amigo O Malho, em sua oficina em terra; era cinqüenta vezes maior do que a quantia que eu subtraíra da humilde bolsa de meu pai ao sair de casa; podia comprar-me uma modesta casa nos arredores de Lisboa; talvez até comprasse um pedacinho das terras de Dom Sérvulo, com o que eu presentearia meu pai e meus irmãos, livrando-me da dívida para com eles.

Bem pode ver por aí, meu paciente amigo leitor, o tamanho do meu desespero, pois os ganhos da riqueza moral, mesmo importantes, são impalpáveis e não compram as coisas que eu pensava já ter em mãos com a riqueza concreta das moedas.

Meus gritos, como não podia deixar de ser, alvoroçaram todo o albergue e logo o gordo proprietário apresentava seu corpanzil agressivo na ponta do corredor, já cheio de hóspedes exibindo suas toucas e camisolas de dormir, indignados por terem sido acordados tão cedo.

— O que se passa? — gritou o albergueiro. — Alguém está morrendo?

— O que se passa é que fui roubado e quero descobrir o ladrão. Alguém me atacou e levou minha bolsa com duzentos e cinqüenta ducados.

O valor, que falei escandindo cada sílaba, mirando o fundo dos olhos do albergueiro, produziu um súbito silêncio de incredulidade nos hóspedes, diante da improbabilidade de alguém como eles numa casa como aquela portar tamanha quantia.

— Isto não é possível! Minha casa é uma casa honesta, freqüentada por gente honesta — manifestou o albergueiro, expressando indignação pouco convincente.

— Tão honesta como os piratas, rufiões e putas que farreavam aqui ontem à noite? — não pude deixar de replicar, indignado.

— Não admito que fales assim dos meus fregueses — gritou furioso o albergueiro. — Se perdeste teu dinheiro e agora acusas gente honesta poderás ter que pagar por isto.

— Não o perdi. É mais do que certo que o tinha comigo até a hora que subi. E como explicar que fui agredido e ferido, como todos podem ver?

Afonso tentava acalmar-me e levando-me para o interior do quarto, receoso de uma reação mais agressiva do albergueiro e de seu possível cúmplice, dirigiu-se a todos.

— Meu amigo está apenas dizendo que foi roubado, aqui ou fora daqui. Ele não está acusando ninguém — e murmurou apenas para os meus ouvidos: — Entre logo, antes que resolvam nos bater.

— Não posso deixar que me levem tudo o que jamais acumulei em toda a vida — voltei a gritar, raivoso. — Alguém tem que responder por isto.

— Seu tolo — insistiu Afonso aos meus ouvidos. — O albergueiro está mancomunado com alguém e vão acabar nos tomando a outra parte que está comigo.

— Não entrem neste quarto de novo — vociferou furioso o albergueiro bloqueando a porta —, não os quero mais aqui. Ponham-se para fora!

— Mas nós já pagamos por ele — gritei, ainda inconformado, mesmo diante da sábia avaliação de Afonso.

— Pagaram por uma noite e ela já acabou. Agora, ponham-se na rua. Não quero baderneiros em minha casa.

O ânimo do truculento albergueiro, ansioso por nos ver distantes, era ainda mais estimulado pela disposição dos outros hóspedes em dar-lhe razão, um deles manifestando vontade de também nos surrar por haver acordado a todos. Ante tal reação não havia para nós outra alternativa senão tomarmos nossas coisas e sair, sem direito nem mesmo ao pão e o vinho do desjejum, escorraçados como se fôssemos nós mesmos os ladrões e não as vítimas. Infelizmente eu nada poderia apresentar em defesa da minha versão dos fatos, eis que a sabedoria popular sempre atestaria que o dinheiro e o tolo — ou o bêbado — estão sempre prontos a se separar.

Minha memória não poderia deixar de mostrar que, ironicamente, víamo-nos agora em situações inversas daquelas que haviam projetado nossos destinos até ali. Acusado injustamente de roubo pelo dono de um albergue, eu era agora a vítima de roubo de outro. Afonso, que num conflito provocara a morte de um albergueiro, tivera agora o bom senso de esquivar-nos dos imprevistos de outro tumulto, salvando nossas peles e sua pequena fortuna.

Retomamos as ruas de Lisboa, sem rumo certo, eu ainda aturdido com as artimanhas de um destino que insistia em me apontar caminhos para logo em seguida os fechar. A tristeza que me atacava sempre que a sorte me era adversa agora se tornara em revolta. Afinal, ninguém merece ser permanentemente perseguido pela adversidade, mormente quem nunca cometeu pecados mais graves do que aqueles que são praticados todos os dias por todos os homens. Ainda mal refeito da frustração da perda do prêmio d'el-rei, ludibriado por um nobre corrupto, caía nas mãos de um albergueiro desonesto, roubado de uma quantia que muito poderia ajudar minha família e me daria um futuro menos turbulento e mais seguro.

Não resisti a extravasar a ira que abrasava minha alma num violento pontapé no primeiro inocente cão que ousou cruzar minha frente, mas que me fez logo ver, por seus sentidos ganidos, que uma injustiça nunca é capaz de ser reparada por outra. De qualquer modo, o sofrimento do cão, apesar de injusto, abrandou o meu e passei a dedicar minhas preocupações ao futuro que não me apontava outro caminho senão buscar outro navio para embarcar.

Meu semblante não era opaco o suficiente para ocultar a tristeza e o desânimo que acinzentavam minha alma e Afonso, percebendo meu estado, tratou de me animar.

— Perdeste o dinheiro, mas mantiveste a vida. A pancada poderia ter te matado. Não percebeste que o albergueiro devia estar mancomunado com um dos hóspedes? Talvez aquele que incentivava os outros contra nós.

— Mais que o dinheiro, perdi a oportunidade de me redimir perante meu pai e meus irmãos. Quero muito revê-los, mas não tenho coragem de voltar da mesma forma que parti, sem dar-lhes nada em troca de uma ausência de mais de dois anos, que por certo trouxe muitos transtornos e novos trabalhos para todos.

— Bem, já repartimos o prêmio e devo também pensar no meu futuro, pois pretendo voltar à minha terra. Mas estou disposto a dar-te, como empréstimo, cinqüenta ducados, muito mais que a quantia que deves a teu pai, assim ainda terás algo com que viver até descobrir novos rumos.

Embora constrangido, não deixei de aceitar a oferta, sem prazo de resgate, o que aumentou minha dívida original para quinhentos mil réis, maldizendo os fados que me mantiveram devedor, quando chegara a ser credor de valor bem maior.

Permaneci ainda em Lisboa por dois dias após a partida de Afonso, que decidira voltar à sua terra, com a pretensão de estabelecer-se, talvez como comerciante, mesmo tendo que enfrentar a possível fúria da família do homem que morrera por suas mãos. Acreditava que, voltando rico, saberia como aplacar a possível vingança dos parentes do albergueiro. Se não pelo tempo já passado, ao menos pelo dinheiro. Sua partida, no dia seguinte à nossa expulsão do albergue, deixou-me um tanto estonteado, andando erraticamente pelas ruas de Lisboa, esperando encontrar em cada ponto diferente da cidade uma resposta para as tormentosas dúvidas que ocupavam todos os espaços da minha cabeça.

Para onde ir? O que fazer, daí pra frente? Voltar para minha família, retomando o destino que me fora anteriormente traçado e que eu repudiara, ou alterá-lo, embarcando novamente e voltar a correr riscos que eu agora tão bem conhecia, ao contrário de antes, quando infantilmente os julgava bem distante de mim? A garantia do meu sustento estava nestas duas opções, pois o dinheiro de que eu dispunha me manteria apenas por algum tempo, subtraído da quantia que eu me dispusera a deixar com minha família, nunca inferior à metade das minhas atuais posses.

Além de Afonso, Felipe e Alexandre, eu nunca tivera amigos ou pessoas com quem pudesse compartilhar pensamentos, emoções e sentimentos ou, mais que tudo, alguns preciosos dias da minha vida. Não me esquecera de O Malho ou de Bigote, porém, minha convivência com aqueles outros bons amigos havia sido efêmera. Os quatro, que pelo acaso tivemos os caminhos confundidos por mais de dois anos, fomos simultaneamente pais, filhos, irmãos e até mesmo mães, uns dos outros, pelas inúmeras vezes em que cada um se submeteu a conselhos ou decisões mais sábias, precisou de companhia e ajuda, buscou a proteção e os cuidados, cada um dos demais. A imagem de todos, aureolada pela inestimável afeição da amizade adquirida e cultivada, há de manter-se indelevelmente marcada na minha alma, até o último dia em que ela habitar meu corpo, e por certo continuará no além, se for dado a ela o privilégio de ultrapassar a morte.

CAPÍTULO XXIV

REVIVENDO O PASSADO

AO FIM DO TERCEIRO DIA tomei o rumo da minha terra, ainda sem haver decidido se ali ficaria, ou voltaria depois para Lisboa. Após cruzar novamente o Tejo — agora em sentido contrário ao da primeira vez —, logo ao chegar ao Barreiro gastei boa parte do meu emprestado tesouro na compra de uma bela e reluzente mula, que, além de abreviar e tornar mais confortável minha viagem de volta para casa, deveria ser deixada como presente a meu pai, esperando acalmar sua possível fúria e certeira mágoa pela minha fuga.

Na descida das trilhas que da serra levavam até a praia, pude vislumbrar minha casa e com os olhos da alma comecei a rever todos os dias felizes que passara ali — afinal, mesmo que não os tenha relatado eles existiram.

Minha infância, apesar de quase toda tomada pelos trabalhos que nossa pobreza exigia, tivera alguns momentos de lembradas alegrias: os domingos e festas santas, com as missas e procissões que nos obrigavam às melhores roupas e posteriores momentos de lazer, junto com toda a garotada que se juntava na praça de

Ferramontes; as idas com meu pai ao mercado, às feiras e às tabernas, onde a movimentação de gentes e o vozerio agitado me davam contas da existência de um mundo menos pachorrento do que o que ocupava a maioria dos meus dias; as lições e exercícios de leitura e escrita de minha mãe, nas horas calmas que iam do jantar ao dormir, pelas quais eu ansiava, diante das oportunidades de viver nos livros o que pensava não me seria dado viver no real.

As lembranças me ocupavam de tal forma a cabeça que quase joguei a mula sobre a figura estática e incrédula de meu pai, que subia a trilha em direção aos olivais. Por algum tempo ficamos olhando um ao outro. Eu, sem saber o que dizer ou fazer, inseguro diante da impossibilidade de prever sua reação; ele tentando, talvez, fundir a imagem do menino que o deixara e o rapaz que agora voltava à sua frente, seguramente o mesmo filho, embora as duas figuras se mostrassem tão diferentes.

— És tu, Gabriel?

— Sim, pai — respondi, enquanto descia da mula —, e estou de volta para compensar os tempos de ajuda e trabalho que subtraí de ti e dos meus irmãos.

Não houve o tão esperado caloroso abraço do pai ao filho pródigo, apenas algo um pouco mais que um aperto de mãos e um tocar de ombros. O bastante, no entanto, para que eu sentisse que minha ausência provocara menos traumas do que o imaginado e que meu retorno mostrava-se tão natural quanto teria sido se a saída tivesse sido curta e consentida.

— Por que fugiste como um ladrão, sem pedir meu consentimento? Eu não o teria negado. Por onde andaste todo este tempo? Estás tão mudado. Te tornaste um homem.

— Como estão todos meus irmãos? — retruquei com outra pergunta, pela incapacidade de dar breves respostas a questões que exigiriam horas para serem atendidas.

— Estão todos nos seus trabalhos, exceto Pero, que ainda é miudinho, e Bento, que, apenas com seis anos, só ajuda com as criações. Por aqui quase nada mudou desde que partiste. Teus irmãos sempre perguntam por ti e Miguel, já com a idade que tinhas ao partires, faz agora as vezes de primogênito. Quanto a Mercedes, já me ocupo de arranjar-lhe um marido, afinal já completou os treze anos. Damião está bem, mas Inês morreu logo um ano após tua partida, de uma febre que grassou por aqui e que atacou também Bento e Pero, que felizmente escaparam.

A notícia da morte da pequena Inês, a mais nova das minhas duas irmãs, imediatamente empalideceu a alegria que já começava a invadir minha alma com a recepção que meu pai concedia, não muito calorosa, mas bem distante da fúria que esperava encontrar. Senti algumas lágrimas escorrerem pela face, ao mesmo tempo em que um grande aperto no coração passou a refletir o remorso que me invadiu, ante o pensamento de que minha presença talvez tivesse evitado a morte da mais querida das duas irmãs.

A tristeza levou-me a abraçar meu pai, na busca de consolo e perdão pelo que julgava ser minha parcela de culpa, não recebendo, no entanto, mais que um tímido tocar de suas mãos às minhas costas. Contentei-me com isto, pois manifestações mais expansivas de afeto não combinavam com seu temperamento abrutalhado pela falta de cultura e pela alma calejada por sofrimentos que a vida impunha a todos que, como ele, deviam arrancar o sustento à custa de duros embates cotidianos contra a terra hostil e a exploração dos senhores da terra.

Meus irmãos, ao contrário, manifestaram enorme alegria com meu retorno, e ao jantar, todos reunidos em torno da mesa de refeições, passei a narrar as aventuras que vivi, desde a madrugada em que saí de casa, até aquele dia de alegria pelo reencontro e de

309

tristeza pela ausência de Inês. A maior alegria, porém, foi a de meu pai, quando lhe dei os cruzados que me restavam, que perfaziam várias vezes a quantia que eu lhe havia subtraído e que, para minha surpresa, até aquele momento não me fora por ele cobrada.

As histórias dos índios foram as que mais admiração despertaram, chegando Miguel a manifestar certa incredulidade quando falei sobre os hábitos antropofágicos dos selvagens, extasiando-se, porém, quando descrevi o hábito das índias andarem nuas como Deus as criou. Meu pai a tudo escutava em silêncio, demonstrando sua admiração, não só pelas histórias, mas por vê-las vividas por um filho seu, sem conseguir mesmo ocultar um certo orgulho por isto. Afinal, o orgulho pelos feitos vitoriosos da descendência, mormente quando do primogênito, é um sentimento comum a todos os pais, que sempre vêem projetados e ampliados nos filhos os valores de caráter que julgam possuir.

Fiquei junto à família ainda por mais cinco meses, até o final daquele ano, voltando aos mesmos trabalhos que obrigavam a todos, ruminando as mesmas questões ainda não respondidas quanto ao futuro. A retomada da rotina de trabalhos de lavoura e pastoreio, no entanto, acabou por responder às minhas angústias, e a resposta era de que, de fato, aquela não era a vida que eu desejava. Uma certa nostalgia da aventura e dos perigos que rondam a vida no mar acabaram, ao fim, por levar-me a concluir convictamente que, apesar de todos os riscos e percalços, aquela era a vida que eu queria.

Numa noite, ao jantar, manifestei a decisão a meu pai e informei que partiria no dia seguinte, agora não mais furtivamente, mas esperando receber sua bênção. Ele nada disse, apenas devolveu seus olhos para o prato, deixando que o silêncio do consentimento desse a resposta. Bento, o mais entusiasmado com minhas histórias, logo manifestou o desejo de ir comigo, pois também queria viajar e conhecer os índios. Recebendo uma gargalhada dos irmãos, diante da petulância do miúdo e um severo olhar de admoestação do meu pai, o que o levou a retirar-se amuado para a cama que dividia com Pero, o menorzinho dos irmãos.

No dia seguinte retomei os caminhos de Ferramontes a Lisboa, que já não me eram estranhos, chegando ao Barreiro ao entardecer do segundo dia e alcançando Lisboa à noite. Refiz os mesmos passos que iniciaram minha saga, agora com a máxima cautela, imaginando que a cada esquina poderia ter meu destino levado para rumos indesejados. Nada, entretanto, aconteceu e logo me instalei num pequeno albergue bem próximo do largo da Ribeira das Naus, onde poderia obter informações sobre possibilidades de embarque.

Não havia qualquer frota em preparação de grande viagem. Apenas alguns navios isolados se preparando para pequenos percursos: à vila de Lagos, em busca de peças náuticas não produzidas pelos estaleiros de Lisboa; ao Porto, no norte do país, levando mercadorias de todo tipo, trazendo na volta carregamentos de vinho daquela região; e a Ceuta, na costa africana, logo após o estreito que dava entrada para o mar Interior, que deveria retornar com um carregamento de escravos. Afastei qualquer intenção de embarcar nesta última, mesmo diante de promessas de pagamento mais atraente, em vista do repugnante comércio a que ela se prestava. Aceitei embarcar na pequena caravela que se destinava à vila de Lagos.

A experiência que eu já acumulara da vida no mar me permitiu desta vez engajar como marinheiro, o que me afastava dos inconvenientes da submissa vida de grumete, ainda que obrigado a trabalhos mais arriscados e não menos árduos. Cheguei a realizar três viagens na caravela, que se chamava *Sant'Anna,* duas à vila de La-

311

gos, com carregamento de peças de bronze e ferro destinadas aos estaleiros de Lisboa, eis que naquela vila eram feitas com mais esmero e qualidade do que pelos artesãos de Lisboa. Outra a Sevilha, na Espanha, porto que era alcançado, a partir da cidade costeira de Sanlúcar de Barrameda, que dava entrada ao largo e sinuoso rio Guadalquivir que, por sua vez, levava ao porto daquela bela cidade espanhola, onde os mouros, seus antigos conquistadores, deixaram muitos estragos na população, mas inúmeras e belas construções espalhadas por toda a região.

Desta última viagem nunca soube a carga, transportada para o interior da *Sant'Anna* dentro de sacos e caixotes fortemente vigiados, cujo conteúdo foi mantido em bem fiscalizado segredo e desembarcado à noite em Lisboa, provavelmente por tratar-se de contrabando, eis que o comércio lícito entre Portugal e Espanha não era muito incentivado por qualquer dos respectivos monarcas.

Ao fim da terceira viagem fui desengajado, pois a *Sant'Anna* deveria ser levada aos estaleiros da Ribeira das Naus por mais de um mês, para pequenos reparos na mastreação. Sem qualquer ocupação durante este tempo, fiquei em busca de outras possibilidades de embarque, vindo a saber que nova frota de exploração da recém-descoberta Terra de Santa Cruz estava sendo armada, sob o comando do mesmo nobre que capitaneara a primeira, Dom Gonçalo Coelho.

Dirigi-me imediatamente à Casa de Contratação, onde poderia obter informações mais precisas e até mesmo anotar meu nome como tripulante da frota. De fato, uma nova expedição estava sendo organizada e os pilotos João Lopes de Carvalho e João de Lisboa, junto com alguns contramestres, estavam selecionando homens para servirem na esquadra.

Ao informar meu nome e minha condição de haver sido resgatado, pelo mesmo comandante, das mesmas terras que se pretendia novamente explorar, fui prontamente aceito e mais ainda, para meu gáudio, destacado para ser embarcado na caravela que seria comandada pelo piloto Américo Vespúcio, que já havia demonstrado simpatia por mim e grande interesse nas informações que lhe foram repassadas acerca das novas terras.

Finalmente os fados trabalharam a meu favor, concedendo-me um novo e proveitoso embarque, numa boa condição, pois meus conhecimentos da língua e dos costumes indígenas me concediam um posto de destaque em toda a tripulação. Eu iria na condição de *língua*, que era a denominação vulgar dada aos tradutores embarcados. Não seria um reles marinheiro, sujeito às arriscadas escaladas pelas enxárcias buscando as vergas e alto dos mastros, equilibrando-se precariamente sobre cordas para recolher ou desfraldar velas, esfregar tábuas dos conveses, carregar, empilhar e arrumar a carga nos porões, ou qualquer dessas tarefas perigosas e pesadas da vida no mar. Meus anos de angústias e penosos esforços de sobrevivência em terra hostil eram agora coroados com minha alçada a um posto nobre e respeitado em qualquer frota que se dirigisse a terras selvagens ou desconhecidas, habitadas por gentes estranhas aos costumes, religião e língua dos países europeus.

A frota desta vez era maior, composta de duas naus e quatro caravelas. Seus propósitos eram o de dar seguimento às investigações anteriores sobre as novas terras portuguesas d'além mar. Enquanto a primeira viagem fora mais atenta aos aspectos geográficos, pois mais não era que a continuação da viagem de Dom Cabral que, por sua vez, buscara apenas confirmar a existência da terra e dela tomar posse em nome d'el-rei, esta segunda expedição pretendia descobrir e inventariar mais detalhadamente seu potencial de riquezas possíveis de serem exploradas em proveito do tesouro do reino.

313

Visto que a uma primeira abordagem as terras de Santa Cruz não aparentavam possuir ouro, prata, ou pedras preciosas, pelo menos na costa, e que a população indígena até então encontrada era por demais selvagem para possibilitar qualquer intercâmbio comercial, só restava a Portugal a exploração do que ali era abundante e encontrava vastos mercados em toda a Europa: o pau-de-tinta, também conhecido por pau-brasil, dada sua coloração avermelhada como uma brasa. A duríssima madeira desta árvore portentosa já era conhecida e muito utilizada na construção de móveis, e mais comumente na produção do corante vermelho, tão procurado para o tingimento dos panos que alimentavam a vaidade feminina.

A extração da madeira na Terra de Santa Cruz e seu transporte para Portugal, com menores riscos e custos do que as trazidas do Oriente, faziam crer que nela se encontraria uma boa forma de aproveitamento da terra. Pelo menos até que não fossem achadas as esperadas jazidas de ouro, prata ou de pedras preciosas, que tanto freqüentavam os grandes sonhos e atiçavam a cobiça dos poderosos soberanos europeus.

O conhecimento das rotas, artifícios e percalços de navegação para a nova Terra de Santa Cruz, iniciado com a "volta do mar", descoberta por Bartolomeu Dias, confirmado pelo almirante Vasco da Gama e finalmente consagrado por Dom Cabral, veio a ser bem aperfeiçoado pelos navegadores portugueses. Mas, apesar de todo o segredo com que era mantido, já havia chegado aos ouvidos de espanhóis e franceses, também ansiosos por conquistar terras, ampliando pelo comércio o poder de seus reinos. Daí a preocupação d'el-rei Dom Manuel em melhor conhecer seus novos domínios, adiantando-se a quaisquer aventureiros que pudessem vir a conquistar e explorar as terras daquele novo mundo.

A frota zarpou do Restelo já pelos meados do ano da graça de Nosso Senhor de 1503, rumo ao sul, na direção das costas africanas de onde, a partir do arquipélago do cabo Verde, aproou para sudoeste, afirmando Dom Gonçalo que era para fugir das calmarias, comuns nas costas da África a partir da linha equinocial, mas que era na verdade o artifício encontrado para a "volta do mar" que levava diretamente às costas da Terra de Santa Cruz ou Terra dos Papagaios, como preferiam denominá-las os marinheiros.

Após menos de dois meses de calma singradura, por volta dos primeiros dias do mês de agosto foi avistada uma grande ilha perdida no meio do oceano, que pelos cálculos de navegação não devia estar muito distante da costa continental. Absorvidos pela expectativa de terra próxima, que mesmo de longe já mostrava ser bela e farta, e navegando por águas que ainda pareciam pertencer ao oceano profundo, embora se mostrando quase planas como um lago, os navegadores da portentosa nau capitânia de Dom Gonçalo não observaram a presença de arrecifes abaixo da superfície e o barco acabou por espatifar seu casco num deles.

O estrondo se fez ouvir por todas as caravelas próximas do acidente e o pânico que tomou conta da nau que começava a se desfazer logo se espalhou pelas demais embarcações, todos temendo pela vida dos companheiros, e, mais que tudo, alertados pelo pavor de estarem navegando por águas repletas de armadilhas. Os demais capitães ordenaram o imediato lançamento de batéis ao mar, para resgate dos homens que se jogavam na água, ao mesmo tempo em que mandavam redobrar os cuidados com a presença de outros arrecifes à frente, principalmente os temíveis bancos de pedra que se ocultavam poucos palmos abaixo da superfície, exibindo-se apenas a distância incapaz de permitir uma mudança de rota a tempo de evitar que as pedras rasgassem o ventre dos navios, mormente as grandes naus, de maior calado.

A operação de salvamento durou todo o resto do dia. Ao entardecer, todos haviam sido salvos, com as graças do bom Deus, e distribuídos entre as quatro caravelas e a nau, que passou a ser a única da frota, escolhida por Dom Gonçalo Coelho para ser a nova capitânia.

Nada tendo sofrido, ao contrário de muitos outros homens que, apesar de salvos, tiveram alguma espécie de ferimento, Dom Gonçalo reassumiu o comando e ordenou que todos se dirigissem cautelosamente até o arquipélago, onde duas ilhas se destacavam. A frota aproximou-se da ilha maior, com a cautela necessária de manter-se afastada dos bancos de arrecifes, buscando local onde houvesse profundidade capaz de permitir o lançamento de âncoras, para que pudesse passar a noite em segurança.

A ilha maior, assim chamada até que Dom Gonçalo a batizasse com o nome de São Lourenço, era grande e rochosa. Cercada de outras menores, era rodeada de praias e rochedos alcantilados, que vinham até a beira-mar e às vezes adentravam pelo mar, como que mergulhando e logo emergindo das águas límpidas e brilhantes. Em nada destoava da beleza encontrada em todas as paisagens das terras continentais daquela parte do mundo, que cada vez mais eu pensava ser, por suas belezas, uma extensão do paraíso, se não o próprio.

Não bastasse o magnífico cenário das rochas e da vegetação exuberante e florida, inúmeros e diferentes tipos de aves, indiferentes à nossa presença, esvoejavam graciosamente sobre as naves, acompanhando os bandos de golfinhos que faziam daquelas águas seu pátio de recreação. A limpidez cristalina da água permitia à vista alcançar até mesmo o fundo, onde cardumes nadavam em movimentos uniformes, para um lado ou para o outro, indo à fren-

316

te ou dando bruscas meias-voltas, fugindo de peixes maiores, como se formassem um único corpo dividido em infinitos pedaços, mas ligados por uma única vontade.

O mar calmo e preguiçoso da véspera repetiu-se no dia seguinte e logo toda a frota estava fundeada numa pequena enseada bem abrigada dos ventos oceânicos. Dom Gonçalo ordenou que todos fossem envolvidos em trabalhos de salvamento do que fosse possível arrecadar dos escombros da sua nau. Por dois dias todos os marinheiros ficaram ocupados com estas tarefas, que o mar, no segundo dia, abandonando a tranqüilidade anterior, dificultou ao extremo, impedindo que a maior parte da carga de víveres da nau, agora reduzida a escombros de madeira, fosse recuperada e transferida para as demais embarcações.

Temendo atrasos indesejáveis na sua missão, Dom Gonçalo ordenou a Vespúcio que permanecesse na ilha e continuasse os trabalhos de salvamento do restante que fosse possível do naufrágio, enquanto os demais prosseguiriam seu périplo, voltando a se reunir naquele mesmo local dali alguns dias.

Apesar do mar continuar revolto, dando mostras de que a planura exibida dias antes era uma exceção, não foram gastos mais que outros dois dias de trabalhos duros e arriscados para que tudo o que foi possível salvar estivesse a bordo da nossa não muito grande caravela, que também já abrigava vinte dos homens salvos da nau destroçada.

Cumpridos os trabalhos de resgate, deveríamos aguardar o retorno de Dom Gonçalo e o restante da frota, para continuação da viagem. Diante da ociosidade dos muitos homens confinados em pequeno espaço, que poderia explodir em conflitos, Dom Vespúcio permitiu que a tripulação folgasse nas praias da ilha, o que foi ruidosamente comemorado. Alguns mais afoitos sequer esperaram o embarque nos dois batéis disponíveis e mergulharam nas águas verdes-claras, partindo a nado rumo à praia, eis que o local de ancoragem não distava mais que cem braças da arrebentação das ondas.

Os dias seguintes foram de folga e recreação nas praias de águas tépidas, de pesca e captura de tartarugas e de aves que se deixavam apanhar facilmente, pois ainda não conheciam o homem como predador. Alguns marinheiros se aventuraram pelo interior da ilha, nada, porém, encontrando digno de nota, além de confirmarem ser ela despovoada de outras formas de vida que não aves, tartarugas e lagartos. Muitos — eu dentre eles — aproveitando-se de um tempo que não prometia chuva ou frio, decidiram mesmo dormir em terra, improvisando com paus e folhas pequenas cabanas, necessárias apenas para abrigar do sereno da noite. Não devo ocultar que minha farta experiência na construção de abrigos foi largamente usada e elogiada, ainda que tenham sido dispensados meus conselhos quanto à construção de paliçada, pois não fora constada a existência na ilha de qualquer animal maior ou mais feroz que inocentes lagartos.

Dentre os marinheiros salvos, distribuídos pelas outras embarcações, veio para nossa caravela um jovem que todos chamavam de Alemão, por seus longos cabelos louros, típicos dos homens originários da Germânia, mas que na realidade era um francês, nascido no porto de Marselha, cujo nome verdadeiro era Louis Charles. Apenas mais um dentre os marinheiros de várias nacionalidades que formavam as tripulações dos barcos portugueses, da mesma forma que muitos portugueses formavam na tripulação de barcos de outras nações.

Logo que a nau capitânia começou a desconjuntar, foi ele um dos primeiros a se jogar ao mar, temendo ser atingido por algum pedaço das madeiras que saltavam de todos os lados, ou ser sufocado pelos panos da velas que caíam junto com as vergas que se desprendiam dos mastros. Mostrou ser um exímio nadador, pois foi dos primeiros a alcançar nossa caravela, que naquele momento era a mais próxima, mas ainda assim distante mais de cem braças da nau acidentada.

Por ter sido eu o primeiro a oferecer-lhe os braços para que completasse a escalada do costado da caravela, logo travamos amizade e ele passou a ser meu único companheiro de conversas, ainda que pouco dominasse a língua portuguesa. Buscando melhorar seu linguajar canhestro na minha língua, acabei iniciando também meu aprendizado da língua dele, o que foi se dando de modo bem mais rápido e fácil do que o aprendizado da língua indígena, dado que as diferenças entre meu idioma e o de Louis Charles, ou Alemão, eram bem menores do que com a língua dos índios.

Ao fim do décimo dia desde nossa chegada, uma das caravelas apontou no horizonte oeste e, ao se aproximar sem que as demais fossem vistas, causou em todos a apreensão de haver o restante da frota sido vítima de alguma tragédia, que teria levado todas ao fundo. Felizmente, sua aproximação, anunciada com um tiro de bombarda secundado por alegres saudações de todos a bordo, demonstrou que nada de grave tinha ocorrido com as demais naves. Seu retorno fora somente para informar a Dom Vespúcio que a nau de Dom Gonçalo e as outras duas caravelas prosseguiram sua exploração em direção ao sul margeando a costa a partir do já conhecido cabo de Santo Agostinho, que não distava da ilha mais que oitenta léguas na direção sudoeste, e que voltariam todos a se reunir na já conhecida baía de Todos os Santos.

Encerrando os folguedos, Dom Vespúcio ordenou que as duas caravelas zarpassem no rumo indicado, até o cabo de Santo Agostinho, onde, na primeira abordagem, na viagem anterior, havia sido feita a exploração da terra que resultou na morte de três homens, devorados pelos índios. Após quatro dias de navegação chegamos ao cabo, porém o comandante decidiu não desembarcar, nem mesmo para refazer suprimentos de víveres e água doce, para não correr novos riscos de ataques de antropófagos. A viagem prosseguiu costeando no rumo da baía de Todos os Santos, local de encontro com o restante da frota.

Ao fim de mais cinco dias de tranqüila navegação entrávamos na baía, já conhecida do capitão e de grande parte da tripulação que estivera com ele na primeira viagem.

CAPÍTULO XXV

NOVOS RUMOS

A S DUAS CARAVELAS LANÇARAM âncoras próximas de uma ilha quase ao fundo da baía, bem abrigada e grande o bastante para conter suprimentos de água e frutas, mas distante das margens o suficiente para prevenir ataques traiçoeiros de índios que habitassem o interior. Informei a Dom Vespúcio que estes poderiam ser os temidos *kaiuités,* ferozes inimigos dos *tup'ñquins,* os únicos índios confiáveis que eu conhecera.

Já muito falei atrás sobre as belezas daquela Terra de Santa Cruz e não devo cansar os olhos e a paciência do bravo leitor que me acompanhou até aqui com novas descrições das paisagens e variedades de animais e pássaros da ilha, pois apenas repetiria tudo o que já foi dito de outras praias e baías já conhecidas e descritas. Muitas outras ilhas existiam naquela baía de Todos os Santos, sendo a maior delas uma que lhe protegia a entrada e que, por sua vez, era também protegida por barreiras de arrecifes, separada do continente, pelo lado sul, por canais estreitos que permitiriam a rápida travessia de selvagens que talvez até habitassem nela, pois era grande o suficiente para abrigar várias tribos.

321

Da mesma forma como fizera nos dias em que permanecêramos ancorados na ilha de São Lourenço, o comandante Vespúcio voltou a permitir que os marinheiros folgassem nas praias da ilha, após meticulosa exploração que mostrou não haver índios por ali. O tempo foi também aproveitado para a realização de pequenos reparos nas caravelas, inclusive a raspagem dos cascos para retirada das cracas que muito contribuíam para diminuir a velocidade dos barcos, tarefa que era desempenhada por homens preparados para ela, pois capazes de demorados mergulhos.

O tempo de espera Dom Vespúcio consumia em escritos, para os quais eu muito contribuía com informações ainda não repassadas, ou confirmando relatos sobre os animais e a vegetação, principalmente as plantas de propriedades curativas ou venenosas. Da baía de Todos os Santos quase nada podia falar, pois só a conhecia agora, embora sua paisagem mostrasse pouca diferença das terras mais ao sul, cujas praias e matas me eram mais familiares. Apenas os mangues que a rodeavam poderiam mostrar vida animal e vegetal desconhecidas para mim.

O interesse maior do comandante, no entanto, centrava-se na árvore de pau-de-tinta, ou pau-brasil, até agora a única coisa tida como de vantajosa exploração e justificativa para as custosas viagens até aqueles rincões. A existência em abundância daquela árvore nas terras agora portuguesas já havia sido constatada também nas terras descobertas para os reis de Castela ao norte, mostrando-se bem promissora sua exploração, mormente se fosse impedida ou dificultada sua vinda das terras do Oriente, que de resto, pelas distâncias, chegava até os portos da Europa por preços bem mais altos do que chegariam as cargas vindas de terras mais próximas.

Dom Vespúcio muito me horrorizou quando aventou a possibilidade de a extração da madeira vir a ser feita por índios, escravi-

322

zados ou pagos com as quinquilharias que tanto os encantavam. Isto tornaria ainda menor o custo da exploração do pau-brasil. Pensei que seria um bom castigo para selvagens tão ferozes quanto os *kaiuités*, porém, logo fui levado a também pensar na indignidade que seria escravizar índios como meus amigos *tup'ñquins*, ou — o que seria quase a mesma coisa — pagar seu trabalho com objetos de pouco ou nenhum valor para os europeus, como miçangas, contas, espelhinhos ou outras miudezas.

Mas entender como errado escravizar os *tup'ñquins* apenas por serem da minha simpatia, significava aceitar que outros homens fossem submetidos à força para realizar trabalhos que iriam em proveito apenas do mais forte, e como tal idéia me repugnava, pois de certa forma fora eu também submetido a semelhante condição, concluí que a escravização de qualquer índio, fosse amigo ou inimigo, deveria ser vista com a mesma repulsa que me causava a escravização dos africanos.

Tive a ousadia de externar tal pensamento a Dom Vespúcio, preparando-me para receber algum severo castigo pela audácia de falar quando não argüido e, sobretudo, contrariando idéias de um superior. Porém, surpreendentemente, ele se contentou em dar poucos ouvidos às minhas afirmações, expressando apenas que, como os índios não tinham alma, ou se a tinham não eram remidos pelo batismo, não seria pecado tratá-los como se humanos não fossem, pois não o eram de fato. Preferi não retrucar, mesmo não aceitando como verdadeiro o argumento, mas feliz por não vê-lo como pretexto para castigos. Prometi a mim mesmo não voltar a desafiar uma sorte que até ali me tinha sido amiga.

Os dias na ilha se consumiam em ócios, apenas interrompidos, vez ou outra, com os trabalhos necessários de caça e pesca que sustentavam a alimentação dos marinheiros, poupando os víveres de bordo. Alguns índios foram avistados nas praias mais próximas do outro lado da baía, porém Dom Vespúcio, temendo conflitos desnecessários, por não conhecer-lhes a índole, proibiu qualquer contato. Por várias vezes ofereci-me para ir ao encontro dos índios, desde que com a cobertura de homens armados, mas o comandante preferiu não correr qualquer risco, mesmo porque a qualquer momento o restante da esquadra aportaria ali e todos continuariam a viagem exploratória para o sul.

Após dois meses de espera, quando já se aproximava o verão naquele hemisfério, temendo que a longa ociosidade afrouxasse os laços de disciplina, Dom Vespúcio viu a paciência se esgotar e concluiu que o restante da esquadra havia se perdido, ou que a soberba de Dom Gonçalo Coelho o havia levado a abandoná-lo, visto que em nenhum instante o comandante da expedição deixava de manifestar sua antipatia e oposição pela presença do piloto florentino, capaz de ofuscar o brilho de seu comando e suas possíveis descobertas. Os sentimentos do nobre português acabavam por ser o reconhecimento da maior competência do italiano, que, além dos conhecimentos náuticos, carregava também larga experiência ao norte e ao sul daqueles mares da nova terra.

Mandando que o capitão da outra caravela se submetesse a ele, pois doravante assumiria o comando geral da pequena frota, Dom Vespúcio ordenou que fossem levantadas âncoras e prosseguíssemos no rumo sul. Dispúnhamos ainda de abastecimento para quase um ano de viagem sem tocar a terra e do tempo que fosse possível para melhor conhecer o que ele já chamava de Novo Mundo, mapeando toda sua costa e inventariando todas as riquezas que ali houvesse possíveis de serem exploradas.

Navegamos ainda por cerca de quatro meses, cumpridas a bordo as datas da Natividade do Senhor e da entrada do novo ano de 1504.

Apenas breves paradas, que quase nunca consumiam mais que um par de dias para melhor conhecimento de alguma foz de rio, interrompiam nossa viagem. Já entrados nos meados do que seria o outono, passamos por um pequeno e recortado promontório, logo depois alcançando a entrada de uma estreita boca de mar no início de uma extensa praia que se estendia até bem próximo da ilha montanhosa que formava o cabo que o próprio Dom Vespúcio já batizara de cabo Frio.

O comandante deu ordem para que as caravelas fundeassem na entrada do canal e mandou que homens em batéis o explorassem, pois bem poderia ser a foz de algum rio, apesar de os efeitos da maré se fazerem sentir muito além de sua confluência com o mar.

Dois dias após a partida os batéis voltaram com a informação que, de fato, não se tratava de um rio, mas de um canal que dava entrada para uma grande lagoa, de águas extremamente salgadas e de fundo raso todo revestido de pequenas conchas. Informaram também que alguns índios foram vistos de longe os observando furtivamente, fugindo de suas vistas sempre que tentavam se aproximar. Não manifestaram, no entanto, qualquer hostilidade.

A praia, desde a entrada do canal, estendia-se pelo interior em grandes dunas de areia, possivelmente alcançando, por todo o lado sul da lagoa, outra praia muito extensa, que se estendia por muitas léguas, marcando a mudança de direção da costa, que desde o cabo de Santo Agostinho até este cabo Frio evoluía do norte para o sul e sul-sudoeste, e agora quebrava na direção oeste, e assim seguia até além da esplendorosa angra dos Reis. O cabo Frio formava como que uma esquina na Terra da Santa Cruz. À direita da entrada do canal o terreno se elevava em colinas baixas revestidas de uma densa floresta de muitas palmeiras e grandes árvores, denotando ser bastante farta em pau-brasil.

Elegendo os baixos rochedos que marcavam o início da praia, à esquerda do canal, como local apropriado para instalação das defesas da região, Dom Vespúcio ordenou que se levantassem ali as bases de uma fortaleza, que ele pretendia fosse o bastião de defesa de uma futura feitoria destinada à exploração do pau-brasil. Inicialmente se faria uma alta cerca de toras e se construiriam algumas cabanas no seu interior, para proteger e abrigar os homens que ali permaneceriam para construir as instalações definitivas.

Sua disposição de fundar um posto de estocagem e embarque de madeira obrigava a que alguma forma de contato fosse estabelecida com os índios da região, para bem conhecer seu ânimo, destruindo-os se inamistosos ou cativando suas almas e seus corpos se dóceis e submissos à superioridade dos homens civilizados sob a religião cristã. Para tanto, fui designado para, junto com mais meia dúzia de homens bem armados, buscar uma aproximação com os índios que os exploradores da lagoa haviam visto nas suas margens.

Não obtive muito sucesso na missão, pois os selvagens de quem pudemos nos aproximar indicavam ser de tribo distinta dos *tup'ñquins* que eu conhecera, ou mesmo dos ferozes *kaiuités*. Além de fazer parecer que não me entendiam, apesar de eu falar uma língua que não lhes poderia ser totalmente estranha, não manifestaram intenção de manter contato conosco. Tampouco demonstraram temer nossa presença, apesar das demonstrações de força que foram feitas com disparos de pistolas e arcabuzes. Diante do estrondo das armas apenas fugiam apavorados, para logo depois voltarem cautelosos e desconfiados, conversando entre si e nos observando, como se fôssemos seres com os quais não era possível manter contato senão com os olhos, como acontece com fantasmas.

Demonstravam querer apenas satisfazer a ingênua curiosidade de ver de perto seres para eles tão estranhos, mas que, uma vez satisfeita e demonstrado que não oferecíamos outros perigos, além de produzir barulhos e fumaças, logo se afastavam, transformando a grande curiosidade em não menor desinteresse.

Verificado que os índios não ofereciam perigo, sequer eram numerosos, Dom Vespúcio organizou um pequeno grupo de trinta homens, eu inclusive, para uma expedição de exploração do interior das terras, enquanto os demais permaneceriam ocupados na construção da paliçada que abrigaria a feitoria e com o corte das árvores de pau-brasil, denotando que o comandante pretendia obter lucros extras de sua viagem exploratória.

Partimos pelo canal até a entrada da grande lagoa e daí até o fundo da mesma, onde os batéis foram arrastados para terra e ocultados sob galhos e ramagens, prevenindo seu arresto pelos índios. Prosseguimos pelo interior, inicialmente por uma extensa planície que aos poucos dava lugar a colinas cada vez mais altas, indicando a aproximação da serra que era possível ver enevoada ao longe. Ao nos aproximarmos da serra, a mesma que era avistada da baía do Rio de Janeiro onde se destacava a montanha como um dedo apontando o céu, vimos que era muito íngreme e impossível de ser escalada sem a preparação prévia de uma expedição com víveres, animais e instrumentos adequados, e que, em razão de ser coberta por densa floresta, exigiria muitos dias de penosa caminhada para se atingir seu topo.

Após caminharmos pelo interior cerca de quarenta léguas desde a lagoa, chegando aos contrafortes da serra, Dom Vespúcio se deu por satisfeito com a extensão já explorada, pois embora nenhum indício de pedras ou metais preciosos fosse encontrado, a região se mostrava tão farta de pau-brasil que sua exploração compensaria os esforços de buscá-lo tão longe, à medida que se esgo-tasse nas terras litorâneas, confirmando as vantagens da instalação de uma feitoria no cabo Frio.

Estranhamente, pois éramos todos marinheiros, mais afeitos ao mar que à terra, nenhum incidente de monta, além da horda de mosquitos que atormentava nossas noites, perturbou a expedição que durara quase um mês, desconsiderando-se a morte de um dos homens, picado por uma pequena serpente peçonhenta e que não vivera mais que algumas horas em intenso sofrimento desde que recebeu o poderoso veneno.

Retornamos ao local onde seria construído o forte, encontrando a paliçada já levantada e algumas cabanas prontas no seu interior. O comandante Vespúcio informou então que as duas caravelas volta-riam para Portugal, transportando o pau-brasil, cortado em toras. Sob intensos protestos dos escolhidos, determinou que uma vinte-na de homens deveria permanecer ali e dar prosseguimento aos tra-balhos de construção e de corte de pau-brasil. Somente a promessa do retorno a Portugal e de cobiçados ganhos, quando de um futuro e próximo segundo embarque junto com a preciosa mercadoria, acalmou os ânimos dos marinheiros revoltados com a decisão de serem deixados como degredados, quando não o eram.

Com os porões abarrotados de toras de pau-brasil as caravelas tomaram o rumo da volta para Portugal, deixando, com os que permaneceram, bombardas e outras armas de menor calibre, uma grande quantidade de ferramentas e utensílios, além de víveres suficientes para sustentá-los por cerca de seis meses, sem contar o que poderiam obter da terra e das roças possíveis de cultivar no interior da paliçada.

Aqueles homens poderiam ser, junto com os degredados aban-donados em Cananéa na primeira viagem de Dom Gonçalo Coelho, os primeiros habitantes permanentes da Terra de Santa Cruz. Mas nem mesmo a honra de formar dentre os ancestrais mais antigos da população que por certo acabaria por ocupar aquelas terras empanou a alegria que senti quando as caravelas partiram levando-me a bordo. Mais que tudo, minha alegria vinha do sentimento de ver que ali se firmava minha vocação de marinheiro (mas quem sabe os desígnios de Deus, que acabou por tomar-me um humilde tripulante de sua igreja?) e que doravante meus antigos sonhos de infância poderiam se tornar reais.

Além da remuneração que receberia pelo meu contrato como *língua*, apesar de não haver prestado meus serviços senão na frustrada tentativa no cabo Frio, Dom Vespúcio anunciara que cada homem da tripulação receberia, como recompensa, uma parte dos lucros que seriam obtidos com a venda da carga de pau-brasil, que a julgar pelo peso das caravelas que navegavam com os cascos mergulhados muitos palmos abaixo da linha d'água normal, faria de cada marinheiro um nobre enricado.

Chegamos a Lisboa no início do verão calorento e chuvoso das terras portuguesas. Conforme o prometido, cada marinheiro deveria receber uma recompensa, depois da venda da carga de pau-brasil, que não tomaria mais que alguns dias para se realizar. Tocariam a cada um valores diferentes, de acordo com tamanho das responsabilidades desempenhadas a bordo, o que pelos padrões portugueses significava que receberiam mais os escrivães e ecônomos, os chefes de armas, depois os pilotos, contramestres, timoneiros, artífices, descendo até os simples marinheiros e finalmente os grumetes, que muito pouco ou quase nada receberiam.

Numa grosseira aritmética estimei que a venda das quase dez mil toras resultaria numa quantia equivalente a cerca de cento e vinte cinco mil ducados, sendo a vigésima parte, depois de subtraído o quinto pertencente a el-rei, a que seria distribuída entre a tripulação de cerca de duzentos homens, excluídos os que ficaram no cabo Frio. Isto significava um total aproximado de vinte e cinco mil ducados para el-rei, cinco mil ducados a serem distribuídos entre toda a tripulação e o restante em mãos dos comandantes, do piloto-mor e dos armadores.

Não sei qual foi a solução da pendência que deve ter se armado com a volta de Dom Gonçalo, entre este e o florentino Vespúcio, pois aquele era o comandante original da expedição e assim se manteve até que o italiano, julgando haver o restante da frota se perdido, assumiu o comando, sendo, inclusive, o único e direto responsável pelo corte, embarque e venda da madeira.

Julguei, não sem alguma soberba, que as funções que desempenhei eram da maior importância, apesar de estarem abaixo das de maior responsabilidade a bordo, e podiam ser consideradas bem acima das dos demais tripulantes. Calculei que seriam mais ou menos duzentos e quarenta ducados o que eu receberia de recompensa, pois fora durante toda a viagem o conselheiro de Dom Vespúcio para o relato das coisas e riquezas da terra, acompanhando e às vezes até corrigindo suas anotações. Além disso, fora contratado para ser o *língua* da expedição, atividade que muitas vezes salvava vidas e garantia o bom êxito de uma missão, impedindo os mal-entendidos que a incompreensão das boas intenções entre gentes de língua diferente pode causar.

Ao receber, no entanto, minha cota de participação das mãos do ecônomo das contas de Dom Vespúcio, contei apenas cento e oitenta ducados, incluídos meus salários de bordo, tudo somando muito menos que a metade do prêmio a que eu fizera jus quando da narrativa juramentada de meus anos de degredo, que me fora subtraída no malfadado albergue do gordo albergueiro Eduardo.

Recebi mais do que o contratado no início da viagem, porém, menos do que prometiam as milhares de toras, cujo desembarque tomou muitos dias de trabalho dos marinheiros que permaneceram a bordo para este fim.

Eu fora mais uma vez iludido pela ingenuidade que até aquele momento fazia de mim um eterno crente na inexistência de maldade nos comportamentos humanos, enquanto da parte do outro não se manifestasse ação ou intenção maldosa. Não que tenha abandonado a crença na bondade inata nos homens criados à semelhança de Deus, mas é bem verdade que a tomo hoje com mais cautela, pois a partir daquele dia pude confirmar que não poucas vezes os homens buscam garantir sua existência explorando a de outros: escravizando pela força ou pela fraqueza espiritual dos que se deixam escravizar; pagando pelo trabalho dos braços de outro apenas uma ínfima parte do que eles produziram; cobrando, na venda, muitas vezes mais o valor da compra, aproveitando-se da necessidade do comprador; até mesmo furtando, roubando ou matando para obter sem maiores esforços o que o outro obteve legitimamente. Não conclua o estimado leitor desta última expressão que dou como abençoado o que é tirado de quem possui ilegitimamente, pois se assim pensasse estaria admitindo a desordem e o caos, mesmo sabendo que a legitimidade dos atos humanos nem sempre resulta do senso comum de Justiça, mas sim do que é estabelecido como legítimo pelos que têm o poder de definir as legitimidades e muitas vezes o fazem apenas para legitimar sua cobiça.

Fui dado como desembarcado juntamente com meu amigo Louis Charles, o Alemão, recebendo, não sem protestos que de resto eram totalmente inócuos, minha cota dos ganhos da viagem, com a qual acabei por me contentar ao ver que a parte que coube ao meu amigo fora de apenas trinta escudos. Ao fim de uma grande viagem a maioria dos homens, embarcados em busca de ganhos quase sempre impossíveis de serem obtidos em terra, contentava-se com o que lhe era pago, mesmo quando pouco, e retornava à terra para reconstruir suas vidas junto a uma família, pois ao cabo teria ganho muito mais do que obteria com não menos suados trabalhos em terra.

Alguns poucos, pela vida quase toda passada a bordo de navios, inabituados a outro ofício, ou movidos por ambição insatisfeita, ou desejo de aventuras, quase sempre procuravam embarcar novamente, o que não era difícil em barcos empenhados em viagens menos longas e menos arriscadas aos portos do mar Mediterrâneo. O movimento de navios que aportavam em Lisboa e de lá partiam para outras partes do mundo permitia a qualquer homem do mar saltar de uma embarcação para outra, antes mesmo que seu corpo se acostumasse à firmeza dos passos em terra firme.

Convencido de que meu destino se voltara para o mar, aceitei, junto com meu amigo, menos de um mês após a chegada, procurar engajamento em alguma outra viagem menos longa e arriscada do que as que pretendiam ir até a costa oriental africana, as Índias e até mesmo a Cipango, no outro lado do mundo.

Expedições para a nova Terra de Santa Cruz, onde eu poderia fazer valer meus conhecimentos da terra e da língua dos selvagens, não estavam sendo preparadas naquele momento. Assim, restou-me, levado pela insistência de Louis Charles em rever sua terra, procurar embarcar de preferência em alguma nau francesa. Por feliz acaso havia uma que viera do Porto com carregamento de vinhos e cascas de sobreiro e que se destinava a Marselha, necessitada de novos tripulantes, para completar alguns que haviam desertado.

332

CAPÍTULO XXVI

OUTROS MARES

A NAVE FRANCESA, de fato uma caravela construída nos estaleiros da vila de Lagos, tinha a capacidade de cerca cento e cinqüenta tonéis, considerada mais que adequada ao tipo de navegação a que se prestava, entre as cidades do Porto, Lisboa, e sua base em Marselha, e às vezes outros portos mediterrâneos, como Sanlúcar de Barrameda na Espanha ou Gênova na Itália. Navegava quase sempre pouco afastada da costa, depois de cruzado o rochedo de Gibraltar e adentrado o mar Mediterrâneo, evitando o alto-mar não apenas pelos medos de seu capitão, mas sobretudo para se prevenir dos piratas mouros que infestavam aquelas águas e que não se saciavam com a carga confiscada de suas vítimas, freqüentemente tomando como escravos os infelizes que escapassem de suas cimitarras.

Seu capitão e proprietário, Maurice Bronté, era um navegador medíocre, capaz apenas de levar seu barco de um porto a outro da mesma costa, dentre os que lhe eram conhecidos. Constantemente embriagado, passava a maior parte do tempo recolhido, valendo-se quase sempre dos conhecimentos e da perícia de seu piloto,

333

Edmond Deschamps, um homenzinho baixote que se fazia respeitado pela competência como navegador e temido pela perícia com uma faca, o suficiente para que seu pequeno porte físico fosse ignorado até pelos mais agigantados.

A tripulação não ultrapassava vinte homens, o que para navegar com segurança numa caravela daquele porte era pouco mais da metade do necessário. Porém o reduzido volume de víveres para mantê-la permitia aumentar a capacidade de carga transportada e por conseguinte, os lucros do capitão.

A primeira viagem a bordo da *Ventrue* — pois tal era o nome da caravela, que na língua portuguesa quer dizer *Barriguda* — de Lisboa diretamente a Marselha por cerca de um mês, transcorreu sem qualquer incidente de monta, valendo-me como uma boa escola para o aprendizado da língua franca, pois além dos ensinamentos trocados com Louis Charles, as conversas com outros companheiros franceses ia, pouco a pouco, ampliando meu domínio do idioma.

Desembarcada em Marselha a carga trazida do Porto, a *Ventrue* foi preparada para uma viagem até Byblos, nas terras dos Montes Líbano, para trazer uma carga de sedas, púrpuras e outros tecidos finos do Oriente. Esta viagem, mais longa e perigosa que a anterior, exigia que a tripulação fosse aumentada para quarenta homens, sendo vinte deles embarcados e preparados exclusivamente para enfrentar os piratas mouros que poderiam atacar a nau em busca das cargas que sabiam ser preciosas, pois somente o alto valor delas era capaz de atrair navios ocidentais para aquela parte do Mediterrâneo.

Minha intenção inicial era permanecer algum tempo nas terras francesas, conhecer e admirar as belezas do seu interior, tão decantadas pelo meu amigo Alemão e por outros marinheiros. Mas as recompensas oferecidas pela segunda viagem eram bastante compensadoras e resolvi, cedendo à ambição, aumentar meus ganhos, que pouco haviam se reduzido desde o recebimento da recompensa pela venda do pau-brasil. Afinal, conforme nos informou o piloto Deschamps, a viagem não tomaria mais que quatro ou cinco meses entre a ida e a volta.

Aceitei continuar embarcado, somando-se ao argumento metálico da recompensa a insistência de Louis Charles, que prometeu, no retorno, ambos com as bolsas mais recheadas, acompanhar-me numa temporada de recreação e ócio pelas belas paisagens e o clima ameno da Provence, onde eu poderia, se cansado da vida no mar, vir a me estabelecer em qualquer negócio tranqüilo e rendoso, talvez até comprar alguma terra para cultivar uvas e produzir vinho. Ali, dizia Alemão, a qualidade da terra e o clima favoreciam a produção dos melhores vinhos do mundo. Os ganhos possíveis de acumular ao fim da segunda viagem permitiam sonhar com isto.

A expectativa das grandes recompensas oferecidas e o desejo de conhecer as terras orientais, cujas belezas os escritos de Marco Polo tanto marcaram na minha mente, formaram uma barreira bem resistente às investidas dos riscos que a viagem prometia. Eram águas desconhecidas do capitão, e apenas uma vez singradas pelo piloto Deschamps, infestadas de piratas mouros, além dos navios do sultão turco que buscavam de todas as formas dificultar a navegação daquelas águas por outras naves que não as que lhe pagavam tributos.

Partimos de Marselha por volta da segunda metade do verão, rumo ao porto de Gênova, na Itália, onde fizemos uma pequena escala de reabastecimento, contornando em seguida a bota italiana e continuando rumo ao norte por uma costa que não mostrava qualquer baía abrigada ou local de bom porto. Seguimos por aí até atingir o porto de Veneza, onde permanecemos por vários dias, pois era de mercadores venezianos o dinheiro aplicado na compra dos tecidos orientais e para eles deveria ser entregue a carga.

O baixíssimo preço cobrado pelo capitão Bronté pelo uso de sua caravela justificava a contratação de uma embarcação vinda de um porto tão distante. O intenso movimento do comércio veneziano mantinha ocupados quase todos os seus navios. Os possíveis de serem contratados ou estavam em precárias condições de navegação, aumentando os grandes riscos da viagem, ou se dispunham ao afretamento por preços tão elevados que inviabilizariam o negócio. Muitas vezes, por isto, os mercadores venezianos contratavam navios em outros portos, tornando Veneza um local de congregação de navios com bandeiras de todo o mundo cristão e por vezes até muçulmanos.

Enquanto a *Ventrue* era preparada e o comandante concluía contratos, aproveitei o tempo para conhecer a belíssima cidade com suas inúmeras e labirínticas ruelas e canais, as majestosas igrejas e os suntuosos palácios, revestidos dos coloridos mármores que realçavam ainda mais a esplendorosa arquitetura que dava à cidade um aspecto todo particular, tornando-a única no mundo cristão.

Na grande praça da cidade se destacavam a deslumbrante basílica que guardava relíquias do apóstolo São Marcos, o alto campanário que à noite era iluminado por fogueiras para servir de guia às embarcações e o luxuoso palácio dos seus príncipes governantes. Na praça se concentrava também, sob as arcadas que a circundavam, toda a vida comercial da cidade: os entrepostos; os escritórios dos ricos banqueiros e mercadores; o centro de recrutamento de marinheiros; os albergues e tavernas que recebiam gente de todas as partes e de todos os tipos.

Uma semana foi o tempo que tive para percorrer a cidade, mas muitas outras seriam necessárias para conhecê-la além dos olhos, absorvendo até o fundo do espírito toda a beleza que advinha do seu harmonioso conjunto, onde cada igreja, palácio ou casa se integrava ao mar, pois dele nasciam. Meu encanto pela cidade se originava também do fato de estar pisando as ruas do porto de onde partira o grande herói das aventuras que formaram meus primeiros sonhos, Marco Polo.

A maior beleza da cidade, no entanto, me foi dada ver no portal da basílica de São Marcos. Ao sair da igreja, onde tinha ido rezar por meu pai, meus irmãos e a alma de minha saudosa irmãzinha Inês, tive uma visão que ofuscou todo o esplendor das belezas da cidade que ainda inundavam meus olhos. Um rosto rosado e risonho, emoldurado por basta cabeleira negra (inevitavelmente me trouxe à lembrança a índia Jadinawã), completava a harmonia de um corpo, coberto por uma imaculada veste branca que não conseguia ocultar todo o frescor de juventude que ela pretendia cobrir.

Ao passar por mim a jovem esboçou no rosto um trejeito que meu coração, naquele instante, não pôde interpretar senão como um sorriso. Meu semblante, em resposta, devolveu um ar tão abobalhado de admiração e surpresa que a fisionomia da jovem abriu-se ainda mais, quase se aproximando de um riso de divertimento. Levado por um impulso, uma força inequivocamente vindo do interior da alma, dei meia-volta e entrei novamente na igreja. O objeto do meu êxtase dirigiu-se até o meio da nave, ajoelhou-se e assumiu a postura da oração compenetrada, realçando a pureza angelical que a alvura de sua veste confirmava, por concentrar nela toda luz que penetrava na basílica.

Não ousei avançar mais que alguns passos além da entrada Permaneci ali, estático e ainda meio abobalhado, admirando aquela que produzira em mim uma repentina e inexplicável sensação,

337

desconhecida até aquele instante. Estava irremediavelmente tocado pelo fogo da paixão.

Após alguns minutos a jovem levantou-se para sair, e já dera uns dois passos em minha direção, quando acordei do meu assombro e levado pelo acanhamento de camponês tratei de me ocultar atrás de uma coluna. A reação, no entanto, não fora rápida o bastante para impedi-la de notar meu gesto e passar por mim lançando um olhar que interpretei como simpatia e compreensão diante da minha timidez. Seus lábios então se abriram, e uma voz cuja sonoridade ampliava ainda mais seus encantos fez chegar aos meus ouvidos, como uma carícia, um sonoro *"buon giorno"*.

Aturdido ainda mais pelo encorajador cumprimento, somente alguns instantes após sua passagem decidi segui-la, sem, no entanto, saber como me aproximar e o que dizer para expressar o sentimento que naquele momento ainda não sabia bem o que era. O coração me impelindo a abordá-la, a timidez retardando meus passos, como que na esperança de que ela se adiantasse, eu a perdesse de vista e ficasse desobrigado de enfrentar a possibilidade do repúdio, muito mais doloroso para o apaixonado do que a perda do objeto da paixão, sempre possível de ser imputada às circunstâncias e aos fados e não às próprias fraquezas.

A jovem retardava propositadamente seus passos, claramente facilitando a aproximação, que acabaria por ser inevitável por mais que eu retardasse os meus, temendo o emparelhamento que me obrigaria a alguma manifestação. Como abordar uma jovem em plena rua sem ofendê-la, na ausência de um propósito claro e visível que denotasse intenções puras? Mesmo respondida esta questão, o que falar e, sobretudo, como falar, diante das diferenças de língua? Conversar por gestos era possível, como eu fizera com os índios e vinha fazendo pela cidade para traduzir necessidades ele-

338

mentares, como comprar algo. Apesar da não muito grande diferença entre nossas línguas, o uso apenas de palavras seria sempre arriscado sem um conhecimento pleno do significado delas. Seria possível com gestos e expressões fazê-la entender claramente meus sentimentos, sem os riscos de ser mal interpretado?

Enquanto me ocupava de todos estes pensamentos, a jovem entrou por uma das ruas que desembocavam na praça e por ela chegou até a porta alta e esculpida de um pequeno palácio de três pavimentos, com janelas gradeadas no piso térreo e balcões nas cinco outras que se abriam em cada um dos dois pavimentos superiores. Antes de entrar, parou sob a soleira e lançou-me um olhar que me pareceu de decepção e tristeza, ao mesmo tempo que de despedida.

Todas as circunstâncias aparentes foram usadas por meus pensamentos conscientes para encobrir a causa real das minhas hesitações: falta de coragem e disposição para vencer a timidez e as inabilidades de um rude lavrador-marinheiro. Os sentimentos que a jovem me provocara eu jamais havia sentido e jamais voltaria a senti-los, marcantes que foram, de tal forma a me perseguirem até hoje, junto com o arrependimento que os acompanha.

Tivesse eu agido conforme mandava o coração, não me deixando subordinar pelas imposições do caráter, então subjugado por repressões emocionais inconscientes, teria dado curso completo ao sentimento que experimentei apenas uma vez; agora atenuados apenas diante da ação inexorável do tempo.

Abranda, no entanto, a frustração dos meus sentimentos, mais do que os atormenta, pensar que fui apenas um dentre inúmeros outros que teriam se apaixonado por aquela beleza fugidia e brincalhona. Consolo-me pensando que as atenções da jovem não foram mais que a singela brincadeira que apraz às mulheres bonitas, quando têm a verdadeira noção de sua beleza e seus efeitos sobre as emoções dos homens. Somente agora consigo ver, pelos olhos da razão amadurecida, o quanto também fui ousado, estimulado pela ofuscante paixão: um reles marinheiro estrangeiro, pretendendo uma jovem e talvez nobre veneziana.

Mas esses são os sentimentos que me ocupam agora, enquanto escrevo estas linhas, pois o resto daquele dia eu passei andando pela praça, sem nunca me afastar muito da rua por onde entrara a bela jovem, remoendo minhas inseguranças e amaldiçoando minhas fraquezas, esperando a oportunidade de vê-la novamente. Prometia a mim mesmo, houvesse outra oportunidade, congregar todas as forças do coração para vencer as do inconsciente e tentar uma aproximação que consagrasse meus sentimentos; ou os matasse para sempre.

Nada aconteceu aquele dia, nem no seguinte, véspera da nova partida. Por todo este tempo ocupei-me da decisão de embarcar, ou permanecer na cidade, no aguardo da ocasião — que por certo ocorreria — de rever a razão dos meus sonhos. As esperanças, entretanto, foram se tornando, cada vez mais fracas, a própria imagem da donzela esfumaçando-se até fixar-se na mente apenas como uma fantasia; bela, mas inalcançável.

Enfraquecidas as esperanças, não restava outro caminho. Voltei à embarcação, disposto a transformar os esforços do trabalho num meio de superação das desilusões do espírito, ainda que estas fossem na ocasião de tal ordem que somente o peso da própria caravela sobre os ombros poderia reduzi-las.

A *Ventrue* deixou a esplendorosa Veneza, cruzou as poucas léguas que a separavam da costa oriental do mar Adriaticum e tomou o rumo do sul, em direção ao intrincado labirinto das ilhas que pontilhavam a costa da Grécia, num esplendoroso mar de águas de cores que iam desde o verde-azul claro e cristalino até um azul escuro e profundo. Da costa grega seria alcançada a ilha de Creta e a partir dela Chipre. Entre as duas ilhas seria cumprida a etapa mais longa em mar aberto — cerca de cento e vinte léguas —, longe das costas que tanto atraíam o amedrontado capitão Bronté. Daí, por mais cinqüenta léguas, também em mar aberto, a caravela alcançaria, finalmente, o litoral dos Montes Líbano e o porto de Byblos, a cidade que seus orgulhosos habitantes insistem em afirmar ser a mais antiga do mundo permanentemente habitada.

Eram precisamente essas águas, desde a saída do mar Adriaticum até as costas orientais do mar Mediterrâneo, as mais povoadas por piratas e onde as embarcações de guerra do sultão turco faziam a fiscalização do trânsito de comerciantes não submissos ao seu soberano. Aqueles a confiscar vidas e mercadorias como ladrões que eram, estes a cumprir as mesmas tarefas, mas como cobradores de tributos devidos por infiéis ao seu credo, sem direito de navegar em águas tidas como deles.

Sabedores destas ameaças, todos os membros da tripulação passaram a mostrar, a partir daí, uma fisionomia que deixava transparecer a expectativa e o medo do encontro que poderia se dar a qualquer momento, sinalizado pelas velas negras dos piratas ou as brancas do sultão com o símbolo do crescente muçulmano, que poderiam a qualquer momento surgir no horizonte e avançar céleres e ameaçadoras em direção à frágil caravela. Em nosso favor contávamos com não mais do que vinte homens preparados para a luta e quarenta marinheiros amedrontados e pouco afeitos a combates, dentre eles meninos tomados como grumetes e que pela primeira vez na vida embarcavam num barco de porte.

A viagem até Chipre transcorreu sobre a superfície tranqüila do mar, mas sob o ar da ansiedade e incerteza. O capitão Bronté decidiu aportar na ilha e ali permanecer por alguns dias, contrariando opinião do piloto Deschamps, que afirmava não valer a pena correr o risco de perder os ventos frescos que ainda sopravam favoravelmente, permitindo atingir em dois dias o porto do Byblos. Uma parada agora poderia significar o risco de mudança do tempo sempre incerto naquela época do ano, atrasando a viagem e podendo até mesmo pô-la em risco. A vontade do capitão, entretanto, prevaleceu e somente após uma semana, tempo suficiente para refazer sua coragem desgastada, ele ordenou içar as velas e retomar a etapa final da viagem. Apesar dos presságios do piloto os ventos não mudaram o suficiente para impedir que menos de três dias depois aportássemos em Byblos.

A simplicidade das construções da cidade, que alcançavam as encostas que se iam elevando até os contrafortes dos Montes Líbano, não denotava o esplendor que seria de esperar de um dos portos mais importantes do Oriente. Dele partiam especiarias vindas da Ásia, tecidos da Pérsia e da Índia, sedas de Cipango, óleos aromáticos, bálsamos e a madeira dos nobilíssimos cedros do Líbano, que diziam haver sido usados na construção do grande templo bíblico de Salomão. A cidade era movimentada e acolhedora, abrigando gente de todas as partes do mundo, o que tornava agitadas as ruas próximas ao porto, enquanto suas vielas internas mantinham um ar bucólico de pequena cidade.

Alemão propusera que aproveitássemos a folga, inesperadamente concedida por Deschamps a alguns marinheiros, para conhecer o alto dos Montes Líbano, onde, diziam, a neve se acumulava durante todo o ano, independente da estação. Mas infelizmente a estada na cidade foi curta, apenas o tempo necessário para embarque dos fardos de tecidos e reabastecimento de víveres, água, lenha e outras necessidades para a viagem de volta.

Menos de uma semana depois de aportar em Byblos, a *Ventrue* já estava na rota de retorno e o que era temido por todos aconteceu: duas naves, ostentado nas suas velas alvas o crescente vermelho, surgiram a barlavento, saídas da bruma matinal e já próximas o bastante para impedir qualquer tentativa de fuga.

Dado o alarme, o capitão Bronté alcançou o castelo de popa ainda em roupas de dormir, mais pálido que a brancura das velas turcas e deu ordens para que a caravela aproasse para o rumo que aproveitasse totalmente os ventos da manhã, manobra que logo foi desestimulada pelo piloto, afirmando que os mesmos ventos impulsionariam as naves mais leves e mais velozes do sultão e que, portanto, a fuga seria inútil.

Com muita reiutância o pavor do capitão cedeu à lógica do piloto: seria mais prático aceitar a abordagem de forma pacífica e tentar negociar, entregando-lhes a carga em troca de nossas vidas, do que arriscar-se a uma luta desigual, onde a morte nas mãos dos ferozes turcos era certa, no caso de sermos perseguidos e abordados.

...

Epílogo

O LEITOR QUE PACIENTEMENTE chegou até a página anterior desta narrativa, com toda razão deverá estranhar sua brusca interrupção. Sobretudo quando esfumaçam-se as informações acerca do futuro do personagem e narrador da história, deixando-a inconclusa.

Como safou-se ele das mãos dos turcos e suas afiadas cimitarras? Que caminhos trilhou a partir daí que o levassem até um mosteiro encravado no interior do sul da França? Teria voltado a procurar por sua bela paixão veneziana? Que pensamentos e eventos o levaram a buscar a vida monástica, eis que em todo o curso da narrativa em nenhum momento se manifesta nele qualquer laivo de vocação religiosa?

Infelizmente nenhuma das questões acima pode ser respondida de modo satisfatório, embora em torno delas se possam elaborar muitas elucubrações — nenhuma, por certo, capaz de receber o carimbo da verdade.

Conforme dito no Prólogo desta obra, os manuscritos foram encontrados em uma caixa de ferro já carcomida pela ferrugem. As últimas páginas, as que mantiveram contato mais próximo com o fundo enferrujado, foram por isto as mais afetadas, tornando-as imprestáveis a qualquer leitura. Nem mesmo o suficiente para que, num esforço digno do mais exímio Champollion, pudessem suas palavras faltantes serem deduzidas, ou suas poucas frases ainda visíveis completadas com sentido. Na verdade, até mesmo as folhas legíveis, tão afetadas pelo tempo quanto o ferro da caixa que as continha, quase chegavam a se desmanchar ao manuseio, exigindo cuidados os mais extremos para sua compilação.

Nada, entretanto, impede que se conclua, por via de obviedades, que Gabriel escapou das mãos dos beleguins do sultão e voltou para a região francesa da Provence — provavelmente convencido por seu amigo Louis Charles, o Alemão — onde já deixara transparecer vontade de fixar-se, e ali permaneceu. Por razões que nunca virão à luz, decidiu em algum momento agregar-se a uma vida de orações e contemplação.

Não é provável que tenha voltado às terras do recém-descoberto Brasil, após a segunda expedição de Gonçalo Coelho e Américo Vespúcio, eis que, dos escassos registros dos poucos viajantes que aportaram as costas brasileiras nas primeiras décadas do século XVI, nenhum faz referência à presença de tripulante que já conhecesse a nova terra, o que não passaria despercebido diante do número inferior à dezena de homens que, naqueles primórdios, bem conhecessem a terra, os costumes e a língua dos seus nativos.

Quanto a expedições de grande vulto, somente quase três décadas após os eventos aqui narrados Portugal voltou a interessar-se pela nova terra, enviando, em 1531, Martim Afonso de Souza como chefe da missão que daria início aos propósitos colonizadores de Portugal.

É possível também concluir que o resto da vida do personagem e escritor não tenha sido de aventuras tão extraordinárias como as que viveu no bojo dos acontecimentos históricos, que ele próprio já suspeitava viriam a mudar o curso da história de sua pátria e do mundo. Quaisquer outras aventuras, a partir do ponto em que a narrativa se interrompe, não teriam sido, diante das vividas até ali, mais que meros percalços, como os que, mais ou menos intensos, perpassavam a vida de qualquer marinheiro naqueles tempos heróicos, quando a navegação por mares desconhecidos, em navios precários e inseguros, era sempre um mergulho temerário na incerteza.

* * *

Tal como os pequenos tropeços podem encaminhar uma vida para rumos inesperados, a presença e ação de cada homem no curso dos acontecimentos do seu tempo também pode dar-lhes encaminhamentos e desfechos que — é sempre possível afirmar — teriam sido diferentes na ausência ou inação de quem lhes deu causa.

O homem, desde o instante em que assumiu a razão, sempre lançou-se ao risco dos desfechos incertos, na busca do que até hoje não sabe bem explicar. Foram eles, os homens do passado, que deram forma às nossas vidas atuais, assim como nós, simples elos de uma cadeia cujo tamanho desconhecemos, deixaremos para os pósteros um mundo um pouco diferente do que encontramos.

Se possível, melhor.

FIM

Juiz de Fora, maio de 2006.

Notas

Valores das medidas de distância, peso e valores monetários, vigentes em Portugal à época dos eventos narrados nesta obra.

Medidas de distância:

1 légua = aproximadamente 5.570 m

1 braça = aproximadamente 2,20 m

1 palmo = aproximadamente 22 cm

Medidas de peso:

1 arroba = 14,7 kg

1 quintal = 4 arrobas = aproximadamente 60 kg

16,5 quintais = aproximadamente 1.000 kg

Valores monetários *:

1 ducado = 25 cruzados

1 cruzado = 400 réis

---

*Qualquer tentativa de estabelecer correspondência entre os valores monetários da época e os atuais é temerária. Pode-se, no entanto, para melhor entendimento, considerar que 1 kg de ouro equivalia mais ou menos a 300 ducados, ou cerca de 0,30 ducados/grama, ou ainda, mais ou menos 7,5 cruzados/grama.

Este livro foi composto na tipologia Stone Serif, em
corpo 9,5/16, e impresso em papel off-white $80g/m^2$
no Sistema Cameron da Divisão Gráfica
da Distribuidora Record.